KB105209

높은 곳에 오르다

登高

바람 세고 하늘 높은데 원숭이 울음소리 애절하고

강가 물 맑고 모래 흰데 새 맴돌며 난다

끝없이 나무들에선 낙엽이 우수수 떨어지고

그치지 않는 장강은 출렁출렁 밀려온다

風急天高猿嘯哀 渚清沙白鳥飛廻

無邊落木蕭蕭下 不盡長江滾滾來

일도양단 1

장영훈 新무협 판타지 소설

초판 1쇄 찍은 날 § 2005년 3월 29일
초판 1쇄 펴낸 날 § 2005년 4월 9일

지은이 § 장영훈
펴낸이 § 서경석

편집장 § 문혜영
편집책임 § 유경화
편집 § 장상수 · 김민정 · 최하나

펴낸곳 § 도서출판 청어람
등록번호 § 제1081-1-89호
등록일자 § 1999. 5. 31
어람번호 § 제2-0561호

주소 § 경기도 부천시 원미구 심곡1동 350-1 남성B/D 3F (우) 420-011
전화 § 032-656-4452 팩스 § 032-656-4453
http://www.chungeoram.com
E-mail § eoram99@chollian.net

ⓒ 장영훈, 2005

ISBN 89-5831-485-0 04810
ISBN 89-5831-484-2 (세트)

일도양단

Fantastic Oriental Heroes

1

장영훈 新무협 판타지 소설

도서출판
청어람

내 이름은 기풍한.
강호의 일급 음모 진압조(一級陰謀 鎭壓組) 질풍육조 조장이다.

그리고 지금,
나의 존재를 알던 모든 이들이 죽었다.

第1章

귀환

귀
환

기풍한(起風翰)이 노인과 함께 천룡맹(天龍盟) 섬서 지단(陝西支團)으로 복귀한 것은 그가 임무를 위해 출맹한 지 사 년이 지난 어느 겨울날 새벽이었다.

길다면 길고 짧다면 짧은 기간이었다.

임무 하나에 사 년이나 걸렸다면 대부분의 사람들은 고개를 갸웃거릴 것이다.

개중 성질 급한 이는 어디 가서 애 두셋 낳고 농땡이 치다가 돌아온 게 아니냐며 마른기침을 해대겠지만, 그가 수행한 임무에 대해 듣게 된다면 그는 조용히 애나 만들러 사라질 게 뻔했다.

어쨌든 기풍한은 무사히 돌아왔고 임무도 무사히 수행했다.

문제는 천룡맹에 있었다.

"질풍조(疾風組)라……."

천룡맹 섬서 지단 부단주 용백(龍栢)은 자신의 집무실 책상 앞에 앉아 조금 난감한 표정으로 벌써 세 번째나 그 말을 반복하고 있었다.

"분명 질풍육조 조장인가?"

역시 세 번째 반복되는 질문.

기풍한은 묵묵히 고개를 끄덕였다.

반복되는 질문에도 조금도 짜증내지 않았다. 오히려 그러한 용백의 입장을 이해한다는 표정이었다.

용백이 힐끔 기풍한의 옆에 서 있는 노인에게 시선을 주었다.

한눈에 보아도 범상치 않은 기도를 내뿜는 노인이었다.

"노선배께선 어디서 오신 고인이신지요?"

강호무림에 천룡맹이 어떤 단체이던가?

백오십 년 전 대천산(大天山)의 혈전(血戰) 이후 이미 그 존재 의미를 잃어버린 정도무림맹을 대신하는 정파무림의 기둥이 아니던가?

그런 천룡맹의 섬서 지단 부단주 정도면 제법 오만을 떨 법도 하건만 노인의 사나운 기세는 그것을 허용하지 않았다.

날카로운 두 눈에 사방으로 뻗친 머리카락, 게다가 노인답지 않은 다부진 체격까지 그 어느 것 하나 녹록해 보이는 것이 없었다.

"임무의 성격상 밝힐 수 없소."

노인 대신 대답한 사람은 기풍한이었다.

상관에 대한 예의를 꽤나 잃고 있는 말투였음에도 용백은 그저 고개만 끄덕였다.

"뭐, 아무래도 좋네."

겉으로는 담담하게 일을 처리하는 듯 보였지만 용백의 속마음은 조금 달랐다.

왠지 더 이상 깊게 연루되기 싫은 기분. 다른 이에게 일을 대신 맡겨 버리고 자리를 피해 버리고 싶은 마음. 용백의 속마음은 그러했다.

사실 차분해 보이지만 왠지 서늘한 기운을 품고 있는 청년의 눈빛이라든가 출신 내력을 알 수 없는 신비한 노인의 방문쯤은 천룡맹의 간부직을 맡고 있다 보면 한 번쯤 겪을 수 있는 일이었다.

문제는 망할 질풍조란 이름이 거론된 것이었다. 더구나 육조라니?

"질풍조는 이미 해체되었네."

용백의 말에 기풍한의 표정이 살짝 굳어졌다.

객관적인 입장으로 볼 때 자신이 속해 있는 조직이 없어졌다는 말을 들은 사람치고는 그다지 놀라는 모습은 아니었지만 처음 만났을 때부터 지금까지 거의 표정 변화가 없던 기풍한의 모습으로 미루어 꽤나 놀란 것이 틀림없었다.

"사 년 전 질풍조는 전격적으로 해체되었네."

용백이 다시 한 번 더 이상 질풍조가 이 강호상에 존재하지 않음을 강조했다.

"현재 질풍조의 자리를 대신하고 있는 것은 비룡단(飛龍團)일세."

눈을 내리깔고 묵묵히 생각에 잠긴 기풍한과는 달리 노인의 입가에는 미소가 드리워졌다.

분명 노인은 질풍조의 해체를 반갑게 여기는 듯 보였다.

'도대체 어떤 관계일까?'

잠시 무거운 침묵이 흘렀다.

기풍한이 눈앞의 용백을 만나러 왔을 때 이미 그는 천룡맹이 출발할 때와는 무엇인가 크게 달라졌다는 것을 느끼고 있었다.

귀환해서 보고를 받을 사람이 이미 사라진 상태였고, 떠날 때 있었던 대부분의 동료 무인들 역시 교체된 상태였다.

더구나 주방 아래 마련되어 있던 질풍육조의 은거지로 향하는 비밀 통로 역시 폐쇄된 상태였다.

귀환할 곳이 없어지지 않았다면 결코 눈앞의 용백에게 자신이 질풍 육조의 조장이란 말을 꺼내진 않았을 것이다.

사 년이란 시간은 결코 짧지 않은 시간이었다.

뭔가 변화가 있었다는 것은 직감했지만 설마 자신이 속한 조직이 해 체된 줄은 상상도 하지 못한 일이었다.

그렇게 그가 고민에 빠져 있는 동안 용백은 눈앞의 청년을 다시 한 번 유심히 살펴보았다.

기풍한의 용모는 무림인으로서 딱히 튀는 점은 없었다.

평범함과 단아함의 중간 정도의 외모에 조금 차갑게 느껴지는 눈빛 정도가 그를 표현할 수 있는 전부였다.

오히려 눈에 띄는 것은 그의 옷차림이었다.

오랜 객지 생활을 말해 주듯 그의 검은색 무복은 희미하게 빛이 바 래 있었는데, 왼쪽 팔목에 둘러진 가죽 띠에는 독특한 모양의 비수가 꽂혀 있었다.

비수의 손잡이에는 붉은 빛을 내는 옥구슬이 박혀 있었다. 비수의 날을 흐르는 파르스름한 예기가 그 요사한 붉은 기운과 어울려 섬뜩한 느낌을 전해주고 있었다.

검(劍)은 일반적인 검보다 조금 길이가 짧았고, 특이하게도 그의 오 른쪽 허리에 매달려 있었다.

'좌수검(左手劍)?'

강호에 좌수검을 쓰는 사람은 그리 흔하지 않았다.

전통과 예를 중시하는 강호인들에게 있어 왼손에 검을 든다는 것은 비례(非禮)임과 동시에 좌도방파(左道幫派)에나 한때 유행하던 비주류 쯤으로 여겨졌다.

'왼손으로 검을 휘두르고 오른손으로 비수를 던진다?'

그러고 보니 왼쪽 허리에도 무엇인가 매달려 있었다.

용백의 시야에 잘 보이지 않았던 그것은 어른 팔뚝 크기의 철봉이었다.

철봉에 박힌 글자.

질풍봉(疾風棒).

그것뿐만이 아니었다.

왼쪽 허벅지에는 한 자루의 짧은 묵도가 매달려 있었다.

'오호? 검과 도, 봉과 비도를 모두 사용하는 자인가?'

생각이 거기까지 미치자 용백은 청년이 등에 짊어지고 있는 커다란 가죽 주머니 속에도 어쩌면 이름 모를 무기들이 가득 들어 있을지도 모른다는 생각이 들었다.

한 가지 특이한 점은 그 무기들과 주머니의 색과 배치가 그의 검은 무복과 자연스럽게 어울려 첫눈에 그것들이 눈에 잘 띄지 않는다는 점이었다.

어쨌든 기풍한을 낱낱이 살펴본 용백은 슬쩍 그를 무시하는 마음이 들었다.

무릇 고수일수록 지니고 다니는 무기의 수가 적기 마련이 아닌가?

일검에 상대를 죽일 수 있는데 뭐 하러 봉이니 도를 주렁주렁 매달고 다니겠는가?

그런 마음에 이르자 용백은 기풍한을 얕잡아 보는 마음이 들었다.

"사 년이라……. 제법 오랜 시간 임무를 수행했군."

"그렇게 되었소."

"무슨 임무였는지 말해 줄 수 있는가?"

기풍한이 말없이 고개를 가로저었다.

용백은 그러한 반응에 다소 짜증이 났지만 내색은 하지 않았다.

어차피 직속 상관도 아니었고, 이미 없어져 버린 조직의 일개 조장의 때늦은 귀환은 그에게 있어 대수롭지 않은 일에 불과했다.

"하지만 이상하군."

용백의 눈가에 살짝 불신의 불꽃이 피어올랐다.

"질풍조는 오조까지밖에 없다고 알고 있네. 근데 자네가 육조 조장이라 하니 이상한 일이지 않나?"

기풍한은 여전히 아무런 대꾸도 하지 않았다.

"설마 섬서 지단의 부단주조차 모르고 있는 조가 하나 더 있었단 말은 아니겠지?"

담담히 자신의 시선을 받아들이고 있는 기풍한을 보며 용백은 어쩌면 그럴 수 있을지도 모른다는 생각이 들었다.

질풍조.

과거 천룡맹 최고의 무력 단체.

죽음을 두려워하지 않았던 최강의 조직.

한창 전성기 때는 마교의 북풍혈마대(北風血魔隊)보다 더욱 무서운 존재로 알려져 있었다. 그러한 질풍조에 자신이 모르는 조가 하나 더 있다 해서 이상할 것은 하나도 없었다.

게다가 자신이 이곳에 부단주로 취임한 것도 고작 이 년에 지나지 않았다. 따라서 이전의 섬서 지단의 내막을 속속들이 알 수는 없는 노릇이었다.

요 근래 유난히도 자리 이동이 많은 곳이 이곳 섬서 지단이었다.

지난 사 년간 벌써 세 명의 지단주가 죽거나 해임되었고 부단주 역시 자신이 다섯 번째였다.

그도 승진을 해서 이곳에 왔지만 그다지 기꺼워하지 않았던 이유 역시 그 때문이었다.

어쨌든 질풍육조든 칠조든 용백은 더 이상 깊이 상관하고 싶지 않다. 폐쇄되어 버린, 그것도 복잡한 정치적 배경에 의해 폐쇄된 잊혀진 조직에 얽히는 것은 그다지 달가운 일이 아니었다.

더구나 오늘은 새로운 신임 지단주가 오는 날이다.

나쁜 일은 함께 온다는 말처럼 신임 지단주 역시 자신의 마음에 그다지 들지 않는 인물이었다.

"뭐, 아무래도 좋네. 어차피 다 지난 일이니까. 흠, 어떻게 한다?"

이미 마음속으로 결론을 내렸지만 용백은 애써 인상까지 써가며 자신이 제법 신중하게 일을 처리하려 한다는 것을 보여주려 했다.

"살아남은 질풍조원들은 대부분 맹을 떠났고, 일부는 비룡단에 귀속되었네. 자넨⋯⋯."

용백은 한시라도 빨리 이 새벽 댓바람도 불기 전에 들이닥친 불청객들을 처리하고 싶었다.

"남는 게 곤란하네. 현재 서류상으로 자네는 천룡맹 무인이 아니니까."

형식적으로 서류를 뒤적이며 용백이 곤란하다는 표정을 지었다.

무슨 이유에서인지 기풍한은 남을 의향을 보였다.

"내 신분은… 백 대협께서 보증해 주실 것이오."

"백 대협이라면? 자네 혹시 과거 섬서 지단주셨던 백천기(白天期) 선배를 말하는 겐가?"

"그렇소. 그분이 나의 직속 상관이셨소."

"흠, 과연 자네는 중원에서 멀리 떠나 있었나 보군. 백 선배는 이미 돌아가셨네."

"어떻게 된 일이오?"

기풍한은 이제 눈에 띌 정도로 동요하고 있었다.

"말하자면 복잡하네. 어쨌든 그분은 사 년 전에 돌아가셨네."

"사 년 전?"

사 년 전이라면 공교롭게도 그가 임무를 위해 출맹한 그해였다.

'왜 하필 그해에?'

"자네의 신분을 보장할 또 다른 사람은 없나?"

기풍한은 잠시 고민했다.

이미 백천기를 언급한 것만으로도 충분히 조직의 기밀을 누출시킨 상태였다.

"없다면… 이만 돌아가 주었으면 하네. 자네가 진짜 질풍조라면 잘 알겠지, 신분이 확실치 않은 자를 조직에 받아들일 수 없다는 것을."

용백을 응시하던 기풍한이 조금 나지막한 목소리로 말했다.

"내 신분을 보증해 주실 분이… 한 분 더 있소."

"누군가?"

"맹주님이시오."

맹주란 말에 흠칫 용백이 놀랐다.

애써 당황한 기색을 감추며 용백이 떨리는 목소리를 감추지 못한 채 입을 열었다.

"설마 전대맹주를 말하는 것인가?"

"전대맹주?"

서늘한 한기가 기풍한의 몸에서 뿜어져 나왔다.

용백의 온몸 솜털이 일제히 곤두섰다.

그 기세 때문인지, 아님 언급하고 싶지 않은 맹주에 대한 이야기 때문인지 용백의 목소리는 살짝 떨리고 있었다.

"이, 이미 그분도 돌아가셨네. 자세한 내막은 밝힐 수 없네."

태산이 무너져도 눈 하나 꿈쩍하지 않을 것 같은 기풍한의 입에서 짤막한 탄식이 터져 나왔다.

이내 그의 몸에서 뿜어져 나오던 기운도 거짓말처럼 사라졌다.

말없이 대화를 듣고 있던 노인이 크게 웃음을 터뜨린 것은 바로 그 때였다.

"크하하, 그놈, 강호가 제 것인 양 설쳐 댈 때부터 알아봤지. 잘 뒈졌다. 암, 잘 뒈지고말고."

쩌렁쩌렁 울리는 노인의 목소리에는 내공이 전혀 실려 있지 않았다.

하지만 용백은 노인의 정체가 심상치 않다는 자신의 추측이 맞았다는 것을 확인할 수 있었다.

비록 무림공적으로 몰려 비참하게 죽임을 당했다고는 하나 전대맹주 사마진룡(司馬進龍)이 어떤 사람인가? 오늘날의 천룡맹을 일으켜 세운 일대 영웅이 아니던가?

그런 전대맹주에게 저런 말을 던질 수 있는 사람은 얼마 되지 않았다.

"그럼 이만 나가주게. 자네가 정 천룡맹의 무인이 되고 싶으면 정식으로 입맹 절차를 밟아서 입맹하도록 하게."

냉정한 축객령(逐客令)으로 용백은 두 사람을 외면했다.

"마지막으로 한 가지만 묻겠소?"

"뭔가?"

"혹 맹주님의 따님은 어떻게 되셨소?"

뜬금없이 기풍한이 맹주 가족의 안위에 대해 물어오자 용백은 조금 의아한 마음이 들었다.

"그건 왜 묻나?"

기풍한은 용백의 태도에서 자신이 원하는 대답을 제대로 얻을 수 없다는 것을 직감했다.

기풍한이 두말없이 등을 돌렸다.

자신의 복귀는 용백 따위가 결정할 일이 아니란 것을 그는 잘 알고 있었다.

문을 나서는 등 뒤로 용백의 충고가 들려왔다.

"새 출발 하게. 질풍조는 더 이상 강호에 없네."

용백의 집무실을 나와 연무장의 너른 뜰을 가로질러 정문에 이를 때까지 기풍한은 아무 말이 없었다.

노인 역시 그런 그의 뒤를 잠자코 따르고만 있었는데 입가의 미소는 여전히 지워지지 않은 채였다.

한참을 걸음만 옮기던 기풍한이 문득 제자리에 멈춰 섰다.

그리고 하늘을 올려다보며 긴 한숨을 쉬었다.

내 이름은 기풍한.

강호의 일급 음모 진압조(一級陰謀 鎭壓組) 질풍육조 조장이다.

그리고 지금,
나의 존재를 알던 모든 이들이 죽었다.

*   *   *

섬서 지단을 나온 기풍한과 노인이 찾은 곳은 인근의 한 작은 객잔이었다.

그곳에 도착해서 술과 안주를 시키고 몇 잔의 술을 나눠 마실 때까지 두 사람은 단 한 마디 말도 하지 않았다.

노인은 연신 싱글벙글이었다.

아마도 질풍조가 해체되고 맹주가 죽었다는 사실이 그의 마음을 어풍비행(御風飛行)에 실어 저 멀리 흐뭇함의 세계로 날려주고 있는 듯 보였다.

그에 비해 기풍한의 표정은 술을 마시는 내내 굳어 있었다.

무엇인가 깊게 생각하는 눈치였다.

'사 년 전 무슨 일이 있었을까?

참으로 황당할 만한 일이었지만 이미 기풍한은 지금의 현실을 그대로 받아들이고 있었다.

순간 스쳐 지나가는 몇몇의 얼굴들.

바로 자신이 거느리던 육조원들의 얼굴이었다.

잠시 떠오르던 걱정의 빛은 이내 사라졌다.

그들은 절대 무사하리라는 굳은 믿음이 그 잠시의 표정 변화에 드러났다.

　그에 비해 노인은 조금 상기되어 있었다.

　절망이란 놈이 시커먼 아가리를 벌리고 자신을 먹어치우려는 순간 상황이 변한 것이다.

　졸졸졸.

　노인의 술 따르는 경쾌한 소리에 희망이 실렸다.

　"이제 어떻게 할 생각인가?"

　기풍한이 망설임없이 대답했다.

　"우선 선배를 혈옥(血獄)으로 모셔야겠지요."

　혈옥이란 말에 싱글거리던 노인이 흠칫 놀랐다.

　그러나 이내 미소를 머금고 공세를 시작했다.

　"질풍조가 사라진 마당에 혈옥이 그대로 있을까?"

　노인의 말은 분명 일리가 있었다.

　"이보게, 풍한."

　노인이 외모와 전혀 어울리지 않는 다감한 어투로 다가왔다.

　"이만 날 풀어주게나. 이미 지난 일이네."

　기풍한은 물끄러미 노인을 쳐다보았다.

　아무런 감정이 들어 있지 않은 눈빛.

　노인은 처음 그 눈빛을 대했을 때와는 격세지감을 느낄 정도로 비굴해진 상태였다.

　어디서부터 잘못된 것일까?

　어려서부터 살기가 충만했던 제자 놈이 흑문(黑門)이란 제법 그럴듯한 비밀 단체를 만들어 상호 새패글 하겠다고 설커 대던 그때부터일까, 아니면 그 제자 놈이 찾아와 제발 한 번만 도와달라는 부탁을 거절하지 못했기 때문일까?

그도 저도 아니면 저 망할 놈이 자신 앞에 나타난 그 순간부터였을까?

이후 제자들은 물론이고 연루된 열일곱 단체의 수장이 저놈에게 죽거나 혈옥에 줄줄이 잡혀 들어갔다.

거기에 걸린 시간이 딱 이 년이었다.

나머지 이 년은 묘강에서 대막의 뜨거운 사막까지 새외를 숨바꼭질을 하듯 도망다니다 결국 두 달 전에 붙잡히고 만 자신의 서글픈 역사가 기록되어 있었다.

그마나 자신이 강호제일의 경공이라 자부할 수 있었기에 가능한 일이었다.

노인의 애절한 애원에도 기풍한의 눈빛은 단호했다.

"망할! 노부는 혈옥 따위엔 들지 않는다!"

노인이 버럭 소리를 내질렀지만 기풍한은 여전히 담담했다.

"선배에겐 선택의 여지가 없소."

"차라리 죽고 말겠다!"

기풍한이 피식 웃었다.

죽을 용기가 있는 사람이라면 이 년이나 자신의 추적을 피해 달아나지 않았을 것이다. 살기 위해 똥통 속에도 숨었고, 독거머리가 버글거리는 늪 속에도 몸을 담갔던 노인이다.

바늘 구멍 하나 보이지 않는 기풍한의 단호함에 노인이 다시 저자세로 애원했다.

"이제 강호의 일에는 절내 관여하지 않겠네. 강호의 후배들이 날 어떻게 여기겠는가? 노부가 평생을 쌓은 명성이 한순간에 무너질 것이네."

"명성이 그리 중요하오?"

"그렇다."

노인이 벌떡 자리에서 일어났다.

"오로지 노부는 그것만을 위해 살아왔다. 그것을 위해 살리고 싶은 사람을 죽였고 죽이고 싶은 자를 살렸다."

"그래서 무엇이 남았소?"

"바로 나다. 눈빛 하나에 모든 이들을 바닥에 꿇릴 수 있는 나! 바로 강호이괴(江湖二怪)의 첫째이자 천리비마(千里飛馬)라 불리는 나! 바로 단화경(單華景)! 나다!"

노인의 목소리가 컸던지 시끌벅적하던 객잔이 잠시 조용해졌다.

차아앙!

근처에서 술을 마시던 무인 중 하나가 검을 뽑아 들었다. 그의 행동을 시작으로 주위의 무인들이 일제히 각자의 병기를 꺼내 들기 시작했다.

떨어진 술안주 대신 상관이며 마누라까지 씹어대며 희희낙락거리던 그들은 똑똑히 들었던 것이다.

천리비마 단화경.

혈서시와 함께 강호이괴 중 일인이자 강호십이천(江湖十二天)에 속한 강자. 비위를 거슬려 살아남은 자가 단 한 명도 없다고 알려진 극악마인.

그 이름이 날벼락처럼 들려온 것이다.

그들은 기세 좋게 무기를 뽑아 들었지만 그것은 강호인으로서 본능적인 방어 기제가 발동한 것일 뿐이었다. 몇몇 무인들은 이미 자신의 행동을 후회하고 있었다.

상대가 정말 그 악명의 주인공인 천리비마라면 이미 저승의 문을 반쯤 열어젖힌 것이나 다름없었다.

처음 검을 뽑아 든 무인이 용기를 내어 버럭 소리를 내질렀다.

"이 악적! 우리를 어쩔 셈이냐!"

먼저 검을 뽑아 든 이의 대사치고는 매우 어울리지 않는 말이었지만, 그 말은 모두의 심정을 대변하는 것이기도 했다.

노인의 굳은 인상이 더욱 무섭게 변했다. 가소로움이 번져 분노로 타오르는 순간이었다.

일촉즉발의 상황이었다.

누군가 실수로 술병이라도 바닥에 떨어뜨리면 곧 칼부림이 일어날, 그런 긴장감이 장내를 휘감기 시작했다.

그 무거운 정적을 깬 것은 묵묵히 술잔을 기울이던 기풍한이었다.

기풍한이 입가에 미소를 드리운 채 모두에게 말했다.

"실성한 노인네요! 개의치 마시고 술들 드시오!"

그 말에 곳곳에서 안도의 한숨이 터져 나왔다.

과연 두 눈이 시뻘겋게 충혈된 상태에 살가죽까지 부들부들 떨리는 노인의 모습은 얼핏 실성해 보이기도 했다.

기풍한의 그 말은 매우 효과가 있었다.

잔뜩 긴장했던 무인들이 검을 거두며 가슴을 쓸어 내렸다. 저승 문턱을 넘다 되돌아온 그들이 다시 술을 마시기 시작했고, 이내 주위는 이전보다 더욱 소란스러워졌다.

그들이 안심한 이유는 한 가지였다.

진짜 천리비마라면 새파랗게 젊은 청년의 저러한 말을 듣고 그냥 있을 리 없다는 것. 그들이 알고 있는 천리비마는 자신을 바라보는 눈빛이 마음에 들지 않는다며 눈알을 뽑아내는 그런 인물이었던 것이다.

어떤 중년 무인은 안됐다는 듯 혀를 차기 시작했고, 그 옆의 무인들은 곱게 늙자며 건강을 다짐하는 건배를 하기도 했다.

"허허허."

정말 미치기 일보 직전인 단화경이었다. 아니, 미치지 않는 것이 이상할 정도였다.

단화경은 허탈한 웃음을 내뱉으며 자리에 주저앉아 술을 들이켰다.

"그래, 네놈 말이 옳다. 내가 미치지 않고서야 어찌 너 같은 애송이에게 간청 따윌 하고 있겠느냐. 알았다. 구워 먹든 삶아 먹든 네 마음대로 하거라."

체념한 말과는 달리 술잔을 든 그의 손은 여전히 분노로 떨리고 있었다.

기풍한은 자신에게 시선을 주지 않은 채 술만 들이키는 단화경의 토라진 모습이 왠지 귀엽다는 생각이 들었다. 본디 귀여움이란 어울리지 않는 짓을 할 때 가장 효과적이기 마련이다.

"화나셨소?"

"일없다."

"혈옥이 그리 무섭소!"

"내공 한 줌 없이 네놈이 한번 가보거라. 거기 골통들 대부분을 네놈이 처넣었으니 반가운 얼굴들이 많을 것이다."

혈옥.

대부분의 강호인들은 모르는 곳이다.

강호인들이 아는 곳은 절옥(鐵獄)이었다.

그곳에 갇힌다는 것만으로도 대단한 악명을 과시할 정도였는데, 혈옥은 그에 비할 바가 아니었다.

강호의 초특급 거마거흉(巨魔巨兇)들이 갇히는 비밀 감옥이었다.

그곳이 어떤 곳인지 알려면 간단했다.

구석 자리에서 순박한 미소를 지으며 이부자리를 정리하는 막내를 붙들고 과거의 별호를 묻는다면 대충 왕(王)이라거나 신(神), 마(魔), 귀(鬼)라는 단어가 어김없이 들어가 있을 것이다.

하물며 강호에 대충 이름난 협객 몇을 죽인 그 조그만 악명에 기대 어깨에 힘주고 들어섰다가는 밤새 죽도록 얻어터지고 다음날부터 그가 해야 할 일은 맨손으로 뒷간 청소를 하며 사부의 이름을 원망스럽게 부르짖는 일 정도일 것이다.

강호 전복(江湖顚覆)을 꿈꿨던 전대의 노마, 노귀들이 북적대는 곳.

혈옥은 천룡맹주 및 구파일방의 일부 수뇌부들만 알고 있는 곳이었다.

한 번 들어가면 결코 나올 수 없는 곳.

온갖 악귀들이 득실대는 그곳.

그곳에 내공이 제압당한 채 들어가 어떤 봉변을 당할지는 불을 보듯 뻔했다.

선배 대접을 제대로 해줄 놈들이라면 애초에 그곳에 들어가지 않았을 것이다. 평소 같으면 눈빛 한 번으로 땅바닥을 기어다닐 놈들이 자신의 수염을 뽑으려 들 것이 틀림없었다.

악인에 대해선 악인이 가장 잘 아는 법. 단화경은 가보지 않아도 그쪽 그림이 훤하게 그려졌다.

게다가 단화경의 마음에 걸리는 또 하나.

먼저 그곳에 갇힌 자신의 제자였다.

제자가 붙잡히는 것을 보며 그는 결국 도망을 쳤다. 어차피 둘 다 잡힐 것이라면 하나라도 사는 게 후일을 기약하는 경제적인 생각이었지만 살심 가득한 제자 놈의 생각은 아마도 많이 다를 것이다.

뭔가 멋있게 포기하고 체념하면 동정표라도 얻지 않을까 하는 한 올의 기대감은 기풍한이 덤덤하게 술만 마시는 것을 보면서 울화통이 터지는 것으로 바뀌었다.

버럭 기풍한의 멱살을 부여 쥐며 단화경이 이를 갈았다.

"이 개자식아! 네게 명령을 내린 놈들은 이미 다 뒈졌다고 너도 듣지 않았느냐?"

결국 단화경이 화를 참지 못하고 주먹을 휘둘렀다.

퍽!

내공이 실리지 않은 주먹이 기풍한의 얼굴을 강타했다.

기풍한은 피하지 않았다.

입가로 피가 터져 나왔다.

"피도 눈물도 없는 새끼."

기풍한은 문득 그 말이 새삼스럽게 다가왔다.

그간 임무를 수행하면서 마지막 순간 꼭 들어왔던 말이다.

입가에 흐르는 피를 스윽 닦으며 기풍한이 피가 묻은 손가락을 내려다보았다.

"그 말은 틀린 것 같소."

기풍한의 목소리가 조금 떨리고 있었다.

단화경은 그런 기풍한에게서 알지 못할 사연을 느꼈다.

조금 누그러진 단화경이 긴 한숨을 내쉬었다.

"그래, 말자, 말아. 네겐 개똥같이 보이는 나의 명성처럼 너의 그 명청한 충성심도 가치가 있는 거겠지. 오냐, 가마. 내 가주마."

어차피 끌려가게 될 자신의 입장으로선 전혀 선심 쓸 처지도 아니었지만 단화경은 그렇게 마지막 자존심을 살리고 있었다.

단화경은 연이어 술을 들이켰다.

그의 술잔을 담담히 채워주던 기풍한이 말했다.

"풀어주면 어떻게 하시겠소?"

"일없다. 뭐라? 풀어주겠다고?"

단화경의 눈이 무섭게 반짝였다.

혹여라도 마음을 바꿀까 단화경의 입에서 준비된 대사가 줄줄 흘러나왔다.

"이제 그만 쉬련다. 내 나이 벌써 일흔이다. 강호고 명성이고 다 귀찮다. 어디 경치 좋은 곳에 오두막이나 하나 지어놓고 나물이나 캐 먹고 살란다. 믿어도 된다."

"그 오두막 지붕에 '신(新)흑문'이란 현판이 달리는 건 아니겠지요?"

기풍한의 농담 섞인 한마디에 단화경의 고개가 애처로울 만큼 빠르게 흔들렸다.

"흑문이란 소리만 들어도 지긋지긋하다. 그리고 망할, 흑문은 제자 놈이 만든 것이지 내가 만든 게 아니라고 몇 번이나 말하지 않았느냐? 앞으로 별호에 흑 자 들어간 놈은 내 이 손으로… 아, 아니, 이제 그런 일은 없다. 나물 캐고 물 마시고, 그게 내 인생이다."

정말 자신이 생각해도 참혹한 상황이었다.

천하의 단화경이 이렇게 새파랗게 젊은 놈에게 애원할 날이 올 줄이야. 물론 기풍한이 길바닥에 굴러다니는 보통의 애송이가 아니란 점이 그나마 위안이 되어주고 있었다.

과연 강호는 넓고 신비했다.

기풍한에게 쫓기기 시작한 이 년 전부터 모든 내공이 전폐당한 상황에 이르기까지 몇 번이나 경악했는지 셀 수도 없다.

놈은 고수를 상대하는 법을 알고 있었다.

아는 것은 중요하지 않다.

문제는 그 아는 것을 정확히 활용하는 능력이었다.

기풍한의 허리에 달린 봉을 보자 단화경은 혹이 채 가라앉지 않은 뒤통수가 아파오기 시작했다.

사흘 전, 이곳에 도착하기 직전 도주를 감행했다가 직격으로 얻어터진 상처였다.

'도대체 어떤 자가 이런 괴물 같은 놈을 키워냈을까?'

내심 이를 부득부득 가는 단화경은 그 유력한 용의자로 전대맹주 사마진룡을 떠올렸다.

하지만 그는 분명 아니었다.

사마진룡의 무공은 예전에 이미 견식해 본 경험이 있는 그였다.

기풍한이 사용한 무공은 분명 그의 무공이 아니었다.

'도대체 누굴까?'

맹렬하게 솟구치는 의구심을 감주며 단화경은 애써 애처로운 표정으로 기풍한을 바라보았다.

한 잔의 술을 단숨에 마신 기풍한이 자리에서 벌떡 일어났다.

그리고 품 안에서 한 장의 두루마리를 꺼내 단화경의 앞에 내밀었다.

"이게 뭔가?"

떨리는 손으로 두루마리를 받아 든 단화경은 가슴이 뛰기 시작했다.

"선배의 내공을 금제(禁制)한 수법을 푸는 파해법이오. 보통의 무인이라면 평생 이해할 수 없겠지만 선배라면 능히 가능할 것이오."

그 말에 단화경은 심장이 입 밖으로 튀어나올 정도로 놀랐다.

"저, 정말 날 풀어주겠단 말인가?"

기풍한이 피식 웃으며 객잔 밖을 향해 걸어나갔다.

설마 이렇게 쉽게 자신을 풀어줄 줄은 몰랐던 단화경은 순간 혼란에 빠져들었다.

기뻐서 펄쩍펄쩍 뛰어야 할 상황임에도 욱하고 치미는 무엇인가가 있었다.

"멈춰라!"

기풍한이 그 자리에 우뚝 섰다.

여전히 등을 보인 상태였다.

"만약 무공을 회복해서 널 죽여 버리겠다면?"

참으로 뻔뻔한 말이었다.

죽일 수 있었다면 어찌 지금의 처지까지 오게 되었겠는가?

하지만 그런 말조차 던지지 못한다면 단화경은 화병으로 죽고 말 것 같았다.

그러자 기풍한이 전혀 예상치 못했던 말을 꺼냈다.

'날 죽일 수 있겠소?'라고 아주 자랑스럽게 말해도 이상할 것이 하나 없을 기풍한이 담담하게 말했다.

"그래 주시겠소?"

"……!"

분명 오만이 아니었다.

그렇다고 자포자기도 아니었다.

뭔가 묘한 느낌.

그런 알지 못할 애수가 담긴 말이었다.

문득 단화경은 어쩌면 그가 죽음을 기다리고 있을지도 모른다는 생각이 들었다.

폭발할 듯이 치밀던 분노가 그 한마디에 사그리 사라졌다.

동시에 그가 더 무서워졌다.

단화경은 알고 있었다.

강호에서 가장 두려운 이는 모든 것을 비운 자란 것을.

"일없다."

단화경은 털썩 자리에 주저앉았다.

기풍한이 가볍게 목례를 했다. 마치 지난 기간 고생했단 뜻 같기도 했고 미안하다는 뜻 같기도 했다.

왠지 밉지 않은 놈!

천리비마란 이름을 달 때까지 단화경은 수많은 무인들을 접해보았다.

의협이 충만한 자, 사납기 그지없는 놈, 머리 쓰는 데 이골이 난 놈, 그야말로 무식하기 짝이 없는 놈.

의협이 강호의 절대미덕이라 여기는 놈들은 답답하다. 그들이 보는 세상의 색은 흑과 백, 오로지 두 가지뿐이니까. 그 백지 위에 조용히 붉은 칠을 해주면 그뿐이다.

잔머리를 굴려 무엇인가 얻어내려는 부류들 역시 천박하다. 강호에는 오로지 주먹이 전부라고 설쳐 대는 놈들과 결국 다르지 않다. 폭력과 정이 다르듯 잔머리와 지혜가 다르다는 것을 죽어서도 모를 놈들이다.

간이 오그라들 만큼 무서운 욕설을 내뱉는 놈들은 그저 가소롭다.

입이 앞서는 놈치고 손이 그 입에 따라주는 놈을 보지 못했으니. 그저 가볍게 그 입을 찢어버리면 된다.

살기부터 뽑고 보자는 놈은 더 큰 살기로 살포시 감싸주면 그만이듯 그가 지금까지 봐왔던 대부분의 무인들은 어떤 '부류'라 불릴 만한 특징이 있었다.

그러나 놈은 그 어디에도 포함되지 않았다.

욕설과 살기가 없어도 무서웠고, 충실한 그의 임무 수행에서 의와 협을 느낄 수는 없었다.

한마디로 딱히 규정 짓기 어려운 그 어떤 것이 분명 놈에게는 있었다.

돌아서 나가는 기풍한을 향해 단화경이 말했다.

"이제 어디로 갈 텐가?"

"찾아야 할 사람이 있소."

그 말을 남긴 채 기풍한이 객잔 밖으로 나갔다.

홀로 남은 단화경이 가볍게 한숨을 내쉬었다.

질문을 던진 그 내용은 자신에게도 해당되는 말이었다.

'이제 어디로 가야 하나?'

제자 놈을 비롯해 가까운 지인들은 이번 일로 모두 혈옥에 갇혔다.

어쩌면 발 넓고 심성 고약한 제자 놈은 혈옥의 간수를 매수하여 자신을 죽일 살수를 이미 고용했을지도 모를 일이었다.

그렇다고 깊은 산속에 홀로 숨어 오두막을 짓고 약초를 캐며 여생을 보낼 생각은 전혀 없었다.

단화경은 묵묵히 자신의 손에 쥐어진 두루마리를 내려다보고 있었다.

잠시 후, 무엇인가 결심을 굳힌 듯 단화경이 벌떡 자리에서 일어났다.

"이놈아! 거기 서라!"

기풍한의 종적을 쫓는 그의 발걸음에는 분명 새로운 삶을 향한 기대가 담겨 있었다.

*　　　*　　　*

바람에 실려오는 한마디.

"절대 후회 따윈 하지 마!"

자신의 손등을 타고 흘러내리는 한줄기 핏물.

'꿈?'

순간 기풍한은 서서히 눈을 떴다.

두 번 다시 돌이키기 싫은 악몽의 그날이었지만 기풍한은 간절히 꿈이 깨지 않기를 바랐다.

만약 여전히 꿈속이라면 꿈속의 그에게 해야 할 말이 있다.

다행히 여전히 꿈속이었다.

자신을 바라보는 슬픈 눈동자.

그 슬픔이 웃고 있다.

"…약속해. 후회하지 않는다고."

그날의 자신을 기풍한은 아직도 후회한다.

눈물을 흘리며 고개를 끄덕였던 자신을.

그날의 눈물은 혓바닥이 녹아버릴 때까지 설명을 한다 해도 결국은 살아남은 자의 가식일 뿐.

울지 말았어야 했다.

고개를 끄덕이지 말았어야 했다.

그리고 말했어야 했다.

'안 돼! 난 평생 후회하게 될 거야. 네가 살고… 내가 죽는 게 옳다.'
라고.

하지만 꿈속의 기풍한은 눈물을 흘리며 고개를 끄덕이고 있었다.

야속하게도 언제나 변함없는 자신의 모습.

그래서 이 꿈은 기풍한에게 언제나 악몽이었다.

덜컹.

마차가 크게 흔들리며 기풍한의 악몽은 대로를 신나게 달리는 마차
를 조용히 떠나갔다.

기풍한은 그 흔한 신음 소리 하나 없이 악몽에서 깨어났다.

큰 슬픔은 오히려 소리가 나지 않는 법이다.

그렇게 한참을 마차 창문으로 지나가는 풍경의 물결을 담담히 바라
보고 있었다.

그의 앞에 앉은 한 노인.

덜컹거리는 마차 안에서도 용케 심법삼매경(心法三昧境)에 빠져든
노인은 바로 단화경이었다.

마차를 대여해 어디론가 떠나려던 기풍한을 기어코 따라잡은 단화
경이었다.

기풍한의 의아해하는 얼굴을 보며 단화경은 자신이 따라나선 이유
를 주절주절 늘이댔는데 대부분 공감이 가지 않는 것들이었고, 그나마
말이 되는 이유는 두 가지 정도였다.

우선 자신에게 준 파해법이 가짜일지도 모른다는 것이었는데, 물론

말도 안 되는 억지였다.

내공까지 제압당한 단화경을 죽이려면 기풍한으로서는 군이 이런 번거로운 일을 거치지 않아도 된다는 것을 뻔히 알면서도 뻔뻔하게 단화경은 그것을 첫 번째 이유로 꼽았다.

두 번째 이유는 더욱 가관이었다.

지난 사 년간 자신을 쫓아 귀찮게 했으니 이번에는 자신이 귀찮게 하겠다는 그야말로 어이없는 복수심을 당당하게 내세웠다.

마땅히 갈 곳이 없는데다가 제자의 복수가 두렵다거나 아니면 기풍한에게 호감을 느꼈고, 왠지 그의 과거가 궁금해졌다고 솔직히 말하면 좋았겠지만 우리의 천리비마는 결코 자존심을 굽혀가며 진실과 타협하는 호락호락한 성격이 아니었던 것이다.

결국 강호이괴란 명성답게 언제 어디서나 내공 수련을 할 수 있다는 것을 보여주며 당당히 기풍한의 앞자리를 차지하고 있는 것이다.

무슨 이유에서인지 기풍한은 그러한 단화경을 군이 외면하지 않고 동행을 허락했다.

어쨌든 마차는 인상 좋은 마부의 노련한 채찍질에 이끌려 그렇게 섬서 지단이 위치한 서안(西安)을 빠르게 빠져나가고 있었다.

한참을 심법에 몰두해 있던 단화경이 눈을 번쩍 떴다.

정기가 충만해진 그의 눈빛에서 이미 상당한 내력을 회복했다는 것을 알 수 있었다.

"으하하하!"

단화경이 호탕하게 웃음을 터뜨렸다.

내공을 잃은 지난 두 달은 그에게 지옥과도 같은 고통을 안겨주었다.

"고맙네, 고마워."

자신의 내공을 제압한 사람이 기풍한이란 사실을 잊었는지 단화경은 연신 감사의 말을 던졌다.

하긴 이유야 어떻든 내공이 제압당한 지난 두 달은 그에게 떠올리기조차 싫은 끔찍한 시간이었다.

땅을 빼앗긴 촌로를 부여안고 엉엉 울며 저 멀리 배를 빼앗긴 어부를 눈물로 손짓하는 그런 비통한 심정이었다.

"내 마음이 바뀌면 어쩌려고 따라나선 게요?"

물론 노인에게 혈옥은 치를 떨 만큼 무서운 곳이었다.

그러나 노인의 표정은 여유롭기 짝이 없었다.

"자네가 그런 사람이 아니란 건 이미 알고 있지."

기풍한은 못 말리겠다는 표정을 지어주곤 또다시 창문 밖만 응시했다.

내공을 되찾자 잃었던 호기까지 되찾았는지 단화경이 큰 소리로 외쳤다.

"게다가 이제 자네의 그 기이한 수법의 파해법까지 알아냈으니 어쩔 텐가? 이제 다시는 나를 제압하지 못할 텐데!"

"또 있소."

"뭐가 말이냐?"

"화경(化境)에 이른 고수를 제압하는 방법은 모두 일곱 가지요. 선배에게 쓴 수법은 그중 첫 번째에 불과하오."

"헉! 그 말을 지금 내가 믿으란 말이더냐?"

그러자 기풍한의 입가에 작은 미소가 지어졌다.

그 모습을 보자 단화경은 맥이 풀렸다.

"젠장, 정말이구나."

비록 이 년을 쫓겼다고는 하나 함께 붙어 다닌 지는 불과 두 달이었다.

그 짧은 시간에 한 사람의 모든 것을 알 수는 없겠지만 적어도 한 가지는 알 수 있었다.

기풍한은 진실을 애써 말로 설명하는 사람이 아니란 것을.

그의 미소는 분명 진실을 향해 웃고 있었다.

"괴물 같은 놈, 도대체 그런 수법들을 다 누구에게 배웠더냐?"

물론 대답하지 않으리란 것을 잘 알았지만 정말로 궁금한 점이 아닐 수 없었다.

하루가 다르게 급변하는 강호무림에 어찌 정해진 고수가 있으랴마는 현 강호에 널리 알려진 고수는 십이천성(十二天星)이라 불리는 열두 명의 무인이었다.

그들 중 가장 높은 무공을 지녔다고 알려진 이는 단연 마교의 교주 천마(天魔) 기천기(起天基)였다.

참으로 재밌는 점은 천마의 제위 이후 정파무림과 그다지 큰 분쟁이 없었기에 그 누구도 천마의 무공을 직접 봤다는 사람이 없다는 점이었다.

그럼에도 사람들은 천마를 강호제일고수로 지칭하는 데 망설임이 없었다. 물론 마교란 이름이 가져다주는 본질적인 공포가 한몫 크게 했겠지만, 어쨌든 마교를 이끌어간다는 것 하나만으로도 그는 최고고수의 자리에 오를 수 있었던 것이다.

따라서 과연 천마 기천기가 강호의 최고고수인가에 대한 논의는 강호의 말하기 좋아하는 사람들 사이에서 아직도 간간이 입씨름거리가 되고 있는 실정이었다.

한편 근래 십오 년간 이상할 정도로 침묵하고 있는 마교의 동태에 대해 여러 말들이 많았다.

그중 유력한 설은 후계자 자리를 두고 끊임없이 내분이 발생했다는 추측인데, 사실 그것도 그다지 믿을 만한 정보는 아니었다.

십오 년이란 세월은 불구대천의 원수지간을 죽마고우로 만들지는 못해도 적어도 싸움에 지친 후계자들이 다시 자식을 낳고 그 자식들이 다툼을 시작할 만큼 긴 세월이었다.

그 다음으로 검성(劍星) 심양(沈陽)과 도귀(刀鬼) 웅패(雄覇), 신창(神槍) 묵비(墨匕)를 들 수 있었다.

검성은 정파의 인물이었고, 도귀는 사파의 인물이었으며, 신창 묵비는 마교 쪽 사람이었다.

정, 사, 마의 각 진영에서 배출한, 그야말로 무신들이었는데 하늘을 가르고 땅을 진동시키는 강호 최고수들이 바로 그들이었다.

다음으로는 사대정협(四大正俠)이라 불리는 무당, 소림, 화산, 개방의 장문인들을 들 수 있었다. 물론 실제적으로 각 파의 장문인이 가장 무공이 높지는 않겠지만 각 문파의 잠재력을 생각할 때 능히 자리를 차지할 자격이 되었다.

따라서 사대정협은 그 네 명의 장문인을 지칭하기도 하고, 또한 그 네 문파에 속한 전대기인을 뜻하기도 했으며, 또한 그 네 문파 자체를 지칭하는 것이기도 했다.

다음으로 장강수로채(長江水路寨)와 녹림칠십이채(綠林七十二寨)를 통합하여 사도연맹(邪道聯盟)이란 거대한 단체를 만들어낸 현 사도맹주와 정파무림의 기둥인 천룡맹주를 들 수 있었다.

끝으로 정사지간의 인물들로 혈서시와 함께 단화경 자신이 강호이
괴(江湖二怪)란 명호로 그 한자리를 차지하고 있었던 것이다.

단화경은 제아무리 십이천성의 고수들을 떠올리며 머리를 굴려봐도
기풍한의 내력을 짐작할 수 없었다.

"혹 십이천성 중 하나가 네 사부더냐?"

잠시 단화경을 응시하던 기풍한이 뜬금없는 질문을 던졌다.

"선배는 지금까지 살아오면서 몇 번이나 음모에 빠져보셨소?"

"음모라? 감히 어떤 놈이 내게 그런 짓을 할 수 있단 말이냐?"

귀신 쌋나락 까먹는 질문이라 대뜸 큰소리는 쳤지만 그러고 보니 살
아오면서 단 한 번도 생각해 본 적 없는 질문이기도 했다.

곰곰이 생각을 해보아도 딱히 목숨이 위급한 음모에 빠져본 적은 없
었다.

음모란 말에 어울리는 일은 이번 제자와의 일에 얽힌 정도가 전부
였다.

"난 음모 따위엔 빠진 적이 없다."

기풍한이 다시 미소를 지었다.

"참으로 선배는 복이 많으신 분이오."

그 말에 울컥 단화경은 화가 치밀었다.

타고난 팔자에 하늘을 향해 인사라도 꾸벅 해야겠지만, 왠지 강호를
살아오면서 한 번도 음모에 빠져본 적이 없다는 사실에 자존심이 상한
것이다.

"그 따위 질문을 던지는 이유가 무엇이냐?"

"별 의미는 없소. 단지 나의 무공 내력을 물으며 십이천성을 먼저
떠올리셔서 그랬소."

"그야 당연한 일이지 않느냐?"

기풍한이 다시 미소를 지었다.

그의 미소는 언제나 서글프다.

"지금껏 많은 음모를 겪어봤지만 그중 강호에 이름난 이는 한 명도 없었소. 진짜 강호를 움직이는 사람은 눈에 잘 보이지 않소."

"으음."

"누가 나에게 십이천성이 무섭냐, 혈옥에 갇힌 이름 모를 악인들이 무섭냐를 묻는다면 난 망설이지 않고 혈옥 쪽을 택하겠소."

왠지 공감이 가는 바라 뭐라 딱히 반박할 말이 없던 단화경은 팽 토라지는 것으로 자신의 의사를 밝혔다.

기풍한이 다시 나지막이 말했다.

그의 시선은 여전히 창밖에 흐르는 숲의 물결에 향해 있었다.

"진심이었소. 복이 많으셨다는 말."

굳이 말하지 않아도 그의 진지한 눈빛이 말해 주고 있었다.

"평생을 음모 속에서 살다 보면… 모든 것을 의심하게 되오. 호의를 호의로 볼 수 없고, 모든 것을 의심하지요. 만약 내가 선배라면 나를 따라나서지 않았을 것이오."

"무엇 때문이냐?"

"의심할 것이기 때문이오. 그런 점에서 선배는 참으로 순수한 사람 이시오."

강호인들이 들으면 기절할 소리였다.

그 악명 높은 천리비마가 순수하다는 소리를 듣고 있다니.

"강호에서 가장 위험한 일은 내막을 모르는 일에 끼어드는 것이오. 만약 내가 지금 죽으러 가는 길이라면 어떻게 하시겠소? 예를 들어 마교의 본단을 치러간다고 하면? 덤으로 함께 죽으시겠소? 만약 선배에게 파해법을 전해준 것이 선배의 성격을 파악하고 이렇게 따라나서리란 것을 미리 안 행동이라면? 선배의 신임을 얻어 더 큰 음모 속으로 몰아넣기 위함이라면 어떻겠소?"

한참을 으르렁거리던 단화경이 주먹을 불끈 쥐었다.

"상관없다. 음모 따위에 빠지지도 않을 것이며 또한 빠진다 해도 충분히 헤쳐 나올 수 있다."

단화경에게는 실로 그럴 만한 자신감이 넘쳐흘렀다.

그는 그래도 될 사람이었다.

"음모에 빠지는 사람들의 대부분은 자신은 절대 음모에 빠지지 않으리란 확신을 가진 사람들이지요. 그런 사람들일수록 결국 더욱 쉽게 음모에 빠지게 되오."

"으음."

"…음모가 없는 강호에서 사는 것, 그것은 진정 행복한 삶이오."

왠지 그 말의 끝에는 '난 그런 삶을 살고 싶소. 그래서 진심으로 누군가를 믿어보고 싶소' 란 말이 생략된 것 같은 여운이 느껴졌다.

함께한 지난 시간 중 그가 가장 많은 말을 한 날이었다.

어쩌면 그는 음모 속에서 살아온 자신의 삶에 대해 누군가에게 한번쯤 하소연하듯 늘어놓고 싶었는지도 모른다는 생각이 들었다.

한참이 지난 후 다시 단화경이 궁금증을 참지 못하고 입을 열었다.

"도대체 우린 어디로 가는 것이냐?"

"우선 확인해야 할 것이 하나 있소."

"무엇을 말이냐?"

"우선 사 년 전에 무슨 일이 일어났는지 알아야겠소."

그 말에 단화경의 눈이 동그랗게 커졌다.

"아까 그자의 눈치를 보니 제법 극비에 붙인 모양이던데… 그것을 말해 줄 사람이 있더냐?"

"비밀이 깊을수록 더욱 쉽게 알 수 있소."

단화경은 기풍한의 말뜻을 이해할 수 없었다.

"으음, 답답하구나. 속 시원하게 말해 보거라."

기풍한이 피식 웃으며 물었다.

"그렇게 어린애처럼 꼬치꼬치 물으시려고 따라나선 것이오?"

어린애란 말에 다시 심기가 크게 상한 단화경이 울컥 말을 쏟아냈다. 세상을 오시하듯 살아온 그였지만 왠지 기풍한의 앞에만 서면 어린애가 되는 것을 느끼던 참이라 더욱 화가 났다.

"크흠! 오냐. 물을 게다. 네놈의 정체가 뭔지, 어디 하늘에서 뚝 떨어진 놈인지, 앞으로 뭘 할 것인지 다 물을 테다. 그래, 이놈아! 오늘 저녁은 뭘 처먹을 테냐?"

그러자 기풍한이 망설이지 않고 대답했다.

"아시다시피 난 천룡맹 질풍육조 조장 기풍한이오. 하늘에서 떨어지지 않고 어미 뱃속에서 나왔소. 앞으로 할 일은 한 여인을 찾는 일이오. 그리고 오늘 저녁은 고기만두를 먹을까 하오."

"컥!"

설마 자신이 홧김에 쏟아낸 말에 저렇게 일일이 대답하리라고는 상상도 못했던 단화경의 입이 쩍 벌어졌다.

이내 단화경이 입맛을 쩝쩝 다시며 내 비장의 무기는 이것이라는 듯 팽 토라져 고개를 돌려 버렸다.

그 모습을 보며 기풍한은 내심 웃지 않을 수 없었다.

그 성정을 짐작할 수 없고 손속이 잔인해 눈도 마주치기 어렵다고 알려진 강호이괴였다.

그러나 정작 자신이 직접 접한 단화경은 소문과는 많이 달랐다.

정사지간이면서도 극악하다고 알려져 있지만 은밀히 보자면 단화경은 정파 쪽의 인물에 가까웠다.

다만 그 성정이 괄괄하고 불같아 그런 괴이한 소문이 났다는 것을 알 수 있었다.

이번에 자신에게 체포된 것도 제자를 잘못 둔 죄일 뿐 그 이상의 이유는 없었다.

토라진 마음도 풀어줄 겸 기풍한이 넌지시 물었다.

"혹 혈서시 선배를 만나본 적이 있소?"

혈서시란 말에 단화경이 깜짝 놀라 되물었다.

"왜 그것을 묻느냐?"

"그냥 강호이괴라 불리시는 분들이니 혹 왕래가 있을까 해서 물어본 것이오."

그러자 단화경이 손사래를 치며 고개를 저었다.

"아서라, 아서. 그 할망구 근처에는 안 가는 것이 좋아. 어찌나 변덕이 심한지. 이래 봬도 나도 소싯적에는 풍류공자(風流公子)라 불리던 사람이다. 내가 요 모양으로 팍삭 늙은 게 다 그 할망구 변덕 죽통에 빠져서 이렇게 되었느니라. 또 귀는 어찌나 얇은지……. 귀 얇은 사람은 심성이라도 착하다더만."

마치 기다렸다는 듯 수십 년을 쌓아놓았던 하소연을 한꺼번에 늘어놓는 단화경이었다. 하지만 그 불만 속에는 오랜 기간 만들어진 미운

정이 담겨 있었다.

"정말이시오?"

"이놈아, 정말 그 할망구는 피해야 한다니까. 할망구 주제에 별호는 또 그게 뭐람. 혈서시? 쿠엑!"

"그게 아니라⋯ 정말 풍류공자셨소?"

"컥!"

물어오는 기풍한의 눈빛이 너무나 진지해서 또 한 번 단화경의 말문이 꽉 틀어막혔다. 차라리 거짓말 마시오라고 했다면 반박이라도 했을 텐데.

"아, 아닌 것 같아 보이느냐? 아, 세월이 유수처럼 흘렀구나."

땀을 삐질 흘리며 단화경의 시선이 황급히 창문 밖으로 향했다.

이어 입술을 지그시 깨물며 나지막한 한마디,

"망할 놈."

그때 마차가 서서히 속도를 줄였다.

이어 목적지에 도착했다는 인상 좋은 마부의 굵직한 음성이 들려왔다.

第2章

둥이문

반나절을 내리 달려 마차가 멈춰 선 곳은 섬서 땅 외곽에 위치한 한 작은 마을이었다.

마차에서 내린 기풍한이 성큼성큼 걸음을 옮기기 시작했다.

거침없는 발걸음은 분명 예전에 여러 번 와보았던 곳임을 말해 주고 있었다.

제법 북적대는 인파를 헤쳐 기풍한이 어느 작은 건물로 들어섰다.

아무 생각 없이 기풍한의 뒤만 따르던 단화경에게 갑자기 몇 명의 여인들이 달려들었다.

"어서 오세요."

화장이 짙은 여인들로 바로 기녀들이었다.

"기 공자님, 오랜만이시네요."

기풍한을 알아본 제법 관록이 느껴지는 기녀 하나가 반갑게 인사를 건네왔다.

반면 기풍한이 기루로 들어설 것이라고는 짐작도 못했던 단화경은 조금 당황한 기색이었다.

설마 하는 마음에 다시 입구로 나가 현판을 올려다보았다.

낡은 현판의 '매향루(梅香樓)' 란 글자는 이곳이 분명 기루임을 말해 주고 있었다.

눈치 빠른 기녀 하나가 엉거주춤 서 있는 단화경의 우람한 팔뚝에 매달리듯 달라붙었다.

"강호의 쓸모없는 젊은것들보다 낫네요."

자신의 팔뚝을 어루만지며 기녀 하나가 엄지손가락을 추켜세우자 단화경은 순식간에 당황하고 머쓱해하는 늙은이에서 풍류공자로 바뀌었다.

"크하하하! 임자도 그리 밉지 않네그려."

기녀의 엉덩이를 토닥이던 단화경이 기풍한을 향해 흡족한 웃음을 지었다.

"좋네, 좋아. 자네도 제법 풍류를 아는구먼."

말은 그렇게 했지만 단화경은 내심 주위를 세심하게 살피기 시작했다.

자신이 보아온 기풍한은 이러한 기루에서 여인의 셋가슴이나 주무르며 시간을 보낼 이가 아니었다.

'사 년 전의 일을 말해 줄 사람이 설마 기녀란 말인가?'

단화경이 자연스럽게 주위를 살펴보았다.

쫑긋 곤두선 단화경의 귀로 미세한 인기척이 느껴졌다.

사방에서 희미하게 느껴지는 매복자들의 숨결.

'고수들! 평범한 기루가 아니다.'

자신이 느꼈다면 분명 기풍한도 느꼈을 터.

그러나 기풍한은 아무 내색 없이 기녀의 뒤만 따르고 있었다.

두 사람은 십여 평의 작은 화원을 지나 깔끔하게 꾸며진 하나의 방으로 안내되었다.

마치 그들을 기다렸다는 듯 재빨리 술상이 차려졌다.

"크하하, 내가 소싯적에는 풍류공자라 불리던 사람이었다."

"호호호, 말씀하지 않으셔도 이미 소녀들은 그리 느꼈습니다."

그래, 바로 이런 반응을 기다렸던 단화경이 아니던가?

단화경이 인상을 쓰며 어찌 넌 기녀보다 못한 눈치를 가졌냐며 매섭게 기풍한을 노려보았지만 기풍한은 그저 묵묵히 술잔만 기울이고 있었다.

몇 차례 술잔이 돌았을 때였다.

"밀주(密酒)를 마시고 싶구나."

마치 그것이 신호인 양 기풍한의 한마디에 기녀들이 재빨리 자리에서 일어나 방을 나섰다.

"어이쿠, 다들 어디 가는 게냐?"

간만에 여인들의 분향(芬香)에 흥이 오르기 시작한 단화경이 이곳에 온 목적도 잊은 채 아쉬운 목소리를 높였다.

그녀들이 나가고 잠시 후 네 명의 기녀가 새로 들어왔다.

처음의 기녀들과 비교할 수 없을 정도로 뛰어난 미모의 여인들이었다.

기녀는 각기 둘씩 나뉘어 기풍한과 단화경의 좌우로 자리를 잡았다.

'오호!'

짙은 화장에 색기 넘치는 웃음은 여전했지만 새로 들어온 기녀들은 확실히 처음의 기녀들과 달랐다.

'강호의 여인들?'

단화경은 한눈에 그들의 정체를 파악했다.

그녀들은 본신 무공을 숨기려 평범하게 행동했지만 단화경과 같은 고수의 눈을 속일 순 없었다.

'흥미롭군. 도대체 이곳의 정체는 무엇이란 말인가?'

단화경은 여전히 아무것도 모르는 양 새로 온 기녀들에게 다시 자신의 젊은 시절의 풍류에 대해 늘어놓기 시작했다.

정말 자신 정도의 고수가 아니라면 결코 그녀들이 무림인인지 알아낼 수 없을 정도로 그녀들은 철저히 무공을 숨기고 있었다.

드르륵.

그때 방의 반을 가로지르며 천장에서 붉은색 천으로 만들어진 장막이 내려왔다.

어느 틈엔가 그 장막 뒤에는 한 명의 인물이 앉아 있었다.

"오랜만이시군요."

듣는 이의 기분을 좋게 해주는 여인의 음성이었다.

목소리만큼 인물이 따라준다면 가히 천하제일미라 불릴 것이다.

단화경은 눈을 크게 뜨고 장막 뒤를 살펴보려고 노력했지만 소용없었다.

내려진 장막은 한쪽에서만 상대방을 볼 수 있도록 특수한 천으로 만들어진 것 같았다.

강호의 잡다한 견식(見識)만큼은 최고라 자부할 단화경은 얼핏 강호에 그러한 특수한 천이 존재한다는 것을 들은 적이 있었다.

묘강 땅에서만 자란다는 희귀한 식물과 귀하디귀한 천잠사(天蠶絲)

를 재료로 그 값이 천금을 헤아린다는 그것.

장막 뒤의 여인이 다시 단화경을 알아보고 인사를 건네왔다.

"단 어르신의 뛰어나신 명성에 대해서는 익히 들어왔습니다. 이렇게 만나뵙게 되어 영광입니다."

한눈에 자신을 알아보자 단화경은 깜짝 놀랐다.

그러한 놀람을 최대한 감추며 단화경이 껄껄거리며 웃었다.

"이 쓸모없는 늙은이를 알아봐 주시다니 이쪽이 영광이외다."

단화경이 최대한의 예를 갖춰 답했다.

강호 배분으로 따지자면야 감히 자신의 앞에 장막 따위를 쳐서 신비한 척 거들먹거리는 자를 용서하지 않겠지만 지금의 상황은 자신의 성질대로 할 상황이 아니었다.

이미 희희낙락대던 여인들도 공손한 자세로 자리를 잡고 있었다.

분명 장막 뒤의 여인이 이곳에서 매우 높은 위치에 자리한 사람임을 알 수 있었다.

"기 공자, 오늘은 무엇을 알고 싶어 오셨소?"

마치 묻는 말에 대답하기 위해 기다렸다는 말투.

그 물음에 단화경의 머리 속에 번쩍 한 단체가 스쳐 지나갔다.

놀람을 가득 실은 단화경의 전음이 기풍한에게 전달되었다.

"설마 이곳이 천하의 정보 상인들이 모여 만들었다는 그 통이문(通耳門)이더냐?"

기풍한은 대답 대신 묵묵히 고개를 끄덕였다.

통이문.

강호제일이 정보를 다룬다는 개방조차 이곳에 대가를 치르고 정보를 얻어간다고 알려진 최고의 정보 상인들이 모인 집단.

통이문의 정보 상인들은 그야말로 강호에 거미줄처럼 퍼져 있다고 했다.

황궁의 고위 관리부터 구파일방의 기명제자까지. 상상도 할 수 없는 곳까지 그 영향력을 발휘한다고 알려진 곳.

이곳이 바로 강호에서 가장 신비로운 단체 중 하나라는 통이문이었다.

단화경조차 말로만 들었을 뿐 한 번도 직접 접해본 적이 없는 곳이었다.

기풍한을 따라나선 지 채 반나절도 되지 않아 통이문을 접하게 되니 내심 단화경은 가슴이 뛰기 시작했다.

한편 그 유명한 통이문이 이러한 기루로 위장되어 있다는 것도 놀랄 만한 일이었다.

하지만 이내 단화경은 고개를 끄덕이지 않을 수 없었다.

세상에서 가장 정보를 잘 빼낼 수 있는 이가 누구일까?

그것은 바로 여인들이 아니겠는가?

강호인들의 무쇠처럼 무거운 입이 기녀들의 웃음에 홀려 낙엽처럼 둥둥 떠다니게 되는 곳이 바로 기루였다.

"설마 이곳이 통이문의 본문은 아니겠지!"

천하의 이름 높은 통이문의 본문이 이런 촌구석의 주루라는 게 단화경은 믿기 어려워 다시 전음을 날렸다.

그럼에도 단화경이 그러한 의문을 가진 이유는 바로 장막 뒤의 여인이 가지는 존재감 때문이었다.

그저 아름다운 목소리를 지닌 여인이라고 보기에는 그녀가 주는 무게감이 작지 않았다.

"이곳이 맞소."

기풍한의 전음에 단화경은 실로 놀라지 않을 수 없었다.

'허허실실(虛虛實實)이던가?'

실로 믿기 힘든 사실이었다.

하지만 과거 질풍육조가 섬서 지단에 배치된 것이 바로 통이문의 본문이 섬서 지역에 있었기 때문이라는 것을 단화경으로서는 결코 알지 못할 일이었다.

기풍한이 담담한 표정으로 물었다.

"사 년 전, 천룡맹에 어떤 일이 있었소?"

그간 제법 긴 시간을 그들과 거래를 해온 기풍한이었다.

일단 표면상으로 기풍한은 천룡맹의 중간 간부쯤으로 행세해 왔었다. 물론 통이문이 그것을 그대로 믿을 정도로 어리숙하지 않다는 것을 기풍한은 알고 있었다.

하지만 기풍한 자신이나 통이문 모두 전문가라면 전문가고 꾼이라면 꾼들이 아닌가?

서로를 이용함에 있어 필요 이상의 호기심이나 과잉반응 따윈 철저히 숨겨왔던 것이다.

어쨌든 그런 기풍한이 사 년 만에 불쑥 나타나 자신의 조직에 대해 물어왔다.

객관적으로 봐서 제법 의문을 가질 만도 했건만 장막 뒤의 여인은 언제나와 같은 담담한 반응이었다.

"일급 정보군요. 이미 여러 차례 거래를 해왔으니 그 값은 아시리라 믿어요."

여인의 침착한 반응만큼이나 기풍한의 행동도 자연스러웠다.

기풍한이 품 안에서 주머니 하나를 꺼냈다.

주머니를 열자 환하게 빛을 내며 모습을 드러낸 것은 한 알의 야명주(夜明珠)였다.

"컥, 야명주! 설마 그깟 옛이야기 몇 마디에 이걸 줘야 한단 말이냐?"

버럭 자신의 본심을 내뱉은 단화경이 썰렁해진 분위기를 돌아보며 다시 덧붙였다.

"너무 비싸지 않나?"

"단 어르신께서는 당연히 그런 생각을 가지시는 게 옳지요."

여인의 목소리에 단화경이 어깨를 으쓱댔다.

"하지만 천하의 운명이 작은 정보 하나에 뒤바뀔 수 있는 법. 정보의 대가는 언제나 비싼 법이지요. 더구나 자신에게 꼭 필요한 정보라면 더욱 그러하겠지요."

참으로 반박하기 어려운 여인의 말이었다.

"흠흠, 그래도 보아하니 단골인 것 같은데 좀 싸게 해주지."

단화경의 말에 옆에 있던 기녀 하나가 킥 하고 웃음을 터뜨렸다.

그러나 기녀는 이내 자신의 실수를 깨닫고는 정색을 하려 노력했지만 여전히 웃음을 참기 어려운 얼굴이었다.

근래 몇 년간 통이문에 찾아와서 감히 값을 깎는 청탁자는 대하지 못한 탓이었다.

장막 뒤의 여인도 그러한 단화경의 말에 기분이 유쾌해졌는지, 아니면 원래 그런 마음이었는지 흔쾌히 호의를 베풀었다.

"좋아요. 단 어르신의 가르침도 있고 기 공자와의 관계도 고려해 이번 정보는 그냥 내드리도록 하지요."

"좋네, 좋아."

나중에 그 야명주를 슬그머니 달라고 할 생각에 단화경은 매우 흡족한 얼굴이 되었다. 기풍한의 성격이라면 어쩌면 줄지도 모른다.

"사실 정보의 성격상 일급으로 분류되어 있으나 공공연히 알려진 일이지요."

그렇게 단화경에게 있어 '그깟 옛이야기' 가 시작되었다.

"사 년 전 천룡맹에 큰 사건이 일어났습니다. 사건의 발단은 당시 섬서 지단주였던 백천기가 암살을 당하면서 시작되었습니다."

백천기는 기풍한의 직속 상관이었다.

천룡맹이란 거대한 조직 내에서 질풍육조의 존재를 알고 있었던 유일한 두 사람 중 하나.

"천룡맹에서는 그 죽음에 대해 대대적인 수사를 벌였지요. 그리고 놀랄 만한 결과를 밝혀냈습니다."

"놀랄 만한 결과라니? 도대체 누가 그를 죽였단 말이오?"

단화경이 궁금증을 참지 못하고 나섰다.

새외로 쫓겨다니다 보니 그간의 중원 사정에 어둡기는 단화경도 마찬가지였다.

"바로 그를 죽인 무공은 천룡칠식(天龍七式)이었습니다."

그 순간 기풍한의 눈이 번쩍였다.

천룡칠식은 천룡맹주 사마진룡의 독문 무공이 아니던가?

"모두 말도 안 되는 일이라 생각했지요. 맹주가 자신의 무공을 사용해서 그를 죽일 이유는 전혀 없었으니까요."

"옳은 말이다. 천룡맹주 그 아이가 버릇이 없긴 했어도 그렇게까지 멍청하진 않지."

단화경의 장단에 맞춰 여인이 말을 이어갔다.

"처음에는 누군가 맹주를 음해하기 위해 모함을 한다는 쪽으로 결론을 내렸지요. 그런데 또 다른 문제가 발생했습니다."

"그것이 무엇이오?"

기풍한의 표정은 굳어 있었다.

평생을 음모 속에서 살아온 그였다.

이미 뭔지 모를 음모의 냄새에 온몸의 감각이 꿈틀거리고 있었다.

"백천기의 집무실 밀실에서 한 장의 밀서가 발견된 것이지요."

"밀서라니?"

"그것은 천룡맹주가 사도연맹주에게 보내는 밀서였습니다."

"뭣이라?"

단화경이 깜짝 놀라 두 눈을 둥그렇게 치켜떴다.

"밀서에는 구파일방의 수뇌부들을 한 장소로 유인, 산공독(散功毒)을 이용해 그들을 모두 인질로 잡겠다는 무서운 내용이 담겨 있었습니다."

"말도 안 된다. 만약 그런 일을 저지른다면 구파일방에서 그냥 있겠느냐? 그것은 곧 정사대전(正邪大戰)을 의미하는 것이 아니더냐?"

이야기는 여인에게 들었지만 단화경은 기풍한에게 자신의 이견에 동조를 구하고 있었다.

기풍한은 묵묵히 턱을 매만지며 어떤 생각에 잠겨 있었다.

여인의 말이 계속 이어졌다.

"아쉽게도 밀서에는 그 이후의 일에 대해서는 언급되어 있지 않았지요."

"고민하고 자시고 할 것 없다. 당연히 위조된 것이다."

단화경은 단호하게 자신의 의견을 밝혔다.

"역시 모두 그렇게 생각했지요. 하지만 문제는 그것으로 끝나지 않았습니다."

"엥?"

"놀랍게도 밀서는 맹주의 친필로 밝혀진 것입니다."

"그럴 리가?"

"천룡맹주와 같은 고수의 필체는 결코 쉽게 위조할 수 없습니다. 어쨌든 그때부터 상황이 악화되기 시작했습니다. 맹주의 반대파들이 들고 일어나서 본격적으로 맹주를 공격하기 시작한 것이지요."

"흐음, 괴이한 일이군."

연신 단화경은 고개를 가로저었다.

"일이 일파만파(一波萬波)로 확대되자 구파일방까지 개입하게 되었지요. 그리고 결국 맹주 스스로 자신의 필체임을 밝혔습니다. 모든 일을 시인한 셈이지요."

"하지만 그것은 말도 안 된다. 천룡맹주쯤 되는 인물이 뭐가 아쉬워 사도연맹 따위와 결탁을 하겠느냐?"

단화경의 말은 일리가 있었다.

"사도연맹에서는 끝내 입을 다물었습니다. 결국 모든 일은 맹주의 책임으로 돌아가게 된 것이지요."

"그렇게 된 것이구면."

여전히 의문을 남긴 채 단화경이 힐끔 기풍한의 눈치를 살폈다.

기풍한은 눈을 지그시 감은 채 무엇인가 골똘히 생각에 빠져 있었다.

잠시의 침묵을 깨고 여인이 마무리를 했다.

"현재 천룡맹주는 전대맹주의 동생인 사마진서(司馬震徐)가 물려받았습니다. 천룡 가문은 대대로 세습되어 왔으니까요. 천룡가에 있어 한 가지 다행스런 일은 천룡맹 전체가 무림 공적으로 몰리지 않았다는 점입니다. 어쩌면 천룡가와 구파일방 사이에 모종의 계약이나 합의가 이루어진 것이 아닐까 하는 추측이 조심스럽게 나돌고 있지요. 그렇지 않다면 지금 강호는 구파일방과 천룡가의 전쟁으로 피바다를 이루고 있을 테니까요."

"그렇다면 사마진서의 음모이겠구먼."

신빙성없는 단순한 단화경의 추측에 장막 뒤의 여인은 아무 대꾸도 하지 않았다. 자신은 철저히 그 전개 과정만을 알려줄 뿐이란 자세였다.

기풍한은 이야기를 듣고 난 후 비로소 한 가지 사실을 떠올렸다. 사년 전 자신을 출맹시키던 백천기가 왠지 서두르고 있다는 느낌을. 그때는 그냥 넘겼지만 지금 돌이켜 보니 분명 이상한 점이 있었다.

혹 그가 자신의 죽음을 미리 예감한 것일까?

기풍한이 다시 신중하게 입을 열었다.

"묻고 싶은 게 두 가지 더 있소."

"더 이상의 정보는 대가를 치르셔야 합니다."

"물론이오."

"무엇인지요?"

"전대맹주에게 딸이 한 명 있었소."

장막 뒤의 여인이 조심스럽게 입을 열었다.

"사마연화 말씀이시군요."

"그렇소. 바로 그녀요. 그녀의 행방에 대해 알고 싶소."

"그건 대가가 필요없는 질문이군요. 천룡맹에서는 최대한 쉬쉬하고 있었지만 그것 역시 공공연히 알려진 사실이니까요."

"그녀는 지금 어디에 있소?"

그러나 장막 뒤의 여인은 앞서의 말처럼 쉽게 대답을 해주지 않았다.

"그녀를 왜 찾으시죠?"

여인의 물음에 기풍한은 의외란 표정을 지었다.

그동안 거래를 해오면서 그녀가 자신에게 무엇인가를 물은 적은 단한 번도 없었기 때문이다.

"대답해야 하오?"

기풍한의 무뚝뚝한 대답에 장막 뒤의 여인은 잠시 침묵했다.

"제가 그만 무례를 범했군요. 사과드리죠. 사마연화는 힘들게 찾으실 필요가 없어요."

"그게 무슨 뜻이오?"

기풍한의 목소리가 살짝 떨리고 있었다.

"그녀는 이미 이곳 서안에 와 있기 때문이지요. 오늘 천룡맹 섬서 지단주로 내려온 이가 바로 그녀예요."

그 말에 기풍한의 표정이 어두워졌다.

사마연화의 나이는 이제 고작 열아홉.

섬서 지단주의 중임을 맡을 나이도, 무공도, 경력도 되지 않았다.

그런 그녀가 섬서 지단주를 맡았다?

굳어진 얼굴로 기풍한이 마지막 질문을 던졌다.

"마지막으로 물어볼 것이 있소."

"말씀하세요."

왠지 여인의 목소리가 조금 착잡하게 바뀌었다는 것은 단화경만의 착각이었을까?

이어지는 기풍한의 마지막 질문은 너무나 의외의 내용을 담고 있었다.

"맹주님의 생사(生死)."

기풍한의 물음에 놀란 것은 오히려 옆에 앉아 있던 단화경이었다.

"이놈아, 천룡맹주 그 아이는 이미 죽었다고 하지 않았느냐?"

"그 자리에 있으셨소? 그 시체를 보셨소?"

"그, 그건 아니지만……."

기풍한이 지그시 장막을 노려보며 말했다.

"그대의 입을 통해서 듣고 싶소."

장내를 흐르는 긴 침묵.

그 숨 막히는 침묵에 여인의 망설임이 장막 너머까지 전해져 오고 있었다.

이미 죽었다고 알려진 사마진룡의 생사에 대한 답변을 구태여 망설이는 여인의 태도에 단화경은 의아한 마음이 들었다.

설마 죽지 않았다는 말인가?

그것 역시 이해가 되지 않았다.

음모든 사실이든 그런 죄를 지은 그가 지금까지 살아 있을 리 만무하지 않은가?

그러나 여인의 입에서는 삶도 죽음도 아닌 전혀 예상치 못한 말이 나왔다.

"마지막 청탁은 거절하겠습니다."

또다시 흐르는 침묵.

기풍한이 담담히 자신의 등에 메고 있는 가죽 주머니를 열어 하나의 물건을 꺼냈다.

손바닥 크기만한 은갑(銀匣)이었다.

곽의 테두리에 둘러진 정교하게 새겨진 검은빛의 용 조각.

뚜껑을 열지 않았음에도 은은하게 퍼져 나가는 청량한 기운.

"설마 그것은……?"

단화경의 넓은 견식이 다시 한 번 발휘되는 순간이었다.

"묵룡대환단(墨龍大還丹)? 어이쿠!"

말을 해놓고도 스스로 놀란 단화경이 비명까지 내질렀다.

과연 그것은 단화경의 말대로 묵룡대환단이었다.

소림의 대환단보다 더욱 정묘한 효능을 발휘한다고 알려진 단환이었다.

가닥가닥 끊어진 혈맥을 이어주는 기적 같은 효능은 비단 죽어가는 환자에게만 통하는 것이 아니었다.

강호인이 복용한다면 단숨에 일 갑자의 내공을 쌓게 해준다고 알려진 강호제일의 영약이었다.

그 가치는 돈으로 환산할 수 있는 것이 아니었다.

그러나 정작 문제는 그 기적 같은 효능이 아니었다.

그것은 과거 한 단체와 관련이 있는 약이었다.

십 년 전 묵룡천가(墨龍天家)란 신비 단체가 무림에 출현했다.

신묘하고 극강한 무공으로 강호의 중요 인물들을 포섭해 가며 강호 일통을 꿈꾸었던 강호제일가.

홀연 자취를 감추기 전까지 수많은 무림인들이 그들에게 희생당하거나 포섭당했다.

이후 천룡맹에 의해 그들에게 포섭된 무림인들의 명단이 발표되면서 그들 대부분이 문파를 배신한 죄로 죽임을 당했다.

그것은 강호의 일대 사건이자 각 문파에는 기억하기도 싫은 상처였다.

자신의 사부가, 사백이, 혹은 함께 수련해 온 절친한 사형이 문파를 배신하려 했다는 사실은 실로 믿기 어려운 일이었던 것이다.

과연 장막 뒤의 여인도 크게 놀란 눈치였다.

"묵룡대환단은 죽음을 부르는 영약. 그 가치가 말할 수 없이 높다 해도 본 문에서는 받아들일 수 없습니다."

여인의 목소리는 심하게 떨리고 있었다.

가장 흥분한 것은 단화경이었다.

"이 미친놈아, 맹주는 이미 뒈졌다고 듣지 않았더냐."

이런 귀한 것을 기풍한이 어떻게 지니고 있는가는 그에게 중요하지 않았다.

혹시라도 여인이 제의를 받아들일까 단화경의 마음은 애가 탔다. 냉큼 그것을 삼켜 버리고 방바닥에 누워 배 째라고 소리치고 싶은 욕망을 단화경은 이를 악물고 참았다.

"아!"

그때 장막 뒤의 여인이 무엇인가 깨달았다는 듯 자신도 모르게 탄성을 내질렀다.

여태껏 보여왔던 담담한 그녀의 모습치고는 매우 놀랄 만한 반응이었다.

묵묵히 장막을 응시하던 기풍한이 담담히 말했다.

"본인은 질풍육조 조장 기풍한이오."

임무를 떠나 단 한 번도 밝히지 않았던 자신의 신분을 기풍한은 오늘 두 번이나 스스로 밝히고 있었다.

기풍한은 여인의 탄성에서 어느 정도 자신의 신분을 직감했다는 것을 느꼈다.

또다시 흐르는 무거운 침묵.

그 무거움만큼이나 조심스럽게 여인이 입을 열었다.

"사실 저희도 기존의 질풍조 외에 또 다른 조직이 더 있으리라 추측하고 있었습니다. 질풍오조까지의 활약만으로 보기에는 설명할 수 없는 일들이 많았으니까요."

"일급 음모 진압. 바로 질풍 육조의 임무요. 질풍오조까지의 기존의 질풍조가 담당했던 것은 이급 음모까지였소."

기풍한이 다시 한 번 명백히 자신의 조직을 밝혔다.

"묵룡천가는… 그대 질풍육조의 손에 제거되었군요."

"우리 일이니까요."

쉽게 말들이 오고 가고 있었지만 그것은 실로 엄청난 비밀이자 놀랄 만한 사건이었다.

두 사람의 옆에 있던 여인들조차 깜짝 놀란 얼굴로 기풍한을 응시했다.

자신들도 문주를 통해 귀동냥으로 들은 적이 있었다.

묵룡천가.

강호 일천 년 사에 두고두고 기록될 절대무가.

자신들이 이제 막 검을 쥐는 법을 배우던 십 년 전 강호를 공포로 몰아넣은 무서운 기문.

전설을 묻어버린 숨겨진 전설이 지금껏 자신이 따라주던 술을 훌쩍

홀짝 마셨던 사내였단 생각에 놀람과 더불어 경외(敬畏)의 마음까지 들었다.

장막 뒤의 여인은 몹시 고민을 하는 듯 보였다.

상대가 자신의 패를 드러내 놓은 것이다.

무거운 비밀에는 언제나 책임이 따르는 법.

"기 조장께서 스스로 정체를 밝히신 까닭은 저희를 핍박하기 위함이십니까?"

여인이 단도직입적으로 물어왔다.

이미 기풍한에게 본문의 위치가 알려져 있는 상황에서 정확한 무공내력을 알 수 없는 질풍육조의 표적이 된다면 통이문의 흥망은 장담할 수 없는 일이었다.

뜻밖의 기풍한의 한마디.

"진심이오."

"진심이라고요?"

"그렇소. 난 지금 그대에게 내 진심을 말한 것이오. 진심으로 내 부탁을 들어주길 바라는 내 진심이 그대에게 건너가 정보로 바뀐다면 그 정보는 결국 파멸을 부를 것이오."

명백한 협박이었다.

"감히 문주님께 그 무슨 망발이냐?"

기풍한의 옆에 조용히 있던 여인 하나가 기습적으로 기풍한을 공격했다. 방금 전의 놀람에도 여인의 그러한 반응은 그녀가 얼마나 자신의 주인을 존경하고 있는지 잘 보여주고 있었다.

탁!

찔러오던 수도(手刀)가 채 기풍한의 목에 닿기도 전 이미 그의 손이 그녀의 손목을 잡고 있었다.

우웅!

순간 여인의 팔에 담긴 내력이 흩어졌다.

분명 조금도 거칠지 않은 부드러운 한 수였건만 팔의 힘이 쑥 빠져 나갔다.

여인은 자신의 공격이 한순간에 제압당하자 몹시 당황하고 놀랐다.

그러나 여인 역시 호락호락한 상대는 아니었다.

샤르륵.

잡히지 않은 다른 한 손의 옷소매에서 한 자루의 비수가 미끄러져 내려왔다. 본능적인 반응이었다.

그녀가 다시 비수를 찔러오려던 그때 기풍한이 그녀를 향해 고개를 돌렸다.

"한잔 주시겠소?"

기풍한의 얼굴에는 다정한 미소가 담겨 있었다.

미소를 보는 순간 비수에 담긴 살기가 눈 녹듯 녹아들었다.

분명 그것은 하나의 보이지 않는 기운이었다.

꽃잎과도 같은 부드러움으로 위장된 무시무시한 살기.

그 꽃잎이 떨어지는 순간 자신을 향해 미소 짓는 봄은 여름과 가을을 훌쩍 건너뛰어 한순간에 겨울로 바뀌어 버릴 것이다.

여인은 순간적으로 자신은 결코 눈앞의 사내를 감당할 수 없다는 것을 깨달았다.

그녀를 구해준 것은 바로 장막 뒤의 여인이었다.

장막 뒤에서 호통이 내려졌다.

"그 무슨 버릇없는 짓이냐? 어서 사죄의 술을 따라 드려라!"

기풍한의 무공 수위를 알고자 일부러 말리지 않은 여인이었다.

과연 기풍한의 가벼운 한 수는 간담이 서늘해질 정도로 무서웠다.

"아직 어려서 강호 물정을 모르는 아입니다. 부디 어여삐 용서해 주시기를……."

"술맛이 좋구려."

기분 좋게 술을 들이킨 기풍한의 빈 잔에는 이미 자신을 향한 기습에 대한 그 어떤 노기(怒氣)도 담겨 있지 않았다.

"알겠습니다. 기 조장님의 진심은 제가 소중하게 받들겠습니다."

기 공자에서 기 조장으로 호칭이 바뀌었다.

방금 전 한 수로 질풍육조에 대해 확실히 믿는다는 뜻이리라.

"다만… 그 묵룡대환단은 받아들일 수가 없습니다."

묵룡천가의 보물이 통이문에 있다는 것이 알려지는 순간 통이문의 역사는 피로 물들게 될 것이란 것을 그녀는 잘 알고 있었다.

정파는 정파대로 사파는 사파대로 그것을 뺏기 위해 어떤 이유를 들어서든지 자신들을 핍박할 것이 틀림없었다.

설령 그것을 복용한다 해도 족히 십 년은 두고두고 배가 아플 그들이었기에 '괘씸죄'의 혐의 또한 벗기 힘들 것이다.

이래저래 멸문당할 뿐이었다.

기풍한이 망설이지 않고 가죽 주머니에서 다시 무엇인가를 꺼냈다.

그것은 붉은빛을 내는 독특한 모양의 기형도(奇形刀)였다.

"그것은?"

장막 뒤의 여인이 깜짝 놀라 자리에서 벌떡 일어났다.

"요란도(搖亂刀)!"

여인의 목소리는 무섭게 떨리고 있었다.

그에 비해 단화경은 눈앞의 물건을 알아보지 못했다.

"망산귀도(邙山鬼刀)의 독문 병기를 어찌 당신이?"

"뭐라? 망산귀도?"

단화경의 두 눈이 더 이상 커질 수 없을 정도로 커졌다.

망산귀도.

묵룡천가와 함께 잊을 수 없는 또 하나의 이름.

구파일방의 제자들은 물론이고 천룡맹과 사도연맹의 수많은 무인들을 죽음으로 몰고 간 묵룡대란이 있은 지 삼 년 후.

정기를 잃은 강호에 다시 한 명의 마인이 탄생했다.

이름을 알 수 없었던 그 마인은 망산귀도라 불렸다.

그의 이름을 알 수 없었던 까닭은 그가 광인(狂人)이었기 때문이다.

훗날 그에 대한 억측이 난무했지만 가장 믿을 만한 이야기는 이렇다.

원래 그는 평범한 무가의 자손이라 했다. 그러던 어느 날 그의 부친이 우연히 입수하게 된 한 권의 무공 비급 때문에 멸문의 화를 당하게 되었다.

그의 가문을 공격한 이는 다름 아닌 아버지의 가장 친한 친구였고, 무림의 이름 높은 명숙이었다.

구사일생으로 목숨을 건진 후인은 깊은 산속에 들어가 아버지가 구해온 비급으로 십 년간 무공을 익혔다.

천고의 기학이라 알려진 그 무공은 원래 정도의 무공이었지만 후인의 복수심이 지나쳐 그만 주화입마에 빠져들게 되었다.

산을 내려온 그는 무차별 살생을 사행했다.

자신의 원수에 대한 인지력이 완전히 사라진 것은 아니었는지 그가 노리는 상대는 모두 정파의 고수들이었다.

수많은 협객이 터무니없이 강력한 그의 손에 목숨을 잃으면서 또다시 강호는 피로 물들었다.

결국 구파일방 고수들의 합공으로 산동 땅 태산(泰山) 절벽에 떨어져 죽음을 맞이했다고 알려진 그였다.

그의 독문 무기인 요란도가 다시 세상에 모습을 드러낸 것이다.

"설마 그를 죽인 것이 바로 너희였단 말이냐?"

"이례적으로 저희 질풍육조가 모두 투입되었던 작전이었소."

"컥!"

단화경의 혈압이 다시 솟구쳤다.

"그럼 묵룡천가를 상대할 때는 다 동원되지 않았다는 말이냐?"

묵묵히 기풍한이 고개를 끄덕였다.

"그땐 막내가 없었지요."

"컥!"

단화경의 놀람은 계속 이어졌다.

"너의 그 질풍육조란 것이 수백, 수천이 아니더냐?"

묵룡천가를 제거했다는 말에 단화경은 내심 질풍육조를 견주어보았다. 아무리 적게 잡아도 정예 고수가 적어도 일백은 넘는 조직이라 여겼는데, '막내'란 은 분명 그들이 소수임을 암시하고 있었다.

"질풍육조는 수백, 수천이기도 하고, 대여섯에 불과하기도 하오."

그야말로 알쏭달쏭한 말이었다.

"이놈아! 도대체 네놈들은 모두 몇이란 말이냐!"

"그저 작은 바람들이 모여 큰 바람을 만들어내는 것이지요."

기풍한은 알지 못할 미소를 지을 뿐이었다.

숨을 헐떡이며 단화경이 다시 소리치듯 고함을 내질렀다.

"너란 놈은 도대체? 좋다. 하나만 묻지. 도대체 어떻게 망산귀 그놈을 죽였단 말이냐? 그놈 몸에 칼이 박히더냐?"

당시 망산귀도는 도검불침은 물론 금강불괴지신(金剛不壞之身)과 버금가는 상태였다.

갑자기 단화경이 자신의 제자를 나무라기 시작했다.

"식이 이 못난 놈아, 어리석은 놈 같으니라고."

천지를 모르고 날뛰던 제자 놈이 아무리 설쳐 댄다 한들 묵룡천가에 비하고 자신이 아무리 강호이괴라 한들 망산귀도에 비할까.

흑문의 음모가 기풍한의 손에 진압된 것은 당연한 일이었다.

자신이 이 년이나 도주했다는 사실은 이제 보니 기적과도 같은 일이었다.

그때까지 잠자코 두 사람의 대화를 듣고 있던 여인이 조심스럽게 물어왔다.

"한 가지 여쭙고 싶은 것이 있습니다."

"무엇이오?"

"망산귀도는 결국 어떻게 되었습니까?"

기풍한이 서늘한 눈빛으로 장막을 노려보며 말했다.

"그는 죽었소."

"분명히 죽었나요?"

여인은 재차 물어왔고, 목소리는 점점 더 떨리고 있었다.

"내 손으로 직접 묻었소."

드르르르!

그 순간 놀랍게도 그들 사이를 가로막고 있던 장막이 올라가기 시작했다.

장막이 올라가자 사방이 환하게 밝아지는 듯한 착각이 들었다.

단아한 외모의 여인은 그 미모가 실로 대단했다.

더구나 눈동자에 깃든 총기(聰氣)는 그녀가 대단한 지혜를 지녔다는 것을 알려주고 있었다.

좀처럼 나이를 짐작하기 어려운 얼굴이었다.

여인이 모습을 드러내자 기녀로 위장하고 있던 여인들이 공손히 머리를 숙였다.

"문주님을 뵈옵니다."

"이리 오너라."

여인의 말에 네 명의 여인이 날렵하게 몸을 날려 신비여인의 뒤로 시립하고 섰다.

"제 이름은 서향입니다."

여인이 자신의 이름을 밝힌 후 다시 옆에 시립한 여인들을 소개했다.

"이 아이들은 저의 수호위(守護衛)인 매란국죽(梅蘭菊竹)입니다."

여인들의 눈빛은 어느새 달라져 있었다.

특이하게도 여인들에게 사군자(四君子)의 애칭이 붙어 있었다.

"칠 년 전, 오라버니가 망산귀노에게 살해당한 이후 제가 이곳을 맡아 키우고 있었습니다.

그제야 단화경은 여인이 모습을 드러낸 이유를 알 수 있었다.

서향이 정중하게 기풍한을 향해 절을 올렸다.

뒤의 네 여인도 자신의 주인을 따라 함께 절을 올렸다.

갑자기 여인들이 절을 올리자 기풍한은 조금 당황한 얼굴이었다.

"오라버니의 원한을 풀어주셔서 감사드립니다."

"감사드립니다."

기풍한이 짧은 탄식과 함께 고개를 가로저었다.

"이러실 필요 없소. 난 단지 명령에 충실했을 뿐이오."

서향이 살짝 미소를 지었다.

실로 미소가 어울리는 아름다운 얼굴이었다.

단화경이 지금 상황에 어울리지 않게 '십 년만 젊었어도'란 생각까지 했으니 말이다.

"은인께서 물으신 마지막 질문은 그 누구에게도 답해 드릴 수 없는 질문입니다. 저희 문의 사활을 걸어야 할 만큼 위험한 사안이라 판단을 내렸기 때문입니다. 하지만 은인께는 특별히 알려 드리겠습니다. 천룡맹주는……."

이후의 말은 전음을 통해 기풍한에게 흘러들었다.

서향의 전음에 기풍한은 잠시 생각에 잠겼다.

"고맙소."

기풍한이 묵룡대환단과 요란도를 가죽 주머니에 넣었다. 그리고 다시 무엇인가를 하나 꺼냈다.

그것은 무복 안에 받쳐 입는 얇은 내의(內衣)였다.

푸르스름한 빛이 감도는 걸로 봐서 평범한 물건이 아니었다.

도대체 천룡맹주가 죽은 것이냐 산 것이냐, 호통을 내지르려던 단화경은 또다시 물욕 가득 찬 호기심에 불타오르기 시작했다.

단화경이 침을 꿀꺽 삼키며 그것에 대해 물으려는 순간 기풍한이 자리에서 일어났다.

"이것이라면 괜찮을 것이오."

기풍한이 서향을 향해 가볍게 인사를 건넨 후 방을 나갔다.

단화경이 내심 저게 뭘까 하는 아쉬움을 남기며 그 뒤를 따라 나가
자 방 안에는 다섯 여인만이 남았다.

여인 중 첫째인 매(梅)가 서향에게 물었다.

"문주님, 이것이 무엇인가요?"

그 옷을 내려다보는 서향의 눈빛이 떨리고 있었다.

"이것은 바로 용린갑(龍鱗甲)이란 것이다."

"용린갑?"

여인들로서는 처음 들어보는 이름이었다.

"대천산 구지룡(九地龍)의 비늘로 만들어져서 도검불침은 물론 화기
와 냉기까지 막아주는 강호제일의 기보이니라."

"아!"

동시에 네 여인의 입에서 탄성이 터져 나왔다.

"이렇게 귀한 것을?"

"그는 실로 무서운 사람이다."

"네?"

"그는 이 옷을 주며 몇 가지 자신의 뜻을 남겼다."

여인들이 눈을 크게 뜨고 귀를 쫑긋 세웠다.

"우선 용린갑을 주는 자신의 성의를 봐서 결코 질풍육조의 존재를
알리지 말아달란 부탁이다. 이러한 기보를 선뜻 내어놓는데… 어찌 내
가 딴마음을 먹을 수 있겠느냐?"

"아!"

"다음은 앞으로 다시 나의 도움을 받고 싶다는 뜻이다. 아마 그 가
죽 주머니에는 이와 비슷한 수많은 기보들이 들어 있을 것이다. 하필
이것을 꺼내준 것은……."

여인이 가볍게 한숨을 내쉬었다.

"…죽지 말고 기다려 달라는 뜻이겠지."

여인의 말에 네 여인은 연신 감탄을 자아냈다.

자신들로서는 도무지 상상도 못할 의도였고, 그것을 바로 읽어낸 자신의 문주가 놀랍기만 했다.

"어쩌면… 그는 이미 알고 있었는지도 모르겠다."

"무엇을 말씀이십니까?"

"내 오라버니가 망산귀도에게 죽임을 당한 사실을."

"설마요?"

"당분간 모든 다른 활동들을 일시 중단한다. 그리고 모든 인원을 이번 일에 투입한다."

"네, 알겠습니다."

"…기풍한."

그의 이름을 반복해 중얼거리며 용린갑을 내려다보는 서향의 눈빛이 맑게 빛나기 시작했다.

第3章

부임

부
임

"부디 맹을 위해 힘써주기 바란다."

섬서 지단의 정문을 들어설 때까지 연화는 낙양 본맹을 떠나기 전
숙부가 던진 말을 떠올리고 있었다.

형을 죽이고 그 자리에 오른 사람이 조카에게 던지는 말치고는 제법
가혹한 면이 없지 않았지만 연화는 웃으면서 그 말을 받아들였다.

모두 아버지가 사도연맹과 결탁한 사실에 대해 분노하고 있었지만
연화는 아버지를 믿고 있었다.

거대한 음모.

분명 그것은 숙부가 꾸민 음모가 틀림없었다.

물론 숙부가 이번 일을 꾸몄다는 물증은 지금 그가 아버지의 자리에
앉아 있다는 결과론적 추측뿐이지만 연화는 확신하고 있었다.

어려서부터 그녀는 숙부 사마진서가 싫었다.

그가 머리를 쓰다듬을 때도, 자신을 향해 미소를 지을 때도 왠지 모르게 두렵고 싫었다.

이번 일을 겪고 나서야 그녀는 명확히 깨달을 수 있었다.

그 두려움의 정체가 무엇이었는지.

그것은 바로 훗날 배신자의 가면을 쓰고 나타날 이가 만들어낸 막연한 불안감이었다.

아버지가 죽고 사 년이 지난 올해, 숙부는 이제 막 열아홉 생일을 앞둔 자신을 섬서 지단주에 임명하는 파격적인 인사를 단행했다.

몇몇 반대와 우려의 목소리는 지난 사 년간 철저히 자신의 세력을 다져 온 숙부의 무소불위(無所不爲)한 권력에 의해 단숨에 일축되었다.

연화는 느낄 수 있었다.

왜 숙부가 자신을 이곳에 보냈는지를.

숙부는 자신이 이곳에서 죽어주기를 바라고 있다.

그가 눈엣가시인 자신을 죽이는 것은 혓바닥을 한번 놀리면 그만이었다.

사 년 전이든 지금이든.

하지만 독불장군과 노 같은 그였시민 적어도 자신이 어린 조카를 직접 죽였다는 오명만은 피하고 싶은 것이다.

그래서 자신이 공식적으로 죽어주기를 바라고 있으리라.

이곳 섬서 지단에서.

도열한 무인들이 힐끔거리며 자신을 엿보는 것을 연화는 모르는 척하고 있었다.

아마도 새파랗게 젊은 그녀가 자신들의 지휘자로 온 것에 대해 놀라고 있을 것이다.

혹은 어려서는 귀엽다는 소리서부터 커서는 미녀란 소리를 쏙 듣고 자란 자신의 얼굴과 그에 뒤지지 않는 늘씬한 몸매를 훔쳐보며 엉뚱한 상상의 나래를 펼치고 있을지도 몰랐다.

"어서 오십시오. 기다리고 있었습니다."

부단주 용백이 누런 이를 드러내며 연화를 맞이했다.

숙부에 대한 생각의 끝 자락에 그를 대면해서인지 왠지 용백의 인상이 그리 좋게 느껴지지 않았다.

뭐랄까? 자기 실리를 중시하는 부류라고 할까?

속내를 감추고 연화가 살짝 미소를 지으며 인사를 건넸다.

"앞으로 잘 부탁드리겠어요, 용 부단주."

"우선 안으로 드시지요."

연화는 용백의 뒤를 따라 걸음을 옮기며 섬서 지단의 외경을 훑어보았다.

이미 지난 사 년 동안 세 번의 지단주가 바뀐 곳.

또한 중원 모든 지단을 통틀어 가장 사망자가 많이 발생한 곳.

그 악명에 비해 전체 외경은 매우 아담하고 정갈한 느낌을 주었다.

연무장의 중심에 자리한 본당 건물로 들어서며 용백은 좌측의 큰 건물을 가리키며 저곳이 비룡단의 무인들이 기거하는 곳이라 소개했다.

비룡단은 천룡맹의 가장 주력이 되는 단체였다.

모든 위험한 일을 도맡아 하는 비룡단은 중원의 중요한 지단에만 배치되어 있었다.

이곳에 배치된 비룡단은 자랑스럽게도 비룡일대라면서 용백이 침까지 튀겨가며 목청을 높였다.

집무실을 안내받고 자리에 앉자 연화는 조금 긴장이 풀렸다.

먼 길을 쉬지 않고 달려와 피곤했음에도 눈치없는 용백은 잠시도 쉬지 않고 입을 놀렸다.

"단주님께서 앞으로 머무실 별관이 본 건물 뒤쪽에 따로 마련되어 있습니다. 숙식을 해결하시는 데 아무 불편함이 없을 겁니다. 매일 오전에 간부회의가 있습니다. 또한 본맹에서 임무가 내려오면 부대주급 이상의 간부들로 구성된 작전회의가……."

꽤나 사무적으로 자신이 해야 할 일들을 술술 읊조리는 용백의 말이 마치 환상처럼 들려왔다.

소리의 공명이 커지면서 결국 아무것도 들리지 않게 되는 그 울림 속에서 연화는 다시 한 번 마음을 다잡았다.

'그 누구도 믿어선 안 돼. 믿을 사람은 오로지 나뿐이야.'

아버지가 죽은 지난 사 년간 하루도 빠지지 않고 다짐해 온 말이었다.

숙부의 뜻대로 이곳에서 개죽음당하지는 않을 것이다.

"단주님? 단주님?"

어느새 말을 마친 용백이 멍하게 앉아 있는 연화를 불렀다.

그제야 정신을 차린 연화가 소금 미안한 표정을 지었다

"부단주, 조금 피곤하군요."

"아, 그러시겠지요. 제가 실례를 범했습니다. 그럼 쉬십시오. 두 시진 후에 비룡일대주와 회의가 있습니다. 그럼 그때 다시 뵙지요."

여전히 자신을 향해 미소를 짓고 있는 용백이었다.

왠지 그 얼굴 가죽을 벗겨내면 비웃음이 가득한 또 하나의 얼굴이 있을 것 같다는 생각이 들었다.

'피해의식일까?'

뭐, 아무래도 좋았다.

용백이 집무실을 나가자 연화는 편하게 하품을 하며 기지개를 켰다.

깔끔하고 정갈하게 꾸며진 집무실 내부를 차분히 둘러보는 그녀.

'이제 이곳이 나의 집이다.'

이어 그녀는 가져온 짐에서 몇 가지 물건들을 풀어놓았다.

아버지가 남겨주신 천룡옥패(天龍玉佩)를 소중히 감싸 쥐는 연화.

'아버지……'

어머니는 자신을 낳다가 돌아가셔서 어머니에 대한 기억은 없었다.

아버지는 어머니에 대한 정과 계모와 자신 사이에 혹여 있을지 모를 불화를 걱정해 재혼을 하지 않으셨다.

연화는 항상 그 점이 고마웠지만 나이를 먹을수록 그런 아버지가 안쓰럽게 느껴졌다.

언젠간 꼭 멋진 여인을 아버지에게 소개시켜 드려야지 마음먹었던 그녀였는데 이제 아버지는 더 이상 뵐 수 없다.

몇 가지 물건을 챙기던 연화는 문득 작은 비단 주머니를 풀어헤쳤다.

그 속에는 작은 인형들과 돌멩이들, 노리개를 비롯한 갖가지 잡다한 물건들이 가득 들어 있었다.

어렸을 때부터 소중히 모아온 것들, 기다란 장검을 단정히 등에 멘 여무인의 인형이 그녀를 향해 미소를 짓고 있었다.

그녀는 그것들을 소중한 손길로 자신의 책상 위에 하나씩 올려놓았다.

연화가 어린애들이나 가지고 놀 만한 것들을 지금까지 간직해 온 것에는 한 사람에 대한 추억 때문이었다.

그녀의 머리를 쓰다듬어 주던 다정한 손길.

복면오라버니라 불렸던 한 청년에 대한 추억.

그를 복면오라버니라고 불렸던 이유는 언제나 그가 검은 복면을 쓰고 있었기 때문이다.

그래서 그의 얼굴을 알 수 없었다.

다만 기억나는 것은 복면 사이로 보이던 맑은 두 눈과 복면의 이마에 황금색으로 새겨져 있던 '풍(風)'이라는 글자였다.

무서운 꿈을 꾸다 새벽에 잠을 깨 아버지의 침소를 찾아가면 가끔 복면오라버니를 볼 수 있었다.

그럴 때면 그녀는 오라버니의 목에 매달려 목마를 태워달라고 졸라 댔다.

그의 목에 올라타면 너무나 기분이 좋았다.

포근하고 따스한 느낌. 왠지 모르게 가슴이 콩닥거리는 두근거림.

꼬맹이였던 그녀가 보기에 복면을 뒤집어쓴 채 말은 거의 없었던 그가 무서웠을 법도 하였건만 이상하게 연화는 그가 두렵지 않았다.

복면오라버니는 자신의 생일 때면 언제나 자신을 위해 선물을 준비해 왔다.

천룡맹주의 천금 같은 딸이었던 자신이 어찌 그러한 신물에 목말리했을까마는 복면오라버니의 선물은 흔히 볼 수 있는 것들이 아니었다.

중원 땅에서 결코 볼 수 없는 신기한 모양의 돌이라든지, 저 멀리 해동국(海東國)의 '한복'이라 불리는 너무나도 아름다운 옷이라든지, 그 귀하디귀하다는 한옥으로 만들어진 노리개라든지 그 어느 것 하나 신기하지 않은 게 없었다.

아마도 그는 중원 구석구석을 돌아다닌 것이 틀림없다.

언젠가 한 번은 흉측한 전갈 모양의 나무 인형을 선물로 가져온 적이 있었다. 그것이 어찌나 무서웠던지 엉엉 울었던 그날이 그녀는 생생히 기억이 났다.

그때 복면오라버니는 머리를 긁적이며 몹시 난처해했다.

그 모습이 너무 재밌어 반 시진 내내 우는 척하다가 그녀는 목까지 쉬었었다.

가끔은 복면오라버니에게 무공을 가르쳐 달라고 떼를 쓰기도 했다.

그럴 때면 그는 자신을 번쩍 안고 그 당시 천룡맹에서 가장 키가 컸던 나무 위로 날아올라 갔다.

혹여 떨어질까 그의 옷깃을 꼭 잡고 무서워했지만 그때 나무 꼭대기 끝에서 내려다보았던 야경은 지금도 잊혀지지 않았다.

그때는 아버지는 물론이고 모든 천룡맹 무림인들이 다 그 나무에 쉽게 올라갈 수 있는 줄 알았다.

이후 체계적으로 무공을 배워가면서 그 나무 꼭대기까지 단숨에 날아오르려면 최절정 신법을 익혀야만 가능하다는 것을 알게 되었다.

지금 생각해 보건대 당시 복면오라버니의 무공은 상당히 높았던 것이 틀림없다. 하긴 그렇지 않다면 천룡맹주이신 아버지와 그런 비밀스런 만남도 없었을 것이다.

아쉽게도 열 살이 넘어가면서 복면오라버니를 볼 기회는 갈수록 줄어들었다.

복면오라버니와의 마지막 만남.

그것은 그녀에게 아직도 잊혀지지 않는 상처로 남아 있었다.

열두 살 생일 날이었던가?

또다시 인형을 사 들고 왔던 복면오라버니가 그날따라 왠지 미웠다.

고작 열두 살에 불과했지만 내심 이미 다 커서 인형 따위는 필요없다고 생각하던, 이제 막 사춘기가 시작된 무렵이었을 것이다.

그날의 심술은 복면오라버니의 목마를 타면서도 계속 이어졌다.

오라버니의 품속에서 후끈 느껴지는 피 내음.

처음 맡은 냄새가 아니었건만 그날따라 유난히 혈향(血香)이 짙었다. 피 냄새가 난다며 그의 품에서 억지로 벗어나려 발버둥쳤던 그녀.

복면 안의 그 서늘했던 눈빛은 분명 당황하고 있었다.

그날 이후 복면오라버니를 직접 본 적이 없었다.

생일이면 그저 머리맡에 그가 놓아두고 간 선물만이 남아 있었다.

그마저도 아버지가 돌아가신 사 년 전부터는 뚝 끊어지고 말았다.

물론 아버지가 죽자 수하였던 그 역시 맹을 떠났겠지만…….

연화는 언제나 그 일이 안타까웠고 후회스러웠다.

'…미안해요.'

그 미안함 속에는 이제 두 번 다시 복면오라버니를 보지 못할 것이란 체념이 담겨 있었다. 그만큼 그날의 그 일은 그녀의 마음속에 깊은 상처가 되어 남았다.

나이를 먹고 언젠가 아버지에게 복면오라버니에 대해 물어본 적이 있었다.

아버지는 그저 미소만 지으시며 지금 바쁘단 말만 하셨을 뿐 그에 대해 그 어떤 것도 알려주지 않았다.

'풍'이란 글자가 새겨신 그 복면은 이후 천룡맹의 질풍조가 작전에 돌입할 때 입는 복장이란 것을 알았지만 복면오라버니의 그것과는 분명 달랐다.

보통의 질풍조 무인들의 그것은 은(銀)빛 도금이 입혀진 풍이었는데 분명 복면오라버니의 풍은 금빛 도금이었다.

아버지가 돌아가시자 그녀는 복면오라버니에 대한 추억이 더욱 간절해짐을 느꼈다.

'오라버니, 지금 어디에 계시나요?'

연화가 세차게 고개를 가로저었다. 마치 그 고갯짓에 자신의 나약해지려는 마음까지 다 털어버리려는 듯.

"약해져서는 안 돼. 이제 나 혼자 살아가야 해."

샤르릉!

검을 뽑아 든 연화의 손에 힘이 들어갔다.

책상 위에 세워진 작은 나무 인형만이 그런 연화의 각오를 함께 들어주고 있었다.

오후에 만난 비룡일대주인 화무룡은 용백만큼이나 호감이 가지 않는 사람이었다.

이 사람은 뭐랄까? 자기 도취에 빠져 있는 사람이랄까?

아무튼 그는 자신이 비룡일대주란 사실을 매우 자랑스럽게 여기고 있는 사람이었는데, 그 감정의 근간에 깔린 감정이 상대가 어린 여자이기 때문에 더욱 강하게 표출되고 있다는 것을 느꼈을 때는 이미 치밀어 오르는 짜증을 억지로 참고 있는 참이었다.

"비룡대는 모두 일백의 정예 고수들로 이루어져 있소."

말투 역시 '있습니다'가 아닌 '있소'란 점만 보아도 자신을 은근히 무시하고 깔보고 있음을 알 수 있었다.

"하나같이 뛰어난 무인들로만 선발된 비룡단은 천룡맹의 가장 위험한 임무에만 투입되고 있소. 쉽게 비룡대에 들어올 수 없는 까닭도 바로 그러하기 때문이오."

밉다 밉다 하니 또다시 위험한 임무란 것을 유독 강조하고 있는 비룡대주였다.

"근래 이룬 성과를 들자면 재작년 섬서삼흉(陝西三凶)의 체포를 들 수 있소. 섬서삼흉은 온갖 악행을 저지르며 강호의 골칫거리로 부각되었는데 본 비룡일대가 그들을 일거에 체포하는 성과를 이루었소. 그들은 지금쯤 철옥에서 고생깨나 하고 있을 것이오."

묻지도 않은 것까지 일일이 자랑을 하고 난 화무룡은 '이런 비룡대를 너와 같은 애송이가 다룰 수 있겠느냐?'란 표정으로 연화를 응시했다.

연화가 내심 불쾌한 감정을 애써 추스르며 담담하게 부탁했다.

"비룡일대원들과 직접 만나고 싶군요."

연화의 말에 화무룡이 살짝 인상을 찌푸렸다.

"뭐, 단주의 뜻이 그렇다면 그렇게 하시지요."

못마땅한 기색이 역력했지만 연화는 조금도 흔들리지 않으려고 노력했다.

정말 따끔하게 한마디하고 싶었지만 차마 그럴 수는 없었다.

"전 공무를 처리해야 할 것이 있소. 부단주께서 안내해 주시길 바라오."

상관이 모르는 공무도 있을까?

용백은 예의 그 아부 섞인 웃음으로 연화의 의사는 묻지도 않은 채 그 제안을 당연하다는 듯 받아들였다.

"그러시지요. 제가 안내해 드리겠습니다."

이어 형식적인 인사를 하고 화무륜은 집무 실을 나가 버렸다.

조금 상기된 연화의 낯빛을 보며 용백이 딴에는 위로를 한답시고 입을 조잘거리기 시작했다.

"비룡대주께서는 원래 무뚝뚝하시지요. 하하하!"

문득 연화가 정색을 하고 물었다.

"직급상으로 부단주의 직위가 더 높은 걸로 압니다."

갑자기 직급 얘기를 꺼내자 용백이 조금 당황한 얼굴로 대답했다.

"그렇습니다만……."

성큼성큼 걸어나가며 연화가 한마디 툭 쏘아붙였다.

"이상하군요. 전 화 대주가 부단주인 줄 알았습니다."

잠시 인상이 굳어졌던 용백이 다시 껄껄거리며 그녀를 앞질러 걸음을 옮겼다.

"원래 수하들의 마음을 잘 이해하고 다독이는 것 또한 상급자가 해야 할 일이지요."

연화는 아무 말도 하지 않고 묵묵히 용백의 뒤를 따랐다.

용백은 용백 나름대로 열을 받았지만 그가 지금 이 자리까지 올라와 무사히 어깨 위의 물건을 보중할 수 있었던 가장 큰 장기를 발휘하고 있었다.

그것은 인내였다. 참는 자만이 살아남을 수 있다는 게 용백의 인생 신조이자 출세의 제일 조건이 아니던가?

어쨌든 그런 냉랭한 분위기로 두 사람이 비룡대의 한 숙소로 사전 예고 없이 들이닥쳤다.

용백이 그녀를 안내한 곳은 비룡일대의 여러 숙소 중 복도의 가장 끝 구석에 위치한 숙소였다. 십여 개의 숙소 중 굳이 그곳으로 안내하는 그의 속셈을 연화는 이상하게 여겼다.

가볍게 인사를 건네며 지나쳐 가는 비룡일대의 무인들이 잠시 걸음을 멈춰 수군거리는 모습을 보자 그녀의 의구심은 더욱 깊어졌다.

두 사람이 숙소 안으로 들어섰다.

십여 명의 비룡대원이 제각기 각자 할 일을 하고 있었다.

뒹굴며 자는 무인부터 검을 손질하는 무인까지 매우 자유롭게 휴식 시간을 즐기고 있었다.

문제는 용백과 자신이 들어섰는데도 반응을 보이지 않는다는 데 있었다.

마치 고기 냄새를 맡고 달려온 옆집 똥강아지 보듯이 냉담한 시선이 그녀에게 쏟아졌다.

차라리 그 분위기가 이어졌으면 갑자기 들이닥친 상관에 대한 놀람이었다고 자조나 할 수 있지, 이내 그들은 각자 제 할 일에 열중하기 시작했다.

다시 장내는 마치 아무 일도 없었다는 듯 원래의 모습으로 돌아갔다.

일이 이렇게 되자 당황한 쪽은 연화였다.

조금 미안한 얼굴로 용백이 주의를 환기시켰다.

"허허, 인사들 하시게. 이번에 새로 부임하신 단주님이시네."

용백의 소개에도 그들은 여전히 냉담한 반응이었다.

자고 있던 한 무인이 삐죽 고개를 들었다가 귀찮다는 듯 신경질적으로 이불을 뒤집어쓰고 돌아누우며 툭 내뱉었다.

"요즘 강호 많이 좋아졌다."

"큭큭큭."

여기저기서 웃음이 터져 나왔다.

그 순간 연화는 알 수 있었다. 이곳이 비룡일대의 무인들 중 사고뭉치들만 모아놓은 곳이란 것을.

어린 그녀를 못마땅하게 여긴 화무룡의 '상관 길들이기'에 용백이 적극 동참을 한 것이 틀림없다.

"모두 반갑습니다."

연화가 최대한 차분하게 인사를 건넸다.

그녀의 자세가 그들에게 저자세의 약한 모습으로 보였는지 분위기는 더욱 방정맞아졌다.

잡담 소리가 더욱 커졌고, 침상에 누워 있던 무인 하나는 일부러 코고는 소리까지 연출하기 시작했다.

울컥 치밀어 오르는 분노를 연화는 애써 참고 있었다.

만약 자신이 고강한 무공으로 눈에 거슬리는 자는 단칼에 베어버리는 그런 상관이라면 이 망나니 놈들의 태도는 분명 달랐을 것이다.

오직 힘의 논리만이 최고의 가치인 강호.

그 서글픈 현실의 벽을 넘어서려는 연화의 노력이 이어졌다.

"혹시 불편한 점이 있으면 언제라도 제게……."

그때 침상에 누워 있던 무인 하나가 연화의 말을 삭둑 자르며 비아냥거렸다.

"거참 시끄럽네."

얇은 입술에 전갈 꼬리처럼 눈 꼬리가 말려 올라간 사내는 비룡일대에서 가장 성질이 더럽기로 유명한 미친 개 충소(充昭)였다.

광견 충소 하면 성질 더럽고 뒤끝 많기로 유명한 자였다. 과거 숱한 여인들을 겁탈한 것을 자랑으로 여기는 그는 그야말로 비룡일대의 문제아였다.

그런 자들이 버젓이 비룡일대원으로 활약하는 데에는 그만한 사정이 있었다. 기존의 질풍조가 해체되면서 천룡맹에서는 무리하게 무인들을 받아들였고, 그 과정에서 온갖 부정과 이권이 개입한 것이다.

연화의 목소리가 싸늘하게 가라앉았다.

"너, 이리 나와!"

그러한 연화의 반응에 모두 의외라는 표정을 지었다.

"오, 멋진 모습!"

그 가벼운 주둥아리를 신호로 모두 줄지어 입을 놀려댔다.

"박력있네!"

"무섭군. 무서워."

그 잡소리들을 헤치며 충소가 성큼성큼 걸어나왔다.

"나왔소."

마치 '나왔는데 어쩔래?' 란 눈빛으로 충소가 위협적으로 연화를 노려보았다. 으레 있을 법한 나이 어린 여상관에 대한 텃세치고는 이미 그 한계를 넘어서고 있었다.

"상관에 대한 태도가 그게 뭐냐?"

연화의 목소리는 조금 떨리고 있었다.

상대가 무서운 것이 아니라 이런 상황에 처한 자신의 참담한 현실에 대한 분노였다. 천룡맹주의 천금이었던 그녀가 거친 남자들의 조직을 다룰 기회가 있었을 리 만무했다.

'강하게 나가야 해. 기세 싸움에 져선 안 돼.'

그녀는 마음을 다잡으며 이를 악물었다.

그에 비해 충소는 여유만만이었다.

"내 태도가 어쨌다는 거요? 시불."

"뭐야!"

연화의 몸이 바르르 떨렸다. 설마 대놓고 욕설을 내뱉으리라곤 상상
도 못한 그녀였다.

"할 말 없으면 돌아가겠소. 별……."

돌아가는 충소의 구시렁거림이 연화의 귀에 똑똑히 들려왔다.

"…별 거지 같은 년이."

그 말에 연화의 두 눈에서 불꽃이 일었다.

"부단주, 저자를 당장 체포하시오!"

연화의 차가운 일침에 그때까지 나 몰라라 방관만 하고 있던 용백이
난감한 표정을 지었다.

가늘어진 두 눈은 분명 지금의 상황을 고소하게 여기는 것이 틀림없
었다.

"그건 곤란합니다."

"곤란하다니요?"

"비룡대는 비룡대주의 직속 부대입니다. 따라서 비룡대주의 허가 없
이는 체포나 구금이 불가……."

짝!

용백의 뺨이 사정없이 돌아갔다.

용백이 죽일 듯한 인상을 쓰며 고개를 돌렸을 때 이미 그녀는 돌아
서 걸어가고 있는 충소의 등을 향해 날아가고 있었다.

피역!

연화의 발차기에 등을 후려 맞은 충소가 앞으로 굴렀다.

그러나 그녀가 아무리 화가 났어도 수하를 죽일 수는 없는지라 내공 없이 걷어찬 것에 불과했다.

충소가 벌떡 자리에서 일어났다.

여인에게 맞아 바닥에 처박혔다는 사실에 충소의 얼굴이 시뻘겋게 달아올랐다.

"이 개 같은 년이!"

상관과의 첫 대면에서 결코 나와서는 안 될 욕설이 충소의 입에서 터져 나왔다.

동시에 충소가 연화를 향해 달려들었다.

부웅.

충소의 무지막지한 주먹이 허공을 갈랐다.

미친 개 충소였지만 그렇다고 검을 뽑아 들고 사생결단을 할 만큼 처절하게 미치지는 않았던 게 그나마 다행라면 다행이었다.

아슬아슬하게 그 주먹을 피한 연화가 한 발짝 뒤로 물러섰다.

비록 홧김에 그를 걷어차 버렸다고는 하나 그렇다고 지단주가 일개 무인과 주먹다짐을 해서는 안 될 일이었다.

탁!

다시 날아드는 충소의 주먹을 살짝 피하며 그의 손목을 낚아챘다.

부르르.

손목으로 가해지는 압력에 충소의 얼굴이 벌겋게 달아올랐다.

하찮게 여겼던 연화의 무공은 자신이 혼자 감당할 수 있는 수준이 아니었다.

사실 그녀는 천룡맹주의 딸이었지만 아버지의 천룡구석을 전수받지 못했다.

천룡구식은 양강(陽剛)의 무공. 그것도 극양(極陽)의 무공이었다.

그녀가 전수받은 무공은 아미파의 소청검법(小淸劍法)과 복호금강권(伏虎金剛拳)이었다.

아직 실전 경험이 턱없이 부족한 그녀였지만 비룡일대의 미친 개 한 마리 정도는 충분히 때려잡을 실력은 가지고 있었다.

두둑.

손목에 가해지는 고통에 충소의 얼굴이 흉측하게 일그러지기 시작했다.

"으으윽."

연화의 손길이 아래로 내려가자 충소의 몸도 그와 함께 움직였다.

충소를 내려다보며 연화가 싸늘하게 말했다.

"단지 사내란 이유만으로 함부로 구는 것, 난 용납 못해."

꽈당!

연화가 충소를 뒤로 밀어버리자 그가 손목을 부여잡고 바닥을 뒹굴었다.

돌아서 나가던 연화가 입구에서 잠시 멈춰 섰다.

그들을 돌아보지 않은 채 연화가 나지막이 말했다.

"너희가 정말 사내라면… 상관이 여자란 이유로 개떡으로 취급할 만큼이나 자부심이 강한 사내라면… 이러면 안 되는 거야. 네놈들은 사내가 아냐. 진짜 사내란 말야."

연화의 눈빛에 고이는 아련함 속에 복면오라버니의 모습이 떠올랐다.

조그마한 인형을 내밀던 피 내음 가득한 손.

그 서늘한 눈빛 속에 담겨진 슬픔.

연화는 그대로 비룡일대의 숙소를 나가 버렸다.

이어 장내를 흐르는 침묵 속에는 보기보단 당찬 연화에 대한 놀라움이 담겨 있었다.

잠시 후, 잔망스런 누군가가 '성깔 제법이네'라며 제법 엄숙해진 분위기를 한 방에 부숴 버리며 연화의 정당한 분노를 퇴색시켰다. 거기에 뒤늦은 충소의 욕설과 저주가 더해지자 숙소는 이내 소란스러워졌다.

어쨌든 연화와 비룡일대와의 첫 대면은 졸지에 뺨을 얻어맞은 용백의 표정만큼이나 사납게 끝나고 말았다.

*   *   *

"제발 말해라, 이놈아!"

통이문을 나서서 서안으로 다시 돌아오는 길 내내 단화경은 또다시 조급증과 궁금함이란 내공을 모아 끊이지 않는 질문과 수다의 외공을 발휘하고 있었다.

"이미 다른 이의 손에 들어간 물건이 왜 그리 궁금하시오?"

"이놈아, 그러니까 그게 도대체 뭐냔 말이다."

슬슬 단화경을 놀리는 재미가 붙었는지 기풍한은 쉽게 알려주지 않고 있었다.

"알면 화내실 거요."

"컥! 귀한 거구나?"

단화경이 다시 맹렬히 머리를 굴렸다.

그의 기억 저 너머에 잠자고 있던 오른 낑호에 존재하는 보의(寶衣)와 갑주들이 눈을 비비며 억지로 끌려나오기 시작했다.

"설마 그게 용린갑과 같은 기보는 아닐 테고… 백호갑은 사도맹주가 입고 있다니 그것도 아닐 테고… 반탄갑(反彈鉀)은 사라진 지 오래고… 화기를 막아준다는 피염의(避炎衣)는 그 색이 붉다고 알려져 있고… 설마 네놈의 간이 아무리 크다 해도 마교의 혈옥마의(血玉魔衣)를 훔쳐 냈을 리도 없고……. 도대체 뭐란 말이냐? 으아악!"

정답이 가장 먼저 제외되었으니 답을 맞출 리 만무했다.

마교란 말이 나오자 기풍한의 눈빛이 서늘해졌다.

"마교가 그리 무섭소?"

기풍한의 이 질문에만큼은 단화경도 호기를 부리지 못했다.

"무섭지. 무섭구말구. 이놈아, 넌 그럼 안 무섭더냐?"

혹 기풍한이라면 안 무섭다는 말이 나오지 않을까 조심스레 예측한 단화경이었는데 그의 예상은 한 방에 어긋났다.

"나도 무섭소."

"이놈이? 지금 날 놀리는 게냐?"

"하지만 동시에 마교는 무섭지 않소."

"엥? 그게 무슨 쇠똥구리 같은 말장난이냐? 무섭다는 말이냐, 무섭지 않다는 말이냐?"

또다시 마차 안이 본격적으로 시끄러워지는 순간이었다.

"과거 마교는 모든 일을 힘으로 해결했소. 마(魔)가 가지는 본연의 정수(靜修)는 순백(純白)의 폭력, 그것을 지향했기에 가능한 일이었소."

단화경이 새로운 이야기에 흥미를 보이기 시작했다.

그로서는 다행한 일이기도 했다.

만약 줘버린 것이 용린갑이란 사실을 알았다면 거품을 물고 마차를 통이문으로 돌리라며 절규했을 것이기 때문이다.

기풍한은 담담하게 마교에 대한 자신의 생각을 이어갔다.

"마교는 눈에 보이는 폭력이자 악이오. 그것이 너무나 강렬해서 무섭게 느껴지는 것이지요."

단화경이 공감한다는 듯 고개를 끄덕였다.

"하지만 보이는 것은 무서운 게 아니오. 진정 무서운 것은 보이지 않는 것이지요."

"음모 같은 거 말이냐?"

"그렇소."

반은 공감하고 반은 공감하지 못하는 단화경이었다.

"선배는 세상에서 가장 무서운 게 무엇이오?"

"이놈아, 내가 단화경이다, 단화경!"

큰소리를 치던 단화경이 기풍한의 담담한 미소에 스스로 맥이 풀려 힘없이 말했다.

"사실 마교도 무섭고 너도 무섭다. 하지만 혈서시 그 할망구가 난 제일 무섭다. 적어도 너나 마교는 비무에 졌다고 밤새 울지는 않지 않느냐?"

"하하!"

혈서시와 단화경의 관계를 다시 한 번 알 수 있는 말이었다.

"그러는 네놈은 무엇이 가장 무서우냐?"

잠시 생각에 잠겨 있던 기풍한의 말에 단화경이 흠칫 놀랐다.

"음모를 꾸미는 마교."

기풍한의 목소리는 가라앉아 있었다.

"마교는 그 자체만으로도 힘으로 진압하기 어렵소. 그런 마교가 머리를 굴리기 시작한다면 강호의 진정한 악몽은 그때부터가 될 것이오."

단화경은 전적으로 공감했다.

마교 이야기가 나와서 그런지 잠시 단화경은 말이 없었다.

한참이 지난 후 단화경이 조심스럽게 물었다.

"혹 마교 교주를 직접 만나본 적이 있느냐?"

설마 하는 마음이었지만 그래도 혹시 기풍한이니까란 생각이 깔려 있었다.

기풍한이 피식 미소를 지었다.

그 순간 무엇인가 감지한 단화경의 눈이 둥그렇게 커졌다.

"설마… 자네?"

"없소, 없소."

"거짓말. 있지? 그렇지?"

"없다니까 그러시오."

"자넨 거짓말을 하면 표가 나네. 그거 몰랐지?"

그러자 기풍한이 짐짓 놀란 척 물었다.

"어떤 표가 난단 말이오?"

"뭐랄까? 음… 눈빛이 흔들린다고 할까?"

"지금 선배 눈빛처럼 말이오?"

"컥!"

단화경이 당해낼 수 있는 기풍한이 아니었다.

기풍한이 장난기를 거두고 단화경에게 물었다.

"선배는 내 말을 모두 믿으시오? 내가 거짓말을 할 수도 있지 않소?"

"그래, 그렇지. 하지만 말야, 지금의 나야 자네에게 무지 무시당하는 신세가 되었지만 그래도 명색이 십이천성에 속하지 않나. 아니지, 그런 허울을 다 벗어놓자구. 이 나이쯤 되어 사람을 보면 느껴지는 게 있지. 왠지 저놈은 거짓말만 늘어놓아 사람을 속일 것 같고 또 어떤 놈은 바른 말만 할 것 같은. 근데 나중에 보면 대충 그런 게 들어맞거든."

기풍한이 모처럼 크게 웃었다.

"하하하, 그중 난 바른 말만 할 것 같은 놈이오?"

"뭐… 자네의 속내는 솔직히 모르겠네. 하지만 자네는 큰 사기는 칠지언정 작은 사기는 치지 않을 것 같은 그런 느낌이 드네."

"칭찬이시오, 욕이시오?"

"어떻게 받아들이든 상관없네. 자네 말로는 나 같은 사람을 꼬드겨 잡아먹는 게 음모라지만 솔직히 말해 난 더 이상 잃을 게 없는 사람일세."

기풍한은 잠시 말없이 단화경을 응시했다.

단화경 역시 그러한 시선을 담대하게 받았다.

미운 정인가, 고운 정인가?

"마교 교주를 본 적이 있소."

그 말에 단화경이 울컥 감격했다.

마교 교주를 만났다는 것에 대한 놀람이 아니라 적어도 지금 이 순간 기풍한이 자신을 진심으로 대하고 있다는 느낌이 들어서였다.

그의 말대로 세상 물정 모르는 늙은이를 음모에 끌어넣는 것이래도 좋을 것 같았다.

저 정도 되는 인물의 매력이라면 기꺼이 빠져들 수 있다.

그게 단화경의 지금 심정이었다.

단화경은 더 이상 꼬치꼬치 캐묻지 않았다.

"흘흘, 좋겠다. 천마도 다 만나보고."

천마를 어디 소주(蘇州)의 유명한 기녀 취급을 하며 단화경은 입맛을 쩝쩝 다셨다.

그렇게 이야기를 나누는 사이 다시 마차는 서안으로 들어섰다.

마차에서 내려 객잔으로 향하던 기풍한이 걸음을 멈추었다.

"잠시 다녀올 데가 있소."

"또? 바람난 똥강아지마냥 어딜……."

그때였다.

두두두두!

한 무리의 무인들이 거칠게 말을 달리며 기풍한과 단화경 쪽을 향해 달려왔다.

행인들이 깜짝 놀라 길 양 옆으로 바짝 붙어 섰다.

두 사람도 그들과 함께 한 옆으로 비켜섰다.

무인들의 가슴에는 모두 '용(龍)'이란 글자가 박혀 있었다.

비룡일대의 무인들이었다.

선두에는 비룡일대주 화무룡이 달리고 있었다.

과거 일부 질풍조원들이 비룡단에 귀속되었다는 용백의 말은 그다지 신빙성이 없어 보였다.

달리던 십여 명의 무인 중 기풍한이 알아볼 수 있는 무인은 하나도 없었던 것이다.

새로 천룡맹주가 된 사마진서가 가장 먼저 단행한 것이 바로 질풍조의 해체였다.

과거 천룡맹을 대표하는 이름 질풍조.

과거를 깨끗이 잊고 새로 시작하고 싶었던 게 당연했을지도 모를 일이었다.

어쨌든 과거 질풍조 무인들에게 비룡단에 귀속될 기회는 있었지만 그것은 공식적인 입장에 불과했고, 은밀하게 모두 맹을 떠날 것을 종용받은 것이다.

대부분 질풍조의 무인들은 구파일방이나 사대세가 등의 뿌리 깊은 무인들이 아니었고, 낭인 출신의 무인들이 대부분이었기에 그들은 모두 미련없이 맹을 떠난 것이다.

비룡일대는 무엇이 그리 바쁜지 지나는 행인들이 많은 대로였음에도 속도를 줄이지 않고 그대로 달려나갔다.

뿌연 흙먼지 속에서 단화경이 버럭 화를 냈다.

"잡것들 같으니라고! 저놈들은 천룡맹의 개들이 아니더냐?"

홧김에 마음속 말을 뱉은 단화경은 힐끔 기풍한의 눈치를 살폈다.

그러나 기풍한은 그다지 크게 개의치 않는 눈치였다.

오히려 멀어져 가는 비룡대의 무인들을 바라보면서 농담 아닌 농담을 던졌다.

"개가 어때서 그렇소? 목숨을 걸고 주인을 구한 그런 일화를 들어보지 못했소?"

"으음."

토사구팽(兔死狗烹)의 예를 들어 반박을 하려던 단화경이 애써 말을 아꼈다.

공연히 별일 아닌 일로 기풍한의 마음을 상하게 하기 싫었던 것이다.

문득 그런 자신의 배려에 단화경은 내심 놀랐다.

'허, 정말 정이 들고 있는가?'

애써 그런 마음을 감추려는 듯 단화경이 배를 어루만지며 죽는 소리를 했다.

"아, 이놈아, 난 배고프다."

"먼저 가서 드시오. 곧 돌아오겠소."

단화경은 억지로 따라붙지 않았다.

대충 기풍한이 어디로 갈지 짐작이 갔기 때문이다.

아마도 섬서 지단주로 부임했다는 그 여자 아이를 만나러 가는 것이리라.

"혹시 나 떼놓고 멀리 달아날 생각이면 꿈 깨라."

"하하, 그런 분이 과거에는 어찌 그리도 잘 숨으셨소?"

"…망할 놈!"

그렇게 단화경이 휘적휘적 객잔을 향해 갈 때 기풍한의 발걸음은 단화경의 예상대로 섬서 지단을 향하고 있었다.

*　　　　*　　　　*

"이젠 울지 않아."

과장을 조금 보태 태어나 지금까지 흘린 눈물보다 더 많은 눈물을 흘린 연화가 마음을 다잡았다.

이제 시작일 뿐이다.

지금 자신이 좌절하는 것은 그야말로 숙부가 바라는 바일 것이다.

실컷 농락당하다가 비참하게 죽어주기를 바라는.

'하지만 앞으로 어떻게 해야 하지?'

이제 앞으로 숱한 명령들이 지단으로 내려올 것이다.

아마 그 임무 중에는 자신이 직접 참여해야 할 작전들이 포함되어 있을 것이다. 아니, 의도적으로 그런 명령들만 내려올지도 몰랐다.

지금 상황에서 비룡대와의 원만한 작전은 불가했다.

서글픈 마음으로 멍하니 창밖을 바라보던 연화는 문득 자정이 지나면 자신의 생일이란 걸 깨달았다.

맹 내 수많은 무인들의 축하를 받았던 지난 생일들.

아가씨, 아가씨 하며 모두 기뻐하고 축하해 주던 추억.

그리고 복면오라버니의 선물.

이제 아무도 그녀의 생일을 기억하지도 축하해 주지도 않을 것이다.

권불십년(權不十年)이니 화무십일홍(花無十日紅)이니 하는 말은 틀리지 않았다.

고관대작집 개가 죽으면 사람들이 몰려들지만 정작 고관대작이 죽으면 발걸음이 끊어진다는 말이 새삼스레 다가왔다.

잊어야 했다.

지난 부귀와 영화 따위 이제 환상일 뿐이다.

서글픈 마음으로 연화는 자신의 집무실을 나왔다.

답답한 마음을 산책으로 풀려는 듯 연화의 발길음은 정문 버으고 향하고 있었다.

정문을 지키던 무인들이 꾸벅 인사를 건넸다.

지단 내에 이미 낮의 일이 모두 소문났을 것이다.

대충 인사를 받고 나가려는 그녀에게 정문위사 하나가 조심스럽게 한마디 던졌다.

"힘내십시오."

그 말에 깜짝 놀라 돌아보자 정문위사들이 미소를 짓고 서 있었다.

그들은 이미 낮에 일어나 수동은 들었고, 그 긴방시기 싹이 없는 비룡대에 용감히 맞선 자신들의 풋내기 신임 단주의 용기에 조금 감동을 받았던 것이다.

연화는 그들의 응원에 살짝 볼이 붉어졌다.

"수고하세요."

미소와 함께 어색한 격려를 던진 연화가 서둘러 돌아섰다.

걸어가는 연화의 발걸음에 점차 힘이 붙었다.

그렇게 연화가 사라지고 난 정문에 다시 몇 명의 사내들이 나타났다.

나타난 이들을 본 정문위사들의 인상이 굳어졌다.

충소를 비롯한 비룡대의 무인들 몇이 건들거리며 다가온 것이다.

"너 이 새끼, 앞으로 지켜보겠어."

연화에게 힘내라고 말을 건넨 위사를 향해 충소가 독설을 내뱉었다.

그 사나운 기세에 정문위사들은 아무런 반박도 하지 못했다.

그들이 다시 어둠 속으로 사라지자 그제야 정문위사들의 욕설이 터져 나왔다.

"아, 저놈들, 누가 좀 안 잡아가나?"

"두고 보면 어쩔 건데?"

"짜증나는 새끼들."

이런 저런 욕설로 자신들의 울화를 풀던 중 그때 한 명의 위사가 문득 걱정스럽게 말했다.

"근데 저 미친 개, 혹시 단주님 따라간 거 아닌가?"

"설마? 아무리 간이 배 밖으로 나왔다 해도……."

순간 모두의 얼굴에 걱정의 빛이 떠올랐다.

자신들이 알고 있는 광견은 간만 배 밖으로 나온 것이 아니었다.

"따라가 봐야 하지 않을까?"

하지만 반신반의하면서도 아무도 따라나서지 못했다.

공연히 비룡대의 일에 끼어들면 그 결과가 좋지 못하다는 것을 모두 알고 있었기 때문이다.

특히 힘내라고 응원했던 위사는 못내 마음에 걸리는 눈치였다.

잠시 침울하던 분위기가 이어졌고, 이윽고 한 위사가 동료에게 물었다.

"자네 여동생 몇 살이지?"

"스물하나."

"내 동생은 열여덟이네."

서로를 바라보는 눈빛에는 이미 어떤 결심이 서 있었다.

"좋아."

"우리만으로는 안 되겠지?"

"그렇겠지?"

"나는 교대 대기 중인 동료들을 불러오겠네."

"난 휴식 중인 후배들을 모으겠네."

천룡맹 정문위사들이 분주히 움직이고 있을 그때 연화의 위험한 산책은 지단 뒷동산에 이르고 있었다.

연화는 밤하늘을 올려다보며 크게 심호흡을 하였다.

촘촘히 박힌 별들은 밤하늘의 주인은 자신이라며 구름 속에 몸을 담근 채 쉬고 있는 달을 향해 온몸을 빛내며 재살거리고 있었다.

차가운 밤공기를 마시자 연화는 기분이 상쾌해졌다.

'그래, 힘내는 거야.'

그 각오가 채 끝나기도 전에 서늘한 인기척에 연화는 삼싹 놀랐다.

돌아서 보니 다섯 명의 복면인이 자신에게 다가오고 있었다.

"웬 놈들이냐?"

날카로운 연화의 외침.

"크크크."

절로 소름이 돋는 음흉한 웃음이었다.

복면인들은 일언반구도 없이 연화를 포위하기 시작했다.

본능적으로 검을 뽑아 들려 한 연화는 아차 하는 마음이 들었다.

바람이나 쐬러 나갈까 해서 검을 그냥 두고 온 것이다. 더구나 지단의 뒷산에서 이런 일을 당하리라고는 상상도 못한 일.

연화는 최대한 침착함을 유지하려 애쓰면서 사내들의 움직임을 살폈다.

움직임이나 기도가 평범한 동네 파락호 놈들이 아니었다.

그때 연화의 머리 속으로 무엇인가 떠올랐다.

'설마?'

그때 가장 선두에 선 사내가 기습적으로 연화를 덮쳐 왔다.

쉭! 쉭!

사내의 금나수(擒拿手)를 피하며 연화가 주먹을 내질렀다.

파앙!

사내가 아슬아슬하게 그녀의 공격을 피하면서 바닥을 굴렀다.

그를 걷어차기 위해 몸을 날리는 순간 나머지 사내들이 일제히 달려들었다.

쉭! 쉭!

분명 검을 차고 있었음에도 그들은 철저히 금나수와 권만으로 덤벼들고 있었다.

이어지는 매서운 공세에 연화는 피하기에 급급했다.

그들은 잘 훈련된 자들이었다. 한 명 한 명의 무공은 그녀보다 약했지만 그들의 합격술은 큰 위력을 발휘하고 있었던 것이다.

바닥에 몸을 굴려 놈의 손아귀를 피하면서 연화는 절망하지 않을 수 없었다.

상대가 노리는 것은 자신의 목숨이 아니었다.

훌쩍 뒤로 몸을 날려 거리를 벌린 연화의 눈빛이 싸늘해졌다.

"무엇 때문이냐?"

사내놈들이 키득키득 웃음을 터뜨렸다.

그걸로 분명해졌다.

연화가 분노에 찬 목소리로 소리쳤다.

"한낱 여인의 몸뚱아리를 탐해 사내 다섯 놈이 복면까지 뒤집어쓴 것이냐? 한심한 놈들!"

말은 그렇게 했지만 다가서는 사내들을 보며 연화는 몸서리치지 않을 수 없었다.

그때 사내들의 발걸음이 뚝 멈췄다.

연화의 뒤쪽을 보며 깜짝 놀란 기색이었다.

'응?'

무심코 뒤를 돌아보려는 연화였다.

탁탁!

등 뒤의 누군가가 연화의 수혈(睡穴)을 빠르게 짚었다.

연화의 몸이 서서히 뒤로 쓰러졌고, 수혈을 짚은 이가 그녀를 받아

안았다.

그리고 조심스럽게 그녀를 바닥에 눕혔다.

'누구지?'

잠에 빠져드는 연화의 흐릿한 눈으로 한 사내의 희미한 형체가 보였다.

그리고 이내 잠에 빠져들었다.

연화를 조심스럽게 눕힌 사내 역시 복면을 쓰고 있었다.

그러나 그 복면은 사내들의 그것과는 달랐다.

이마 가운데 박힌 금빛 글자.

풍(風).

복면사내는 바로 연화를 만나러 온 기풍한이었다.

기풍한의 눈빛은 차갑게 내려앉아 있었다.

갑자기 등장한 또 다른 복면인에 사내들은 흠칫 놀라는가 싶더니 이내 '오 대 일'이라는 유리한 셈을 끝내고 여유를 되찾았다.

"넌 뭐냐?"

기풍한은 아무 말 없이 질풍봉을 꺼내 들고 있었다.

검과 도만 상대하다가 봉을 보자 더욱 그들은 기고만장해졌다.

날이 선 무기보단 자연 덜 위협적이기도 했다.

"호호, 그걸로 치시겠다?"

연화를 공격했던 사내의 이죽거림을 시작으로 모두 다시 입을 놀려댔다.

"정의의 협객이라……. 좋지. 멋지다."

"저 대가리에 박은 건 또 뭐냐? 바람난 마누라 찾으러 왔냐?"

"크하하!"

정문위사들의 예상대로 비룡대의 망나니들이었다.

가장 선두에 선 자가 바로 광견 충소였다.

불과 반나절 만에 앙심(怏心)을 음심(淫心)으로 바꾸면서 자신의 소갈딱지가 얼마나 작은지를 직접 증명하러 나선 것이었다. 과연 미친 개라는 별명이 딱 들어맞는 그였다.

어쨌든 비룡대원 다섯은 어떤 상황에서도 여유를 가질 수 있었다.

어지간한 일류고수도 그들 다섯이면 승산이 있었다.

"야야, 그만 겁주고 저 한 옆에 손 들고 찌그러져 있거라. 혹시 아냐, 한입 뜨게 해줄지?"

"푸하하!"

웃음소리의 메아리가 채 사라지기도 전이었다.

빡!

"끄악!"

선두에 서 있던 충소의 고개가 세차게 돌아갔다.

충소는 부러진 자신의 이가 허공을 가르며 날아가는 것을 똑똑히 볼 수 있었다.

순식간에 돌진해 온 기풍한의 봉이 그의 얼굴을 사정없이 후려친 것이다.

충소가 고통을 느낄 새도 없이 다시 기풍한의 봉이 바람을 갈랐다.

빠각!

이번에는 무릎 관절을 강타했다.

"으아악!"

참혹한 비명을 지르며 충소의 안쪽 무릎이 겹쳤다.

"끄윽!"

빠각!

"으악!"

다시 무릎을 움켜쥔 그의 손이 오른쪽 어깨를 부여잡았다.

무릎을 강타했던 봉이 미끄러져 올라와 그의 어깨를 강타했던 것이다.

기풍한이 처음 돌진해서 충소의 사타구니를 걷어찰 때까지 걸린 시간은 숨 한 번 내쉴 정도의 짧았다.

"그르릉."

거품을 물고 바닥에 쓰러진 충소는 눈까지 까뒤집힌 상태였다.

뒤에 선 사내들은 넋을 놓고 보고만 있었다.

순식간에 벌어진 일이었다.

그들의 공통된 생각은 하나였다. 그것은 미친개에서 졸지에 병든 똥개가 되어버린, 그래서 여인에게 껄떡대는 것은 고사하고 더 이상 두 발로 걸어다닐 수조차 없게 된 충소에 대한 동정심 따윈 결코 아니었다.

'빠르다!'

남은 사내들이 반사적으로 검을 빼 들었다.

그 순간,

탁!

좌측에 있던 두 번째 사내가 채 발검하기도 전에 검이 검집 안으로 들어갔다.

기풍한의 손이 스치듯 그의 손목을 때린 것이다.

"으아아악!"

그 가벼운 한 수에 손목이 뒤틀리면서 뼈가 부러진 것이다.

픽!

복부를 강타하는 기풍한의 주먹에 사내의 입에서 피가 튀어나왔다.

쓰러지는 그의 등을 후려치는 질풍봉.

그야말로 인정사정 보지 않는 매질이었다.

슈우욱!

세 번째 사내의 검이 허공을 갈랐다.

땅!

내질러진 질풍봉에 검이 부러졌다.

"으아아악!"

비명을 지른 것은 검을 부러뜨린 사내가 아니었다.

부러진 검날이 옆에서 공격해 오던 사내의 어깨에 박혔다.

사내가 어깨의 부상에도 불구하고 괴성을 지르며 검을 찔러왔다.

혼신의 힘을 다한 일격이었지만 토끼 앞발이 아무리 날카롭다 한들 호랑이 가죽을 찢을 수는 없는 법.

빠각!

사내는 반대쪽 어깨가 부서지는 소리를 들으며 뒤로 쓰러졌다.

순식간에 셋이 쓰러졌다.

검이 부러진 사내가 후닥닥 달아나기 시작했다.

휘리릭!

픽!

정확히 날아간 봉은 도망가는 사내의 등을 후려치고 다시 기풍한의 손으로 돌아갔다.

"끅!"

단말마의 처절한 비명 소리는 이제 그가 더 이상 강호의 땅을 밟을 수 없다는 것을 말해 주고 있었다.

"어? 어! 어!"

동료가 쓰러지는 사이 홀로 남은 사내가 내뱉은 말의 전부였다.

사내의 턱이 덜덜 떨리기 시작했고, 그것은 흔들리는 자신의 검과 장단을 맞추고 있었다.

"너, 넌 누구냐?"

그를 응시하는 기풍한의 차가운 눈빛.

그제야 기풍한이 입을 열었다.

"복면을 쓰는 이유는 상대에게 누구냐란 말 따위를 묻지 말아달라고 할 때 쓰는 것이지. 그래서 난 너희가 누구냐고 묻지 않고 있잖느냐."

싸늘한 기풍한의 말이 밤공기를 가르며 차갑게 이어졌다.

"강호인이 얼굴을 가려야 할 때는 자신조차 스스로를 잊어야 할 때뿐이다."

기풍한이 잠시 밤하늘을 올려다보며 나직이 말했다.

"지금의 너희는 개다. 얼굴조차 내밀지 못하는 못생긴 개."

담담한 한마디 한마디 속에는 무시무시한 살기가 담겨 있었다.

사내의 떨림이 온몸으로 전파되기 시작했다.

다음 순간 사내가 넙죽 바닥에 엎드렸다.

"제발 살려주십시오."

스스로 복면까지 벗어 던지고, 그는 처절하게 애원했다.

그는 정말 무서웠다.

상대의 손속은 지극히 잔인했다.

차라리 동료들을 모두 검으로 찔러 죽였다면 이렇게 무섭지는 않을 것이다.

하지만 모두 두들겨 맞고 불구가 되어버렸다. 아직도 그들의 뼈 부러지는 소리가 귓가에 들리는 것 같았다.

"살고 싶으냐?"

"네, 네. 제발 살려주십시오."

"좋다. 돌아가면 너희가 한 짓을 그대로 밝혀라."

"하지만 그건……?"

부우웅!

기풍한이 망설이지 않고 봉을 내려쳤다.

"으아악! 하겠습니다!"

비명을 지르며 눈을 질끈 감은 그의 머리통 한 치 위에서 봉이 멈춰 있었다.

"잔머리 굴리면 죽는다."

"네, 네."

"헛수작 부려도 죽는다."

"네."

"내가 널 지켜보고 있다는 것을 잊어도 죽는다."

"흑흑! 네, 네."

다시 땅바닥에 머리를 쿵쿵 처박는 부인의 얼굴은 눈물과 콧물로 엉망이 되어 있었다.

그렇게 얼마의 시간이 흘렀을까?

"와아아!"

어디선가 함성 소리가 들려왔다.

사내가 조심스럽게 고개를 들자 눈앞에는 어느새 잠에서 깬 연희가 놀란 얼굴로 자신을 내려다보고 있었다.

함성을 지른 이들은 이제 막 뒷동산에 오른 정문위사들이었다.

동료들을 모아 달려온 그들이 본 것은 바닥을 뒹구는 망할 비룡대 놈들과 바닥에 머리를 처박고 연화에게 싹싹 비는 모습이었다.

'도대체 이게?'

수혈이 제압되어 잠이 들기 직전 보았던 한 사내.

그가 자신을 도운 것이 틀림없었다.

'도대체 누굴까?'

아이처럼 펑펑 울고 있는 비룡대 무인의 모습에서 더욱 그러한 의문이 강해졌다.

뻑!

그동안 쌓인 게 많았던 위사 하나가 그 비룡대 무인의 머리통을 주먹으로 후려쳤다.

"이 개 후레자식 같은 놈, 너희는 이제 끝났다."

만약 허튼짓이라도 하려 했다면 일전을 불사하겠다는 마음으로 달려온 그들이었다.

위사들에게 뭇매를 맞고 있는 비룡대 무인은 제정신이 아니었다.

"저놈들을 어떻게 할까요?"

"일단 체포해서 구금하세요."

"네. 이제 돌아가시죠."

정문위사들은 연화에게 감격하고 있었다.

홀로 비룡대 무인들을 다섯이나 제압하다니…….

연화가 마치 영웅처럼 정문위사들에 둘러싸여 산을 내려가려는 그때,

펑! 펑!

기풍한이 사라져 간 언덕 너머에서 폭죽이 터져 올랐다.

그리고 하늘을 뒤덮는 불꽃의 향연.

화려한 불꽃이 연화의 볼을 붉게 물들이기 시작했다.

"…아름다워."

펑! 펑! 펑!

마치 그것은 십구 세 생일을 맞은 연화를 축하라도 하려는 듯 끝없이 쏟아져 올라가 별들의 시기 어린 눈빛을 가리고 있었다.

第4章

백풍

백
풍

"비룡일대를 해체하시다니요?"

용백의 놀란 외침을 연화는 들은 척도 하지 않았다.

묵묵히 서류만 들여다보고 있는 연화에게 용백이 다시 따지고 들었다.

"절대 불가합니다."

연화가 들여다보던 서류를 앞으로 내밀었다.

"여기 나와 있군요. 휘하 조직의 운영에 치명적인 결함이 있을 시 단주는 일시적으로 그 조직의 활동을 중단시킬 수 있다. 또한 맹주의 승인 하에 그 조직을 해체할 수 있다. 맹에서 정해놓은 법이군요."

"그렇지만… 그건 어디까지나 형식적으로 만들어놓은 법에 지나지 않습니다. 지금까지 중원 어느 지단도 단주가 비룡대를 해체한 예가 없습니다."

"그럼 이번이 좋은 선례(先例)가 되겠군요."

"단주님!"

용백은 어제의 일로 눈앞의 애송이가 보통이 아니란 것을 느꼈지만 이렇게 큰 사고를 칠 위인이라고는 생각지 못했다.

게다가 단 하루 만에 연화는 많이 달라진 것처럼 보였다.

"이미 본맹에 해체 요구서를 올렸습니다."

"헉! 절대 불가합니다. 비룡일대는 섬서 지단의 핵심입니다."

용백의 말을 한 귀로 흘리면서 연화는 과연 숙부가 자신의 제안을 어떻게 받아들일까 궁금했다.

"좋습니다. 해체한다고 칩시다. 그럼 도대체 누가 적들과 싸울 겁니까?"

"걱정 마시오, 부단주. 그대보고 나가 싸우라고 하진 않을 테니까요."

정곡을 찔린 듯 잠시 말문이 막힌 용백이 이번에는 비룡대주를 끌어들였다.

"비룡일대주가 그냥 있지 않을 겁니다."

"지금 그 말씀은 협박인가요?"

두 눈을 말똥히 뜨고 자신을 바라보는 연화의 시선에 용백의 얼굴이 부르르 떨렸다.

'어디서 이런 게 굴러와서……'

"아닙니다. 제가 감히 그럴 리가 있겠습니까?"

"용 부단주."

"네?"

연화가 진지하게 나오자 용백이 살짝 긴장했다.

"비룡일대주가 무섭습니까?"

'그럼 안 무섭냐, 이 철딱서니야?'

"같은 동료인데 그럴 리가 있겠습니까?"

"정확히 말하자면 동료가 아니라 수하지요."

분명 직계상으로는 부단주 아래 대주가 자리하고 있다.

하지만 그것은 형식적인 직계일 뿐이었다.

화무룡이 어떤 인물이던가?

적수공권(赤手空拳)으로 비룡일대주의 자리에 오른, 그야말로 불세출의 인물이 아니던가? 게다가 낭인 출신답게 그 성질의 난폭함이나 잔인함은 널리 알려진 바였다.

자신이 단주라도 그에 대한 두려움은 변하지 않을 것이다.

아니나 다를까, 소식을 들은 화무룡이 문을 박차고 들어섰다.

꽝!

문 한쪽이 부서졌다.

씩씩거리며 들어서는 화무룡의 눈빛에는 살기가 가득했다.

성큼성큼 다가와 연화 앞에 선 화무룡이 이를 부드득 갈며 나직이 말했다.

"비룡일대를 해체한다는 소문이 사실이오?"

"네, 사실이에요."

꽝!

책상을 부서질 듯 내려친 화무룡이 소리쳤다.

"누구 마음대로!"

책상에 쓰러진 나무 인형을 바로 세우며 연화가 담담하게 말했다.

"대주의 의사와는 상관없는 일이에요."

"상관없다? 비룡대주인 내가 상관이 없다?"

"결정은 단주인 제가 합니다."

순간 화무룡의 눈빛이 싸늘해졌다.

"지난 사 년간 피땀 흘려 조직을 키워온 난 상관이 없는데 무림 공적으로 몰려 죽은 자의 피붙이는 상관이 있단 말이군?"

연화가 흠칫 놀랐다.

"알고 있었군요."

"그것도 모르고 있었던 줄 알았더냐?"

이미 상관에 대한 예의는 사라진 지 오래였다.

"그렇다고 해서 결과가 바뀌는 것은 아니에요."

화무룡의 살기가 짙어졌다.

용백이 그 기세에 눌려 움찔 물러섰다.

하지만 연화는 그 살기를 피하지 않았다.

어차피 돌아갈 곳이 없는 연화였다.

절벽에서 몸을 던지며 먼저 간 아비를 원망하며 죽을 것이 아니라면 끝까지 버텨야 했다.

점점 커져만 가는 살기에 연화는 숨이 컥 막혔지만 화무룡을 노려보는 눈빛만은 거두지 않았다.

서서히 사그라지는 살기.

"과연 아비를 닮아 독한 년이군."

독설을 내뱉은 화무룡이 돌아섰다.

"하지만 네 뜻대로 되지는 않을 것이다. 강호를 그리 호락호락 보지 말아라."

"충고, 감사드려요."

꽈앙!

남은 한 짝의 문마저 부서졌다.

그렇게 화무룡이 집무실을 나가자 구석에서 숨도 못 쉬고 지켜보던 용백이 조심스럽게 물어왔다.

"이제 어떻게 하실 작정이십니까?"

용백의 태도는 조금 달라져 있었다.

연화가 죽은 전대맹주의 딸인 것을 조금 전에 알게 된 것이다.

그는 그저 연화가 맹의 높은 줄을 타고 내려온 철딱서니인 줄만 알았다.

하지만 그녀는 자신의 생각보다 훨씬 위험한 인물이었다.

"조직을 개편하겠어요."

"개편이라니요?"

"비룡일대를 대신할 새로운 조직을 만들겠어요."

"네?"

깜짝 놀란 용백이 어이없다는 표정을 지었다.

"맹에서 절대 허락하지 않을 것입니다. 비룡단은 맹의 중심입니다."

"두고 보면 알겠지요. 이만 나가보세요."

"단주님!"

"부단주, 지금 내가 미친년으로 보이죠?"

"뭐 꼭 그렇다는 것은……."

"나 지금 미친년 맞아요."

"……!"

"나가보세요."

"…알겠습니다."

고개를 가로저으며 용백이 집무실을 나갔다.

그의 머리 속에는 어떻게 하면 이 불똥을 무사히 피해갈까란 걱정뿐이었다.

"휴우우."

홀로 남게 되자 연화가 긴 한숨을 내쉬었다.

그녀 자신도 자신의 계획이 무리란 것을 알고 있었다.

숙부가 고분고분 자신의 의견을 받아들일 리 만무했다.

미친 황소처럼 날뛰는 화무룡 역시 마찬가지였다.

하지만 연화는 이번 일을 그대로 넘어가서는 안 된다고 생각했다.

충소와 같은 자를 그대로 방치한 죄.

손가락 하나가 썩고 있다고 그 책임을 손가락에게 물을 수는 없는 법.

연화의 이번 결정은 작게는 화무룡에 대한 징계였고, 크게는 숙부를 향한 도전이었다.

그렇게 어린 섬서 지단주가 던진 돌멩이 하나가 천룡맹이란 큰 호수의 가장자리에서 서서히 파문을 일으키며 커져 가기 시작했다.

아침을 먹으러 객잔으로 내려온 기풍하과 단화경은 객잔 안이 왠지 어수선하다는 것을 느꼈다.

생선조림과 볶음야채로 대충 아침을 대신하던 그들은 이내 이 부산스러움의 정체를 알 수 있었다.

"한 달 후에 섬서 지단에서 새로 무인을 뽑는다는 말이 사실인가?"

한 콧수염무인이 아침부터 기름기 가득한 구운 오리의 다리를 잘도 씹어대고 있는 동료 무인에게 물었다.

"새로운 조직을 만든다더군."

"무슨 일이래? 혹 강호에 벼고라두 생겼나?"

손에 묻은 기름기를 옷에 쓱쓱 닦아내던 무인이 목소리를 낮춰 넌지시 말했다.

"쉿, 신임 단주와 비룡대주 간에 마찰이 발생했다고 하네."

"비룡대주면 그 화 대협이 아닌가?"

그 말에 다시 새로 오리 다리를 입에 문 무인이 가소롭다는 듯 말했다.

"대협은 무슨, 과거 산동 지방을 떠돌던 낭인에 불과한 자를."

입 안의 오리고기처럼 화무룡을 씹어대던 무인이었지만 자신도 모르게 소리가 잦아드는 것은 어쩔 수 없었다.

"한 달 후라……."

콧수염무인이 갑자기 검을 반쯤 뽑으며 말했다.

"나도 이 참에 천룡맹에 입맹이나 해볼까?"

"아서라, 아서. 지금 돌아가는 상황을 보니 개죽음당하기 딱이네. 그냥 우리야 멀찌감치 서서 불구경이나 하자구."

다시 두 사람의 대화는 요즘 같은 먹고 살기 힘든 세상에 어디 크게 한탕 칠 건수가 없나로부터 시작해 명월루 기녀들에 대한 음담패설(淫談悖說)로 이어졌다.

옆 자리에서 그들의 수다를 반찬으로 묵묵히 식사를 마친 단화경이 넌지시 운을 뗐다.

"혹 저 일이 자네와 관련이 있는가?"

"없소."

"어제 자네가 찾던 아이가 바로 신임 단주로 부임했다고 하지 않았나?"

"그렇소."

"그런데도 관련이 없다구?"

고개를 끄덕이는 기풍한은 왠지 고민에 빠진 모습이었다.

눈치 빠른 단화경이 그것을 놓칠 리 없었다.

다시 한 모금의 차를 마셔 입을 헹구며 단화경이 슬그머니 물었다.

"이제 어쩔 생각이냐?"

잠시 단화경을 응시하던 기풍한의 얼굴에 조금 섭섭한 기색이 비쳤다.

"어쩌면 이제 선배님과 헤어져야 할 시간이 된 것 같소."

그 말에 깜짝 놀란 단화경이 소리쳤다.

"이놈아, 너를 따라붙은 지 얼마나 됐다고. 어림없다."

"정말 앞으로 저와 함께 행동하실 생각이시오?"

"물론이다."

"내가 만약 다시 천룡맹에 입맹한다 해도 말이오?"

"물론. 뭐? 다시 입맹한다고? 혹시 방금 저치들이 떠들어대던 그 무인 모집에 말이냐?"

기풍한이 담담하게 고개를 끄덕였다.

"왜?!"

버럭 소리를 내지른 단화경은 주위의 집중되는 시선도 아랑곳 않았다.

"천룡맹에 꿀단지라도 숨겨두고 나온 게냐, 아님 정말 갈 데가 없는 것이냐?"

기풍한은 피식 웃고 말았다.

"난 이해할 수가 없다. 너 정도 되는 아이라면 어딜 가더라도 크게 명성을 떨칠 수 있을 텐데. 아니지, 천룡맹에 버금기는 문파도 만들 수 있을 텐데 왜 자꾸 천룡맹에 미련을 가지는 게냐?"

찻잔을 만지작거리던 기풍한이 목소리를 낮추어 말했다.

"해야 할 임무가 남았소."

"그게 뭐냐?"

"나도 모르오."

버럭 소리를 내지르려던 단화경은 그것이 기풍한의 진심이란 것을 알 수 있었다.

"모르는 임무를 무슨 수로 하겠단 말이냐?"

"뭔가 이해할 수 없는 일이 벌어졌고, 여전히 진행 중이오. 그리고 그 일은 나를 기다리고 있다는 느낌이 드오."

그 말에 이리저리 기풍한의 얼굴을 뜯어보던 단화경이 한마디로 명쾌한 해답을 내렸다.

"병이다, 병. 음모병(陰謀病)."

"하하, 그럴지도 모르겠소."

"이놈아, 거 뭐냐, 네가 정녕 맹주가 걱정된다면 그냥 그 아이를 저곳에서 빼내와 멀리 도망가 살면 되지 않느냐?"

"그건 옳지 않소."

"왜 옳지 않냐? 그 아이를 데려가 나랑 셋이……."

자신도 모르게 새로 흑문이나 만들어 살자란 말을 내뱉을 뻔한 단화경이었다.

"그 아이의 운명은 그 아이의 것이오. 내가 그 아이를 돕는 것 또한 그 아이의 운명이겠지요. 하지만 그 아이를 자신의 운명 그 중심에서 빼내 버린다면…그것은 옳지 않다고 생각하오."

"네가 데려가는 것도 그 아이의 운명일 수 있지 않느냐?"

"그렇게 따지면 이야기 자체가 되지 않소."

"그럼 기어코 저 망할 천룡맹에 다시 기어들어 가시겠다?"

"그렇소."

"섬서 지단에서 새로 무인을 뽑는다는 보장이 있느냐? 듣자니 비룡단의 위세가 대단한 것 같은데."

"그렇게 될 것이오."

"어떻게 그렇게 장담하느냐?"

"선배는 왜 새 천룡맹주가 저 아이를 죽이지 않았다고 생각하시오?"

갑작스런 질문에 단화경이 이리저리 머리를 굴려보았다.

"뭐, 조카니까 차마 죽이지 못해서일 수도 있고, 죽일 만큼의 가치가 없어서일 수도 있겠지."

그러자 기풍한이 담담히 고개를 가로저었다.

"틀렸소."

"그럼 무슨 이유 때문이냐?"

"이유는 단 하나요. 바로 죽일 수 없어서요."

"흐음."

단화경은 기풍한의 아리송한 말뜻을 이해할 수 있었다.

"죽일 수 없어서라……. 왜 그러하냐?"

"그 열쇠는 저 아이가 가지고 있소."

말을 마친 기풍한이 자리에서 벌떡 일어났다.

그리고 일언반구 한마디 없이 성큼성큼 색산을 빚어나 꼍어지기 시작했다.

그의 뒤를 따르며 단화경이 소리쳤다.

"이놈아, 또 어딜 갑자기 가는 게냐?"

마치 당연히 물어올 것을 예상한 듯 기풍한이 잠시 걸음을 멈췄다.

"조직이 만들어지면 당연히 조원들이 있어야 하지 않겠소? 둘로는 턱없이 부족하지 않소?"

"그렇지. 엥? 둘이라니? 둘이라니? 설마 그 둘 속에 나도 포함된 것은 아니겠지?"

"맞소."

"컥! 이놈아, 싫다! 일없다!"

기풍한은 그런 단화경을 향해 싱긋 웃어주었다.

단화경이 자신의 곁을 떠나지 않는 한 결국 하게 될 일이었다.

"근데 어디서 조원들을 모아온단 말이냐? 설마 너의 그 질풍……?"

실수로 질풍육조란 말을 내뱉으려던 단화경이 화들짝 말문을 닫았다.

기풍한의 담담한 미소가 이미 그 대답을 하고 있었다.

'드디어 질풍육조를 만나게 되는 것인가?'

단화경이 다시 걸음을 옮기며 말했다.

"근데 저 아이, 그냥 두고 가도 되는 것이냐? 요즘 같은 때 위험하지 않겠느냐?"

"저 아이는 대단한 분이 지켜줄 것이오."

"그게 누구냐?"

"하루에 천 리를 나는 말[馬]이오."

잠시 멍하게 서 있던 단화경이 목에 핏대를 세웠다. 기풍한이 자신의 별호인 천리비마를 풀어 말한 것이다.

"컥! 이놈아, 싫다! 일없다! 이 나이에 내가 계집아이 보표 짓을 하란 말이냐! 거기 서라! 나 두고 혼자 가면 확 내 손으로 저 아이를 패 죽일 테다! 거기 서라니까!"

이미 기풍한은 객잔 밖으로 사라진 이후였다.

"망할 놈."

말은 그러했지만 단화경의 눈빛은 기풍한이 데려올 이들에 대한 기대로 반짝이고 있었고, 발걸음은 섬서 지단으로 향하고 있었다.

오 일 후, 여산(驪山).

여산제일 도박장의 이름은 그야말로 특이해서 지나가는 모든 이들의 시선을 사로잡았다.

일장춘몽(一場春夢).

그야말로 도박하는 이들에게 헛된 꿈에서 깨라고 일침을 가하는 이름이었지만, 오히려 그 도발적인 이름은 일확천금을 꿈꾸는 노름꾼들을 더욱 자극하였는지 도박장은 연일 북새통을 이루었다.

돈을 갈쿠리로 주워 담던 주인장 왕윤의 입 꼬리는 언제나 귀에 걸려 있었다.

그리고 오늘, 다른 날에 비해 유독 사람들이 붐비고 있었건만 왕윤의 그 귀에 걸린 입 꼬리는 땅바닥을 향하고 있었고, 그의 팔자눈썹은 무섭게 하늘로 치솟고 있었다.

"와아아아!!"

다시 터져 나오는 함성 소리에 왕윤의 인상이 더욱 구겨졌다.

"또 졌군."

일은 그러했다.

자신이 돈푼깨나 모은다는 소문이 하늘까지 다다랐는지 변덕쟁이 하늘의 시샘이 드디어 시작된 것이다.

아침나절에 들이닥친 털복숭이가 돈을 살살 따는가 싶더니 오후 무렵 이리 뛰고 저리 뛰어 그 망할 놈이 강호에 이름 높은 도귀(賭鬼) 요충(饒沖)이란 사실을 알아냈을 때는 이미 놈은 도박장의 돈을 일만 오천 냥이나 딴 후였다.

도박장에 딸린 솜씨 좋은 도박사들이 줄줄이 놈에게 당하고 이제 슬슬 도박장 문을 닫아야 할 위기감이 고조되고 있는 상황이었다.

보통의 경우라면 일이 이 지경까지 이르지는 않았다.

도박장에 고용된 칼잡이들을 이용해 적당히 얼르고 달래 대충 몇백 냥 쥐어주고 보내면 그뿐인데 망할 요충이란 놈은 작정을 하고 온 것이다.

그의 등 뒤에 인상을 쓰고 분위기를 잡고 있는 무인 하나.

바로 벽력패검(霹靂覇劍) 인후(印珝)였다.

벽력패검 인후.

섬서 일대에 악명 높은 잔인한 살인귀인 그는 몇 차례 정파 협객들을 살해한 죄로 쫓겨다니고 있단 소릴 들었는데, 오늘 자신의 도박장에 보란 듯이 얼굴을 들이민 것이다.

"철아는 어떻게 되었느냐?"

옆에 선 수하의 정강이를 걷어차며 왕윤이 버럭 화를 내었다.

"곽 공자는 지금 오고 있습니다. 그런데……."

말꼬리가 달리자 다시 왕윤의 발길질이 시작되려 했고, 수하는 그의 두툼한 허벅지에 매달려 황급히 말했다.

"아직 술이 덜 깨서 업혀오고 있다고 합니다."

"망할 놈 같으니라고."

"와아아!!"

다시 함성이 들려왔다.

왕윤의 눈에 불이 번쩍였다.

"이번에는 얼마를 잃었다느냐?"

수하 하나가 헐레벌떡 달려 올라왔다.

"이, 이번 한 판에 오천 냥을 잃었다고 합니다."

"크윽!"

혈압으로 쓰러지기 직전의 왕윤이었다.

갈수록 한 판에 잃는 금액이 커지고 있었다.

왕윤이 다시 일층을 내려다보며 이제 막 오천 냥을 단판에 잃고 울 상을 지으며 자신을 올려다보는 도박사 구칠에게 뭔가 신호를 보냈다.

구칠의 얼굴이 사색이 되었다.

왕윤의 신호는 속임수를 쓰라는 것이었는데 그것은 구칠에게 있어 절대 무리였다.

속임수는 방금 전 자신이 교체되기 전에 이미 이 판에서만큼은 절대 써서는 안 될 방법임이 검증된 상태였다.

뻔히 도귀에게는 통하지 않을 것이란 것을 알면서도 왕윤의 재촉에 결국 속임수를 썼던 득구가 결국 주사위를 바꿔치기하다 인후의 검에 팔이 잘린 것이다.

정말 절벽 끝까지 몰린 구칠에게 도박귀신 요충이 사악한 미소를 지으며 다시 판돈을 올렸다.

"자, 이번에는 만 냥이다!"

"어이쿠!"

구칠의 입에서 절로 비명이 터져 나왔다.

한창 구경에 신이 난 노름꾼들이 함성을 질러대며 흥을 높였다.

"우아! 한 판에 만 냥 판이다."

실로 대박 판이었다.

평생을 노름만 해온 늙은 노름꾼들까지 고개를 설레설레 내저을 정도였다.

돈을 밀어 넣자마자 요충의 주사위 사발이 무서운 속도로 움직였다.

탁.

망설이지 않고 요충이 사발을 열었다.

세 개의 주사위가 모두 육(六)이었다.

"이제 자네가 굴릴 차례네."

구칠의 손이 무섭게 떨리기 시작했다.

매일같이 연마한 주사위였다.

마음만 먹으면 언제든지 세 개의 주사위 모두 육을 낼 수 있는 실력자였다.

'비기기만 해도 된다.'

그러나 만 냥이란 판돈 앞에서 그의 손은 무력하게 떨리고 있었다.

만약 실수라도 해서 잃게 된다면 상상하기도 싫은 일이 벌어질 것이다.

왕윤의 자비심은 대박 판을 따냈을 때 던져 주는 몇십 냥이 한계라는 것을 구칠은 잘 알고 있었다.

이미 솜씨에서 밀린 그가 기세까지 잃었으니 결과는 불을 보듯 뻔했다.

"어이쿠, 살려주십시오!"

결국 주사위를 던지지 못하고 구칠이 바닥에 바짝 엎드려 빌기 시작했다.

도귀는 입가에 미소를 가득 담고 껄껄거렸다.

"허허, 누가 죽인다는가? 그저 주사위나 굴리시라는 게지."

"으흐흑, 제발 이대로 끝내주십시오."

"허허, 이러면 안 되지. 자네들이 돈 딸 때도 이러했는가?"

요충이 주위를 돌아보자 구경을 하던 노름꾼들이 입을 모아 소리치기 시작했다.

"굴려라! 굴려라!"

매일같이 돈을 갖다 바쳤던 노름꾼들은 신이 났다.

만약 도박장이 망한다면 내일부터 당장 마구 잃은 망아지처럼 이리저리 헤맬 것이 분명한 노름 중독자들이었지만, 일단 눈앞의 통쾌함에 흥분하고 있는 것이다.

덜컹.

그때 문이 열리며 누군가 땀을 삘삘 흘리며 한 청년을 둘러메고 도박장 안으로 뛰어들어 왔다.

그 모습에 왕윤도 구칠도 마치 제 죽은 부모가 살아온 것 같은 낯빛으로 그를 향해 달려갔다.

"와! 곽 공자다!"

"드디어 곽 공자가 나섰다!"

여유롭게 웃고 있던 요충의 표정이 조금 굳어졌다.

왕윤과 구칠의 표정이나 주위 노름꾼들의 반응으로 봐서 제법 고수가 온 것이 틀림없어 보였다.

뭐, 그렇다고 결과가 바뀌지야 않겠지만.

"정신 차려, 이놈아!"

왕윤이 여전히 비몽사몽인 사내를 흔들어 깨웠다.

"어서 세워라!"

그러자 사내 몇이 달려들어 업혀온 사내를 일으켜 세웠다.

딱!

왕윤이 사내의 정강이를 사정없이 걷어찼다.

"아야!"

사내가 비명을 지르며 그제야 정신을 차렸다.

"어떤 놈이야!"

번쩍 눈을 뜬 사내 앞에 왕윤이 씩씩대고 서 있었다.

"헤헤, 도주(賭主) 어르신이군요."

헝클어진 머리카락에서 술 냄새가 가시지 않았지만 사내의 모습은 매우 준수했다.

아무렇게나 자라난 수염을 깎고 제대로 옷을 입혀 내보낸다면 강호 여인들의 마음을 송두리째 뒤흔들 만큼 미공자의 얼굴을 하고 있었다.

게다가 얼굴의 반은 머리카락으로 가려 있어 신비스러움까지 자아내고 있었다.

왕윤이 돌아서 도귀에게 정중하게 말했다.

"잠시 물주(物主)를 이 사람으로 교체하겠소이다."

"얼마든지."

도귀는 여전히 여유로운 모습이었다.

"이놈아, 잘해라. 네게 이 도박장의 운명이 달렸다. 만약 지면 네놈은 끝장이다."

왕윤이 손날로 목을 그으며 나직이 협박했다.

청년이 술이 덜 깬 얼굴로 히죽 웃더니 비틀비틀 탁자 쪽으로 걸어갔다.

그러다 결국 중심을 못 잡고 퐈당 하고 넘어졌다.

"어이쿠, 죄송합니다."

비틀거리며 다시 제자리를 찾은 청년이 도귀를 향해 히죽 웃었다.

"어르신."

"뭐냐?"

"소인이 아직 술이 덜 깼습니다."

"그래서?"

"단판으로 승부를 짓지요."

잠시 청년을 노려보던 도귀가 다시 껄껄거렸다.

"으하하하, 화통한 젊은이로군. 좋다."

도귀가 원래의 판돈에 지금까지 땄던 돈을 모두 밀어 넣었다.

"방식을 바꿔보는 게 어떨지요?"

"무슨 수작이냐?"

"이번에는 작은 수로 승부를 짓지요."

도귀의 미소가 짙어졌다.

'제 무덤을 파는군.'

도귀는 단박에 사내가 쓰려는 수법을 짐작할 수 있었다.

작은 수로 승부하자는 의도는 바로 세 개의 주사위를 일(一)로 만들어 세로로 겹쳐 세우겠다는 속셈이었다.

자신이 평범하게 세 개의 주사위를 모두 일을 낸다면 자신의 총합은 삼. 그러나 상대는 세 개를 일로 만들어 쌓아버린다면 보이는 총합은 일이었다.

주사위 셋을 일로 만들어 일렬로 쌓는 기술도 고도의 상승 도박술이었지만 도귀는 이미 그와 같은 수법을 경험한 바 있었다.

"좋다."

달그락, 달그락.

두 사람의 사발 속에서 주사위가 춤을 추기 시작했다.

사람들이 모두 숨을 죽이고 춤을 추는 두 개의 사발에 온 정신을 집중했다.

탁.

도귀의 주사위가 담긴 사발이 탁자 위에 엎어졌다.

탁.

이어 청년의 사발도 엎어졌다.

모두 침을 삼키며 두 사람의 사발만을 번갈아 노려보았다.

"먼저 열거라."

도귀의 말에 청년이 힘차게 사발을 열었다.

사발 속의 주사위는 도귀의 추측대로 일렬로 쌓여 있었다.

"와!!"

그 신묘한 솜씨에 구경꾼들은 물론이고 왕윤의 표정이 환하게 밝아졌다.

그 환호성 속에서 도귀는 피식 웃고 있었다.

도귀의 사발이 열렸다.

"우아아!"

사방에서 터져 나오는 더욱 우렁찬 함성.

도귀의 주사위는 하나뿐이었다.

나머지 두 개의 주사위는 가루가 되어 부서져 있었다.

청년의 주사위가 일로 세 개가 쌓였다고는 하나 그것은 상대가 평범하게 세 개의 일을 만들어냈을 때나 먹힐 만한 수법이었다.

어차피 둘 다 편법이라면 도귀의 솜씨가 분명 한 수 위였다.

쌓였다고는 하나 청년의 주사위의 총 합은 삼이었고 도귀는 일이었으니까.

"크하하! 어떠냐?"

"와와와!"

주위의 함성 소리는 분명 도귀의 승리를 말해 주고 있었다.

왕윤의 인상이 말로 표현할 수 없으리만큼 일그러졌다.

도박장은 결국 파산지경에 이르게 된 것이다.

그때였다.

"제가 이긴 것 같습니다만……."

"무슨 헛소리냐?"

청년의 알 수 없는 미소에 도귀는 가슴이 철렁했다.

청년이 입을 오므려 후욱 하고 바람을 내불었다.

화르르르!

도귀 앞에 놓인 주사위 가루가 바람에 날려 공기 속으로 사라졌다.

그리고 남은 것은, 놀랍게도 수사위에 박혀 있던 붉은 깁돌만이 탁자 위에 남았다.

청년은 정확히 붉은 점들만을 남긴 채 나머지 가루를 불어낸 것이다.

'헉! 이럴 수가!'

탁자 위에 놓인 수많은 붉은 점들.

"와아아아!"

다시 터져 나오는 함성.

보도 듣도 못한 신묘한 수법이었다.

도귀의 벌어진 입이 다물어지지 않았다.

'설마 내가 이렇게 나오리란 것을 예측했단 말인가?'

순간 청년의 눈빛에 흐르는 강렬한 기운.

'보통 놈이 아니다.'

잠시 멍하게 있던 도귀가 미친 듯이 웃음을 터뜨렸다.

"크하하! 대단하다, 대단해! 인정한다! 내가 졌다!"

진정 도귀는 그 이름만큼이나 도박을 사랑하는 이였다.

청년의 한 수를 감상한 것만으로도 충분히 패배를 인정할 만했다.

그런 점에서 매우 훌륭한 도귀였지만 적어도 동료를 구하는 눈만큼은 그 도박술을 따르지 못했나 보다.

"쿨럭!"

웃음을 터뜨리던 도귀의 입에서 핏물이 튀어나왔다.

도귀의 등 뒤에서 가슴을 뚫고 나온 긴 검의 자루를 쥐고 있는 인후가 기괴한 음성을 내뱉었다.

"도대체 무엇을 인정한단 말이냐?"

그제야 도귀의 죽음을 알아챈 구경꾼들이 비명을 지르며 뒤로 물러섰다.

파앗!

인후가 검을 뽑자 녹색의 천이 덮인 탁자는 이내 도귀의 몸에서 나온 피로 물들기 시작했다.

인후가 자신의 허리에 찬 커다란 주머니를 탁자 위로 던져 놓으며 살기 어린 목소리로 나직이 말했다.

"모두 쓸어 담아라."

무서운 정적이 흘렀다.

인후는 이제 제 본성을 드러낸 것이다.

왕윤은 인후가 이판사판으로 나오자 어쩔 줄을 모르며 벌벌 떨고 있었다.

도박장의 칼잡이들 역시 벽력패검의 위세에 눌려 꼼짝도 못하고 있었다.

누군가 슬그머니 입구 쪽을 향해 발걸음을 옮기려던 순간이었다.

슈우욱!

쩌억.

한줄기 검기가 그의 등을 가르며 그가 달려나가려 했던 문까지 반으로 갈랐다.

노름꾼은 비명 한마디 지르지 못한 채 죽고 말았다.

"어이쿠! 나 죽네!"

청년이 마치 자신이 칼을 맞은 것처럼 호들갑을 떨며 탁자 밑으로 기어들어 갔다.

"도주 어르신, 모두 줘버리세요. 죽고 난 다음에 돈이 무슨 소용이겠어요."

청년의 호들갑에 인후가 사악한 미소를 지었다.

"제법 명줄이 길 성격이구나."

바로 그때였다.

"철아."

"어이쿠, 살귀 어르신이 어찌 제 이름까지 아시고."

청년을 부른 것은 살귀란 말에 인상을 잔뜩 찌푸린 인후가 아니었다.

"철아, 그만 놀고 가자."

다시 구경꾼들 사이에서 그를 부르는 소리가 들렸다.

탁자 밑의 청년이 벌떡 일어났다.

"설마?"

청년의 시선에 구경꾼 사이에서 미소를 짓고 있는 한 사내의 모습이 들어왔다.

기풍한이 그를 보고 웃고 있었다.

"조, 조장님."

청년의 목소리가 단번에 바뀌었다.

방정맞고 잔망스런 목소리가 아니라 그 출중한 외모에 어울리는 멋진 목소리였다.

청년의 이름은 곽철(郭哲).

곽철의 얼굴이 환하게 밝아졌다.

"드디어 귀환하신 겁니까?"

기풍한의 미소.

"전원 소집입니까?"

기풍한이 가볍게 고개를 끄덕였다.

"으하하하!"

곽철이 웃음소리가 쩌렁쩌렁 도박장을 울렸다.

휘리릭!

기풍한이 허리에 찬 질풍봉을 꺼내 곽철에게로 던졌다.

"밖에서 기다리마. 정리하고 나오너라."

날렵하게 봉을 잡아 든 곽철이 자신의 손에 쥐어진 봉을 보며 감격의 표정을 지었다.

'질풍봉!'

한편 기풍한이 자신을 무시한 채 밖으로 걸어나가자 인후의 눈빛에서 살기가 터져 나왔다.

"거기 서!"

인후가 기풍한을 향해 버럭 소리쳤다.

기풍한이 순순히 그 자리에 멈춰 섰다.

"감히 내 허락도 없이 등을 돌려?"

기풍한이 인후를 향해 몸을 돌렸다.

자신의 호령에 순순히 기풍한이 응하자 인후의 입가에 비릿한 미소가 드리워졌다.

"어떻게 뒤질래?"

기풍한은 아무 대답도 하지 않았다.

대신 턱짓으로 인후의 뒤쪽을 가리켰다.

"……?"

무심코 뒤돌아보는 순간,

쇄애액!

자신을 향해 날아드는 매서운 바람.

순식간에 거리를 좁혀온 곽철이 사신의 일굴을 향해 봉을 휘두르고 있었다.

인후가 본능적으로 몸을 뒤집으며 허리를 젖혔다.

부우우웅!

아슬아슬하게 자신의 얼굴을 스쳐 지나가는 하나의 봉.

"혁혁!"

간담이 서늘해진 인후가 도박장 벽 쪽으로 몸을 날려 숨을 몰아쉬었다.

봉이 일으킨 바람에 얼굴이 타오를 듯 화끈거리기 시작했다.

피했음에도 이 정도니 그대로 맞았다면?

이어지는 공격 대신 곽철이 머리를 긁적였다.

"어라? 피해? 요 몇 년간 너무 놀았나?"

그 모습을 보며 기풍한은 피식 미소를 짓고는 이내 발걸음을 도박장 밖으로 옮겼다.

인후는 이번에는 감히 그에게 멈추라는 말을 하지 못했다.

노름꾼들은 그저 탁자 뒤에 몸을 숨긴 채 숨을 죽이며 구경하고 있었다. 그중 곽철의 갑작스런 변화에 눈이 둥그레진 왕윤도 끼어 있었다.

기풍한이 나가자 곽철이 목과 허리를 이리저리 돌리며 마치 준비 운동을 하는 듯 몸을 풀기 시작했다.

방금 전 무시무시한 일격과 지금의 여유가 합쳐지자 그것은 곧 인후에게 섬뜩한 두려움이 되었다.

"네놈은… 누구냐?"

인후의 목소리가 떨리고 있었다.

그렇게 빠른 몸놀림은 강호출도 이래 처음 경험한 그였다.

여전히 몸을 풀며 곽철이 대수롭지 않게 말했다.

"나? 알면 죽어. 버둥거리지 말고 그냥 곱게 맞아라."

인후가 검을 고쳐 쥐었다.

상대 역시 보통이 아니었지만 자신은 벽력패검이란 이름의 주인이 아니던가?

곽철이 허리까지 숙이며 몸을 푸는 여유를 보이는 순간, 인후의 몸이 벼락처럼 빠르게 곽철을 찔러갔다.

슈우욱!

'죽었다.'

검이 숙였던 허리를 세우는 곽철의 심장에 박히는 순간, 곽철의 몸이 흐릿해졌다.

허공을 가르는 패검.

'헉! 뭐야? 이형환위(移形換位)?'

인후의 머리 속에 그 단어가 떠오른 순간,

빠각!

왼쪽 무릎에서 전달되어 오는 무시무시한 고통.

"크악!"

뼈가 부러지는 소리와 함께 인후의 몸이 휘청거렸다.

인후의 검을 미끄러지듯 피한 곽철이 그의 무릎을 질풍봉으로 사정없이 강타했던 것이다.

빡!

왼쪽에 있던 곽철이 어느새 오른쪽에서 봉을 휘둘렀다.

그야말로 신출귀몰한 신법이었다.

"으아악!"

인후가 처절한 비명을 내지르며 무릎을 꿇었다.

어느 틈에 그의 앞에 선 곽철이 조금 미안한 얼굴이 되었다.

"미안. 원래 안 아프게 부러뜨려야 하는데 요즘 너무 놀았더니 손이 말을 안 듣네."

"으으윽, 제가 잘못했습니다."

인후는 바보가 아니었다. 그 한 수에 자신은 상대가 되지 않는다는 것을 직감했다.

인후는 고통스런 얼굴로 용서를 빌었다.

"그래, 잘못했지? 그것도 아주 많이."

"네, 네."

인후가 미친 듯이 고개를 끄덕였다.

"그러니까 일단 좀 더 맞자."

퍽!

"돈 몇 푼 때문에 동료를 죽여, 이 개자식아?"

퍽! 퍽!

무섭게 쏟아지는 곽철의 봉은 정확히 뼈마디만을 노리고 있었고, 그때마다 인후는 비명을 내지르지 않을 수 없었다.

"대신 칼을 맞아주진 못할망정. 넌 동료란 말이 가지는 뜻을 모르지?"

손을 머리에 감싸 쥐고 인후가 미친 듯이 고개를 끄덕였다. 자신이 무슨 물음에 고개를 끄덕이는지도 몰랐다.

"모른다고? 이 새끼, 더 맞아야겠네."

퍽! 퍽! 퍽!

모두 그 광경에 놀라 얼이 빠진 상태였다.

가장 놀란 것은 바로 왕윤이었다.

사 년 전, 자신의 도박장을 찾은 그 순둥이의 모습은 도대체 어디로 갔단 말인가?

저런 무서운 놈에게 녹봉도 제대로 주지 않고 지금껏 부려먹었다는 생각에 찔끔 오줌이 흘러나왔다.

쿵!

인후가 입에 거품을 물고 정신을 잃었다.

이제 두 번 다시 검을 쥐지 못할 상태가 되었다는 것은 무공 한 줌 모르는 노름꾼들도 알 수 있었다.

모질게 인후를 두들겨 팬 곽철이 이번에는 왕윤에게로 성큼성큼 다가갔다.

왕윤이 소스라치게 놀라며 뒷걸음질을 쳤다.

왕윤의 어깨에 손을 올린 곽철이 히죽 웃었다.

"도주 어르신, 나 이만 갈라요."

"그, 그래. 잘 가시게, 곽 공자."

"저놈은 알아서 처리해 주시구려."

"아, 알겠네. 고맙네."

"그리고……."

빡!

그 순간 왕윤이 정강이를 붙잡고 바닥을 뒹굴었다.

"맞으니까 아프죠? 앞으로 때린 데 자꾸 때리지 마요. 으하하!"

한바탕 화통하게 웃은 곽철이 다시 공중으로 날아올랐다.

슈우욱!

놀랍게도 그의 봉에 천장이 살라섰나.

후두둑!

천장에서 먼지와 함께 무엇인가가 뚝 떨어졌다.

하나의 가죽 주머니.

기풍한이 메고 다니는 것과 같은 모양이었다.

아마도 곽철은 그것을 지난 사 년 동안 선상 위에 은밀히 숨겨둔 모양이었다.

곽철이 주머니 속에서 검은색 무복과 함께 자신의 질풍봉, 그리고 독특한 모양의 내의를 한 벌 꺼냈다.

그것은 비수를 보관하기 위해 특별히 만들어진 옷이었다.

놀랍게도 그 옷에는 새끼손가락만한 비수가 빽빽이 꽂혀 있었다.

비수의 수가 너무 많아 얼핏 보면 그것이 비수라 여겨지지 않을 정도였다.

"백풍비(百風匕)라 불리는 것이지. 뭔 비수를 백 개나 가지고 다니냐고? 가끔은 이것도 모자란다니까."

멍하니 자신을 보고 있는 구경꾼들을 향해 곽철이 알 수 없는 말을 중얼거렸다.

다시 그 위에 검은 무복을 걸쳐 입은 곽철이 허리에 질풍봉을 쿡 찔러 넣었다.

그리고는 기풍한의 질풍봉을 휘휘 내저으며 성큼성큼 도박장 밖으로 걸어나갔다.

그는 겁먹은 얼굴로 자신을 보고 있는 노름꾼들에게 마지막 인사를 잊지 않았다.

"돈들 많이 따슈!"

다시 나가려던 곽철이 문득 걸음을 멈추었다.

"그럴 리는 없겠지만 가끔 주사위 던지다가 남편 잘못 만나 죽도록 고생하는 마누라나 자식새끼 생각이 나면 가끔은 하늘도 한번 쳐다보시오."

곽철이 올려다보는 곳은 도박장의 현판이었다.

"으하하하!"

그렇게 곽철은 바람처럼 사라졌다.

이 모든 일은 연화의 비룡일대에 대한 해체 요구서가 막 천룡맹주에게 당도한 그 즈음 여산의 '일장춘몽' 도박장에서 일어난 일이었다.

第5章

풍뢰

풍
뢰

오일 후, 화음(華陰).

번화한 시장 골목의 한 옆으로 구경꾼들이 북적이고 있었다.

"기연(奇緣)이란 무엇인가?"

지나가는 무인들의 발걸음을 멈추게 할 만한 흥미로운 이야기가 둥
그렇게 원을 그린 구경꾼들의 중앙에서 흘러나오고 있었다.

"말 그대로 기이한 인연이다 이 말이지. 그럼 그 인연이 그냥 오느
냐? 어림없는 말씀. 백날 절벽에서 뛰어내려 봐. 뼈만 부러져. 머리통
깨져. 허리 절단 나. 천년하수오(千年何首烏)니 인형설삼(人形雪蔘)이니
남들은 낼름낼름 잘만 처먹는 걸 나는 구경도 못해!"

목소리의 주인공은 예순쯤 되어 보이는 노인이었다.

축 처진 눈 꼬리에 볼살이 두툼한 후덕한 인상의 노인이었다.

목소리만큼은 나이에 비해 제법 패기가 있었다.

노인의 옆에는 금강역사(金剛力士)처럼 우람한 근육질의 사내가 하나 버티고 서 있었다.

민대머리에 각 진 턱, 그리고 커다란 두 눈은 왠지 벌레 한 마리를 죽이고도 눈물을 떨굴 것 같은 그런 인상이었다.

"그럼 어떻게 해야 하느냐? 기연은 내가 바란다고 얻는 게 아냐. 부모를 잘 만나야 하는 거거든. 태양천골지체(太陽天骨之體), 극마불사지체(克魔不死之體). 그 귀하고 귀한 몸들이 아무에게나 내려지겠냐구?"

노인이 과장된 한숨을 내뱉었다.

"그럼 좋다 이거야. 부모 잘못 만난 우린 만날 뼈빠지게 일만 하다 자식새끼 애 먹이는 거나 보면서 늘어가는 주름살에 한숨이나 쉬어야 하느냐?"

노인의 일장 연설에 구경꾼들은 흥미롭게 눈을 반짝였다.

뻔히 엉터리 약이나 팔 것이란 것을 모르는 이가 없었지만 그래도 노인의 입심이 워낙 다부져 모두 즐거워하고 있었다.

"노부도 그저 그렇게 낙심하며 늙어가던 어느 날이었지."

바야흐로 본론에 들어서는 노인이었다.

"늙은 입이라도 야물게 풀칠은 해야 하는 법. 약초라도 캐볼까 시면 대천산(大天山) 골짜기를 올랐지. 그리고 그때 난 본 거야!"

모두 침을 꿀꺽 삼켰다.

"바로 내가 본 것은 바로… 어이, 거기 총각, 조금 앞으로 당겨와. 그래, 자네 말야. 옳지. 그래, 어디까지 얘기했나?"

그러자 앞에 쪼그리고 앉은 꼬마 하나가 냉큼 소리쳤다.

"대천산! 대천산!"

"고놈 참 똘똘하게 생겼다. 앞으로 커서 효도 잘해라. 그래, 대천산에 약초를 캐러 간 그날 내 운명이 바뀐 것이야."

성질 급한 누가 참지 못하고 소리를 버럭 질렀다.

"도대체 뭘 본 거요?"

"어이쿠, 이 사람아. 진정해. 그래, 숨 쉬어. 옳지."

다시 노인이 하늘을 향해 두 팔을 벌리며 장엄하게 소리쳤다.

"내가 본 것은 바로 청룡이었어, 청룡! 과거 사십 년 전 천룡맹주가 소싯적에 잠깐 봤다던 그 청룡을 보게 된 거야! 젊은이 자네, 용 본 적 있나? 자네는? 거기 영감은 본 적 있소?"

어떤 이는 주위의 시선이 부끄러워 슬그머니 고개를 숙였고, 또 어떤 이는 '못봤소' 라고 크게 대답했다.

"그걸 내가 본 거야. 다리가 후들후들 떨려 오줌까지 지렸지. 산비탈로 굴러 떨어지지 않은 게 천만다행이었지. 이제 죽는구나. 그런데 말야. 평소 같으면 쓸모없는 늙은 것이 달콤한 오수(午睡)를 깨웠다며 청룡이 한입에 날 물어 죽였을 거야. 그런데 그날은 달랐어."

구경꾼들은 엉터리임을 알면서도 점점 이야기 속으로 빠져들어 갔다.

"청룡은 죽어가고 있었던 거야. 주위를 둘러보니 집채만한 인면지주(人面蜘蛛)가 사지를 떡 벌린 채 몸을 뒤집고 죽어 있었지. 그때 난 알았지. 두 신물이 서로 영역 다툼을 하다 양패구상(兩敗俱傷)을 당한 것이란걸."

"오!"

누군가 장단까지 맞춰주자 노인은 더욱 신이 났다.

"그리고 또, 또 난 본 거야! 청룡의 입에 물린 여의주를!"

노인의 고함 소리가 시장 바닥을 뒤흔들었다.

"여의주란 무엇이냐? 그게 바로 용의 내단(內丹)이라, 청룡의 모든 기운이 그 속에 고스란히 담겨 있는 천고의 보물이지! 캬, 기연이란 바로 이런 것이야!"

노인이 다시 두 눈을 지그시 감으며 그때의 감격을 구경꾼들에게 전달하려 애썼다.

"아, 난 고민했어. 이 내단을 어떻게 할 것인가? 냉큼 먹어버릴까? 그럼 반로환동(返老還童)에 환골탈태(換骨奪胎)를 하게 되겠지? 고민하고 또 고민했지. 하지만 난 결심했어. 어차피 이제 인생의 황혼길에 접어든 내가 먹는 것은 옳지 않다. 이 보물을 강호인들과 함께 나누어야겠다! 아, 이 얼마나 훌륭한 생각인가? 하지만!"

두 눈을 번쩍 뜬 노인이 옆에 선 금강역사를 안쓰럽게 바라보았다.

"마흔을 훌쩍 넘겨 얻은 우리 귀한 막둥이. 그래, 일단 반만 쪼개서 먹이자. 자식을 위한 욕심인데 하늘도 이해하실 거다."

구경꾼들의 시선이 이번에는 금강역사에게 집중되었다.

과연 그의 탄탄한 근육은 용의 내단까지는 아니더라도 뭔가 제대로 먹은 몸뚱아리였다.

"거기 젊은이, 이리 나와보게."

한 청년이 머뭇거리다 '사나이는 패기야! 패기없음 장가도 못 가!' 란 말에 억지로 끌려나왔다.

청년에게 커다란 몽둥이를 들려주는 노인이 큰 소리로 말했다.

"자, 이제 자네가 가장 미워하는 사람을 떠올려 봐. 죽이고 싶다! 이놈은 정말 패 죽이고 싶다!"

"없는데요."

"어허, 이 사람아, 잘 생각해 봐. 어렸을 때 괴롭히고 따돌리던 놈, 돈 떼먹고 튄 놈, 내 여자 가로챈 놈, 밥 먹는데 시비 선 놈, 다리 부러진 다음날 비무첩 내미는 놈. 아, 혹 부모님이 빚 보증 선 일 없나?"

한참의 교육 끝에 급조된 분노를 끌어올린 청년이 몽둥이를 들고 금강역사 앞에 섰다.

힘껏 내려치라는 말에 청년은 망설였지만 노인의 호언장담을 믿고 힘차게 몽둥이를 휘둘렀다.

딱!

몽둥이가 반으로 부서졌지만 금강역사는 눈도 하나 깜짝 하지 않았다.

"우와!"

구경꾼들의 감탄이 여기저기서 터져 나왔다.

"이게 끝이 아니야."

다시 청년의 손에 이번에는 어린애 팔뚝만한 굵기의 쇠막대기를 들려주는 노인.

"저놈은 불공대천의 원수다! 내 여동생 팔아먹은 놈이다!"

부우웅!

텅!

쇠막대기가 역사의 몸을 튕겨 나가자 오히려 쇠막대기를 휘두른 청년이 손을 부여 쥐고 비명을 질렀다.

"와아아!"

다시 터져 나오는 함성 소리.

분위기는 본격적으로 불타오르기 시작했다.

"그 내단 반쪽에 우리 막둥이가 도검불침(刀劍不侵)의 금강불괴(金剛

不壞)가 된 것이야."

노인은 이제 본격적으로 사업을 시작했다.

"이게 무엇이냐? 그 나머지 반쪽 내단으로 만든 약이지. 생사신의(生死神醫) 유백천(柳白天) 어르신이라고 들어봤어? 강시도 인간으로 되돌려 놓는다는 강호제일의 의선! 그분을 만나 삼고초려 천신만고 끝에 얻어낸 특별 조제법! 그것으로 만든 희대의 명약! 바로 불로장생신묘단(不老長生神妙丹)! 단돈 두 냥!"

"하하하!"

노인이 본색을 드러내자 구경꾼들이 웃음을 터뜨렸다.

그리고 슬그머니 자리에서 일어나는 사람들, 와자지껄 떠드는 사람들, 크게 웃는 사람들로 장내는 이내 어수선해졌다.

"이봐, 단돈 두 냥에 인생이 바뀌어! 이봐, 젊은이! 그냥 가면 발병 나! 장가 못 가! 어이!"

그때였다.

구경꾼들 발목을 붙잡는 험악한 목소리.

"정말 그 약을 먹으면 도검불침에 금강불괴가 될 수 있느냐?"

등에 한 자루의 대도를 둘러멘 인상 험악한 강호인이었다.

그의 출현으로 장내는 싸늘하게 얼어붙었다.

"묻지 않느냐?"

노인은 당황한 얼굴로 절로 허리를 굽히며 안절부절못했다.

강호인이 주먹을 불끈 쥐곤 팔을 붕붕 휘두르며 금강역사 앞으로 나섰다.

"직접 실험해 보면 알겠군."

구경꾼들은 멀찌감치 물러섰지만 흥미로운 눈으로 그 상황을 지켜보았다.

노인과 금강역사의 시선이 마주쳤다.

난감한 노인의 표정에 비해 금강역사는 커다란 두 눈만 껌벅이며 분위기 파악을 전혀 못하는 듯 보였다.

"어이쿠, 무사님, 한 번만 봐주십시오."

노인이 무인의 허리에 매달려 사정했다.

"이놈아, 뭘 봐달라는 소리냐?"

퍽!

노인이 무인의 발길질에 채여 땅바닥을 굴렀다.

구경하던 사람들은 불쌍한 약장수 노소의 봉변에 혀를 차며 발을 굴렀지만 그렇다고 감히 나서 막아주는 이는 없었다.

"자, 그럼 간다!"

사내의 주먹에 내공이 모였다.

퍽!

사내의 모진 주먹에 복부를 강타당한 금강역사의 그 큰 체구가 허공을 가로질러 뒤로 날아갔다.

꽈작!

뒤에 쌓아둔 상자를 부수며 금강역사가 바닥을 뒹굴었다.

한눈에 보아도 목숨을 부지하기 힘든 치명상을 당한 것 같았다.

"뭘 봐, 이 새끼들아! 구경났어?"

사내의 외침에 구경하던 이들이 걸음아 나 살려라 하며 사방으로 흩어졌다.

"금강불괴 좋아하네. 퉤!"

침을 뱉고는 사내는 그 길로 제 갈 길을 가버렸다.

그나마 남은 이들도 안타깝다는 듯 혀를 차며 모두 흩어졌다.

북적이던 공간이 이내 썰렁해졌다.

다만 쓰러진 두 사람만이 바닥을 뒹굴고 있을 뿐이었다.

금강역사 사내는 죽었는지 살았는지 두 눈을 꼭 감고 있었다.

그때 그의 마음속에 울리는 소리.

'덩치만 큰 바보 자식!'

땅바닥의 차가운 한기는 오래전 기억하기 싫은 그날로 금강역사 사내를 안내하기 시작했다.

어린 시절의 사내는 지금과 다르지 않았다.

이제 겨우 열두 살의 소년이었지만 여전히 머리는 나지 않았고, 눈썹도 없었으며, 몸집은 또래의 두 배는 되어 보였다.

그 소년의 가슴 위로 또래의 한 악동이 올라타고 있었다.

주변을 둘러싼 서넛의 아이들도 비슷한 또래들이었다.

소년은 이미 자신의 덩치 반도 안 되는 악동에게 몇 차례 얻어터진 상태였다.

"이 새끼, 너, 서역(西域)에서 왔지?"

"난 한인이야!"

"그럼 왜 머리털이 없어!"

"그건… 애기 때 병을 앓아서 그런 거야."

"거짓말!"

픽!

"아냐. 우리 엄마가 그랬어."

"이 새끼! 너희 엄마 죽었잖아!"

그 말에 소년이 울먹이며 소리쳤다.

"우리 엄마 안 죽었어! 지금 멀리 가 계신 것뿐이야!"

퍽!

"어따 대구 소릴 질러! 그럼 우리 엄마가 거짓말했단 말야?"

"아냐, 아냐! 어흐흑!"

"얘들아, 이 봐라! 덩치 큰 새끼가 운다."

아이들이 깔깔거리며 손가락질을 해댔다.

"우, 재수없다!"

"저리로 가자!"

아이들이 우르르 한쪽으로 달려갔다.

그렇게 괴롭힘을 당한 소년이었건만 벌떡 일어난 소년은 아이들을 따라 달렸다.

"우리 엄마 안 죽었어!"

아이들이 인정하지 않으면 어려서 집 나간 어미가 정말 자신에게도 죽은 사람이 될까 두려운 소년이었다.

그러자 아이들이 더욱 속도를 내며 달려갔다.

"괴물이 쫓아온다!"

"도망가자!"

괴물이란 말에 소년이 충격을 받고 제자리에 멈춰 섰다.

눈에서는 눈물이 주루룩 쏟아지고 있었다.

"난 괴물 아냐! 그리고 우리 엄마 안 죽었어! 나 찾으러 온다고 그랬단 말야!"

다시 소년은 아이들이 사라진 반대 방향을 향해 달리기 시작했다.

"엄마! 엄마! 흑흑!"

그렇게 눈물을 흘리며 한참을 달리던 소년이 비명을 내질렀다.

"아악!"

아무렇게나 달리다가 그만 발을 헛디딘 것이다.

산비탈의 바위에 부딪치며 소년이 데굴데굴 굴러 내려갔다.

비탈 아래는 절벽이었다.

턱!

그때 소년은 무엇인가에 걸려 방향을 바꿔 미끄러졌다.

그대로 굴렀으면 절벽 아래로 떨어졌을 소년이 다행히 산비탈 한 옆의 작은 공터로 굴렀다.

다행히 목숨을 구한 것이다.

잠시 후, 겨우 몸을 일으켜 세우던 소년은 아픔을 호소하며 주저앉았다.

"아악! 아파!"

굴러 내려오면서 발목을 삔 것이다.

천성적으로 몸이 튼튼했는지 그 외에는 긁힌 상처뿐이었다.

발목을 부여잡고 인상을 찡그리던 소년의 눈이 둥그렇게 커졌다.

자신이 굴러 내려가던 비탈에서 무엇인가가 눈에 들어온 것이다.

그것은 한 자루의 검이었다.

검집째 땅바닥에 박혀 있었는데 그것에 걸리는 바람에 목숨을 부지한 것이다.

다시 고개를 돌리던 소년이 깜짝 놀라 소리쳤다.

"엄마야!"

작은 공터 한 옆의 큰 바위 아래 누군가 앉아 있었던 것이다.

두 사람이었다.

정확히 말하자면 쓰러진 한 사람을 안은 채 바위에 기대 있는 복면인이었다.

　복면인에게 안긴 사내 역시 같은 복장, 같은 복면이있나.

　복면 가운데에는 풍이란 글자가 새겨져 있었다.

　그리고 소년은 볼 수 있었다.

　동료를 안고 있는 복면인은 분명 울고 있었다.

　이미 그의 품에 안긴 동료는 싸늘한 시체가 되어 있었다.

　그것은 어린 소년에게 너무 충격적이고 무서운 장면이었다.

　복면 위를 타고 내리는 눈물.

　소년은 굴러 떨어지던 자신을 검을 던져 구해준 이가 눈앞의 청년이란 것을 그때까지 알지 못했다.

　다시 소년은 깜짝 놀랐다.

　바닥에 흐르고 있는 흥건한 핏물.

　울고 있는 복면인의 옆구리에서 끝없이 피가 새어 나오고 있었다.

　부들부들 떨며 서 있는 소년에게 복면인이 말했다.

　채 울음기가 가시지 않은 목소리였다.

　"내가 무섭니?"

　소년은 고개를 끄덕였다.

　복면인이 힘겹게 손을 들어 복면을 벗었다.

　복면 속의 사내는 이제 갓 스물이나 되어 보이는 앳된 청년이었다.

　'왜 복면 따위를 쓰고 다녀요?' 라고 묻고 싶을 만큼 순박한 얼굴.

　"친구란다."

　청년의 품 안에서 젖혀진 사내의 고개는 이미 힘을 잃고 있었다.

　청년이 애써 웃음을 지으며 말했다.

　"그냥 보낼 수 없어 이 녀석 뒤를 따라갈까 하던 중에 하늘에서 네가 내려오는구나."

소년은 무슨 말인지 알 수 없었다.

그저 멍하니 청년의 말을 듣고만 있었다.

그때 청년이 억지로 몸을 일으켰다.

자신이 안고 있던 동료의 시체를 조심스럽게 바닥에 뉘었다.

피가 흘러내리는 옆구리를 움켜쥔 채 청년은 묵묵히 그 시체를 내려 다보았다.

"나… 간다."

그렇게 청년이 돌아섰다.

청년이 비틀거리며 소년에게 다가오자 소년이 흠칫 놀라 뒷걸음질을 쳤다.

그러나 소년은 이내 등을 돌린 청년의 의도를 알 수 있었다.

업히라는 뜻이었다.

소년이 망설이자 청년이 말했다.

"저 친구랑 함께 있을래?"

소년이 깜짝 놀라 청년의 등에 업혔다.

청년이 묵묵히 비탈길을 올라가기 시작했다.

그의 옆구리에서 흐르는 피 내음이 소년의 코를 찔러왔다.

소년의 눈에서 다시 눈물이 흐르기 시작했다.

따스한 청년의 등에 업히자 긴장이 풀렸고, 아까의 설움이 다시 북받친 것이다.

소년의 눈물이 청년의 목에 떨어졌다.

"왜 우는 것이냐?"

"……."

잠시 말이 없던 소년이 울먹이며 말했다.

"제가 괴물처럼 생겼나요?"

"괴물을 본 적이 없어서 모르겠다."

"흑흑."

"괴물은 세상에 없단다. 괴물은 눈에 보이지 않는 곳에 살고 있단
다."

비탈길을 힘겹게 오르는 청년이었지만 소년에게 하는 말은 담담하
기 그지없었다.

소년은 문득 궁금해졌다.

"그곳이 어딘가요?"

"괴물이 있다고 믿는 사람의 마음속이지."

여전히 소년은 무슨 뜻인지 알 수 없었다.

이윽고 비탈 위의 길가로 올라온 청년이 소년을 내려놓았다.

"난 이만 가봐야겠다. 조금만 기다리면 지나가는 사람들이 있을 것
이다. 그들에게 도움을 구해라."

청년이 묵묵히 돌아섰다.

그때 소년이 청년을 향해 소리쳤다.

"저도 데려가 주세요."

왜 그런 생각을 하게 되었을까?

어디서 그런 용기가 났을까?

어쩌면 소년은 청년의 그 복면 속에 자신의 얼굴을 감추고 싶어했는
지도 모르겠다.

돌아선 청년이 물끄러미 소년을 쳐다보았다.

눈물 범벅으로 더럽혀진 소년의 얼굴에 담긴 의지와 슬픔.

그들 사이로 한줄기 바람이 불어왔다.

청년이 가볍게 한숨을 내쉬며 하늘을 올려다보았다.

소년의 시선이 자연스럽게 그를 향해 따라갔다.

구름 한 점 없던 푸른 하늘.

이제 그 변함없는 하늘이 내려다보는 것은 십오 년의 세월을 건너 화음장터 바닥에 쓰러진 금강역사 청년이었다.

어느 틈엔가 일어난 약장수 노인이 담담하게 말했다.

"갔다. 그만 일어나거라."

그러자 죽은 듯 누워 있던 청년이 먼지를 툭툭 털고 자리에서 일어났다.

정말 금강불괴라도 되는지, 아니면 아까의 주먹이 솜방망이였는지 어쨌든 그는 아무런 상처도 입지 않은 듯 보였다.

"잘 참았다."

노인이 청년의 어깨를 두드려 주며 위로했다.

"뭐 한두 번 겪는 일도 아닌데요."

말은 그러했지만 청년의 표정은 조금 침울해 있었다.

청년이 아무 말도 없이 부서진 상자며 집기들을 챙기기 시작했다.

노인이 가볍게 사내의 어깨를 두드려 주었다.

그때였다.

털썩.

무엇인가 그들 뒤로 날아와 떨어졌다.

놀란 두 사람이 돌아보니 땅바닥에 패대기쳐진 것은 놀랍게도 사람이었다.

피떡이 돼서 얼굴조차 알아보기 힘든 그는 등 뒤에 커다란 대도를 메고 있는 걸로 봐서 방금 전 행패를 부렸던 무인이 틀림없었다.

"왜 이렇게 살아?"

그들을 보며 환하게 웃는 한 청년.

바로 기풍한과 도박장에서 만났던 곽철이었다.

헝클어진 머리카락은 이미 잘 정리되어 있었고, 면도도 깨끗이 된 상태였다.

그를 본 금강역사 청년의 얼굴이 환하게 밝아졌다.

"철아!"

이어지는 반가운 함성.

"용아!"

금강역사의 이름은 팔용(八龍)이었다.

달려드는 팔용의 우람한 품으로 곽철이 번쩍 날아 안겼다.

"으하하하!"

곽철이 팔용의 민대머리에 입을 맞추며 크게 웃음을 터뜨렸다.

팔용은 곽철을 안은 채 그 자리서 빙글빙글 돌기 시작했다.

마치 십 년의 이별 끝에 해후한 두 정인(情人)처럼 안고 돌았는데, 멀리서 지나가던 노인의 입에서 '변태 같은 놈들' 이란 말이 자연스레 나왔다.

어쨌든 그들의 기쁨은 말로 표현하기 어려웠다.

팔용의 품에 안겨 곽철이 노인에게 인사를 건넸다.

"화의(華衣) 어르신, 오랜만입니다."

노인의 이름은 유백천(柳白天).

약을 팔 때 삼고초려니 하며 엄살을 떨었던 그가 바로 생사신의 유백천 본인이었다.

그러나 유난히 그와 가까워 그를 형님이라 부르는 팔용을 제외하고
는 모두 그를 화려한 옷차림을 좋아한다고 해서 화의(華衣) 어른, 혹은
화노(華老)라 불렀다.

"그간 잘 지냈느냐?"

"물론입니다."

화노는 곽철의 등장에 조금 놀란 표정이었다.

조직에 문제가 발생하면 서로 약속된 곳으로 흩어져 절대 왕래하지
않는 것이 조직의 절대 규칙이었다.

"여긴 어쩐 일이냐?"

여전히 자신을 안고 반가움에 어쩔 줄 모르는 팔용의 품에서 곽철이
미소를 지으며 말했다.

"조장님께서 귀환하셨습니다."

팔용의 동작이 딱 멈췄다.

그의 커다란 두 눈에는 이미 눈물이 글썽이고 있었다.

"정말이냐?"

노인의 표정마저도 환하게 밝아졌다.

"모두 집합하랍니다."

팔용의 목소리가 떨리기 시작했다.

"지금 조장님은?"

"영이 놈에게 먼저 가셨다. 일단 거기서 합류하기로 했다. 지름길로
내달리면 얼추 비슷한 시간에 도착할 거다."

"으하하하!"

통쾌한 웃음과 함께 팔용이 곽철을 매정하게 내던져 버렸다.

공중제비를 하며 가볍게 바닥에 내려서는 곽철이 인상을 썼다.

"망할 놈, 조장님 얘기 나오니 바로 배신이네."

그러나 곽철의 투덜거림에는 웃음이 담겨 있었다.

이내 팔용의 기도가 바뀌었다.

팔용이 주먹을 말아 쥐었다.

펑!

그의 주먹에서 엄청난 폭음을 내며 장력이 발출되었다.

노인의 몸을 아슬아슬 스치며 장력이 지나갔지만 노인은 그저 담대하게 그 자리를 지킬 뿐이었다.

장력의 목표는 노인의 뒤편에 세워진 전신의 혈도가 그려진 사람 모양의 청동 조각상이었다.

펑!

조각상이 그 한 방에 산산조각나서 깨졌다.

그리고 조각상 안에 보관되어 있던 거대한 도.

사 년간의 긴 잠에서 깨어난 그것이 허공으로 떠올랐다.

팔용이 손을 뻗치자 대도가 허공을 날아 그의 손으로 들어왔다.

"풍뢰도(風雷刀)야, 정말 오랜만이다."

감격스런 팔용의 얼굴로 풍뢰도의 파르스름한 도기가 반사되어 비쳤다.

"이 무식한 놈아, 이 귀중한 게 훼손이라도 되면 어쩌려고 방정이냐?"

버럭 소리를 지르며 부서진 청동 조각 사이에서 주섬주섬 자신의 가죽 주머니를 챙기는 화노였다.

화노가 주머니를 열며 안의 물건을 확인했다.

그것은 한 권의 두툼한 책이었다.

책에 붉은 글씨로 적힌 제목은 바로 '풍운록(風雲錄)'이었다.

팔용이 검은 무복으로 갈아입고 등에 풍뢰도를 메었다.

그의 우람한 덩치에 거대한 풍뢰도는 너무나 잘 어울렸다.

질풍봉을 허리에 매며 팔용이 조금 순진한 얼굴로 물었다.

"형님은 옷 안 갈아입수?"

"이놈아, 내가 이 나이에 멋부릴 일 있냐?"

"그래도 오랜만에 조장님 뵙는데."

"이놈이 그동안 나랑 어찌 지냈누. 그렇게 기 조장이 보고 싶어서."

"으하하하!"

잠시 후 팔용의 우렁찬 웃음소리가 화음장터를 떠나갈 무렵 그곳에는 피떡이 되어 누워 있는 이름 모를 무인만이 겨울 바닥의 냉기를 온몸으로 시험하고 있을 뿐이었다.

第6章

선풍

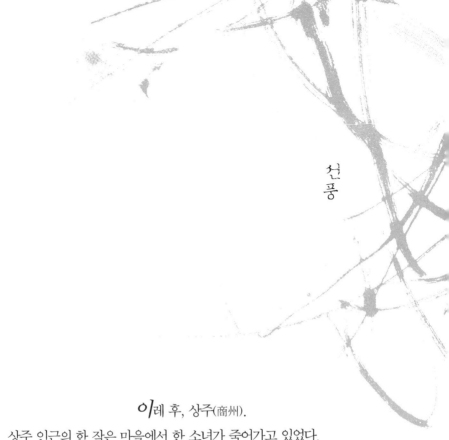

선풍

이레 후, 상주(商州).

상주 인근의 한 작은 마을에서 한 소녀가 죽어가고 있었다.

소녀의 이름은 난희(蘭喜)였고, 그녀의 오라버니 이름은 비영(秘影)
이었다.

비영이 고향 집으로 돌아온 지는 이제 사 년이 되었다.

오랜 객지 생활을 마치고 집으로 돌아온 비영을 기다린 것은 참혹한
현실이었다.

술과 노름에 미쳐 삶을 겉돌다가 객잔에서 일어난 다툼에 눈먼 칼
을 맞고 죽어버린 아버지의 무덤과 평생을 고생만 하다 그 다음 해에
병으로 돌아가신 어머니, 그리고 불치병에 걸려 죽어가고 있는 여동
생.

"뭐 해?"

멍하니 달을 올려다보던 비영의 뒤로 어느샌가 난희가 와 있었다.

"추운데 왜 나왔어?"

본래 비영의 목소리는 차가웠다.

더구나 그의 눈빛은 마치 야수처럼 강렬하고 날카로웠다.

그래서 그를 처음 대하는 사람들은 쉽게 그에게 다가가지 못했다.

그러나 동생을 대하는 그의 목소리와 눈빛은 차가운 겨울 밤바람을 녹이고도 남았다.

"그냥 잠이 안 와서."

비영이 자신이 입고 있는 웃옷을 벗어 동생의 몸에 감싸주었다.

"아, 따뜻하다."

그런 동생을 바라보는 비영의 눈빛에는 그러지 말아야지 하면서도 안타까움이 가득 담겨 있었다.

그녀의 팔목은 어린애의 그것처럼 말라 있었고, 맑은 두 눈동자는 이미 생기를 잃고 있었다.

"옷에서 오라버니 냄새 난다."

비영이 피식 웃었다.

언제나 오빠라 부르던 난희가 이제 오라버니라 부르고 있었다. 그만큼 동생이 자란 것이다.

"오라버니."

"왜?"

"…나 위해 너무 애쓰지 않아도 돼."

난희의 눈동자가 떨리고 있었다.

난희는 알고 있었다.

비영이 집으로 돌아온 지난 사 년간 자신의 병을 치료하기 위해 무엇인가 위험한 일을 하고 있다는 것을.

난희는 두려웠다.

아버지와 어머니, 게다가 자신의 건강까지. 그녀는 자신의 인생에서 이미 잃어야 할 것들을 충분히 잃었다.

이제 하나 남은 오라버니마저 잃게 될까 봐 그녀는 두려웠다.

'왜 하필 저인가요?'

자신에게 불치의 병을 내려준 하늘을 그녀는 수없이 원망했다.

하지만 그러한 내색을 오라버니에게 할 수는 없었다.

자신이 삶에 대한 의지를 잃는 순간 오라버니는 어떤 식으로든 무너질 것이다.

"바보, 넌 그런 것에 신경 안 써도 된다."

난희의 눈동자에 눈물이 맺혔다.

흘러내리려는 눈물을 억지로 참으며 난희가 애써 밝은 표정을 지었다.

"오라버니."

"응?"

"강호는 어떤 곳이야?"

"그건 왜 물어?"

"오라버니가 사는 세상이 궁금해서 그래."

환한 달빛을 올려다보며 비영이 잠시 생각에 잠겼다.

"강호라…… 신기한 것도 많고 신나는 일도 많지. 기쁘기도 하고 때론 설레기도 하고… 어떤 때는 정말 무섭기도 하지."

"여러 얼굴을 가지고 있구나, 강호는."

"하하, 그럴지도 모르겠다."

동생에게만큼은 웃음과 말을 아끼지 않는 그였다.

"강호에 친구들도 있어?"

"친구?"

"응, 친구 말야."

환한 달빛에 몇 개의 얼굴이 떠올랐다 사라졌다.

언제나 한목숨처럼 움직였던 동료들.

몸을 던져 대신 칼을 맞는 것을 주저하지 않았던 그들.

비영의 눈빛이 아련한 추억에 흔들리고 있었다.

난희는 비영의 표정을 보며 굳이 듣지 않아도 알 것 같았다.

오라버니는 그리워하고 있는 것이다.

다시 저 넓은 강호를 훨훨 날아가는 그날을.

지금 그 자유로운 미래에 걸림돌이 되고 있는 것은 바로 자신이었다.

"춥다. 나 들어갈래."

이대로 있다간 또 눈물을 흘려 비영을 화나게 할까 봐 난희는 자리에서 일어났다.

"먼저 잘게. 오라버니도 어서 들어와."

난희가 힘겨운 발걸음을 옮겨 집 안으로 들어신 후에도 비영은 한참을 그 자리에서 앉아 있었다.

비영이 집 안으로 들어갔을 때 난희는 새근새근 잠이 들어 있었다.

요즘 들어 부쩍 잠이 많아진 동생이었다.

그것이 무엇을 의미하는지 비영은 잘 알고 있었다.

난희의 머리카락을 쓸어 올려주며 비영의 눈빛이 빛났다.

'내가 꼭 살려낸다. 반드시.'

비영이 다시 자신의 방으로 들어갔다.

선반 위에 보관된 하나의 가죽 주머니.

그곳에서 비영은 검은색 무복과 복면을 꺼냈다.

비영은 손에 쥔 복면을 말없이 내려다보았다.

복면의 가운데 박힌 글자 하나, '풍'.

그가 조심스럽게 그것을 복면에서 떼어냈다.

단정히 손질된 복면이었지만 이미 여러 번 떼어냈다 붙였다 한 흔적이 남아 있었다.

비영은 떼어낸 '풍'이란 글자를 방에 놓인 탁자에 조심스럽게 올려놓았다.

그리고 한 옆에 세워둔 검을 들고 밖으로 나왔다.

작은 오솔길을 따라 묵묵히 걸음을 옮기는 비영.

한 시진쯤 걸었을까?

외진 숲 가장자리에 한 대의 마차와 한 중년인이 그를 기다리고 있었다.

마차 앞에서 중년사내가 말했다.

"목표는 섬전도(閃電刀) 유백(柳伯). 언제나처럼 잘해주리라 믿소."

비영은 아무 대꾸도 하지 않고 마차에 올랐다.

그런 비영의 뒷모습을 노려보는 중년인의 얼굴에 야릇한 미소가 지어졌다.

두두두!

밤길을 쉬지 않고 달려 마차가 도착한 곳은 하나의 아담한 장원이었다.

마차는 그대로 장원 앞을 지나쳐 달렸지만 어느새 비영은 장원 담 옆에 심어진 거목의 나뭇가지에 올라서 있었다.

복면 사이로 비치는 비영의 두 눈이 반짝였다.

조심스럽게 장원을 살피던 비영의 표정이 살짝 굳어졌다.

왠지 모를 불길함이 슬그머니 고개를 치켜든 것이다.

'함정?'

어쩌면 그럴지도 모른다는 생각이 들었다.

지난 사 년간 자신을 칼잡이로 고용한 단체는 섬서의 이름난 검가인 백이검문(百二劍門)이었다.

정파를 자청하며 이름난 명가였지만 그들은 지역의 패권 다툼에 있어서까지 정도의 길을 걷지는 않았다.

숙적을 제거하는 데 그들은 어둠 속의 거래를 마다하지 않았던 것이다.

비영이 그들과 손을 잡을 수밖에 없었던 유일한 이유는 한 가지였다.

난희의 병은 신의가 와도 고칠 수 없다는 불치병이었고, 병명조차 알지 못하는 희귀병이었다.

그나마 사 년 전, 지나가던 고승이 일 년에 두 번 자신의 처방에 따라 백년하수오(百年何首烏)를 복용하라고 알려주지 않았다면 이미 난희는 죽고 말았을 것이다.

백년하수오는 천년하수오에 비해 그 효능이 상대적으로 낮았지만 그래도 복용자의 내공을 오 년이나 올려준다는 희내의 영약이었고, 돈이 있어도 쉽게 구할 수 없는 물건이었다.

비영이 그들에게 요구한 것이 바로 그것이었다.

그들은 흔쾌히 그 조건을 수락했고, 오늘에 이르게 된 것이다.

'함정이라 해도⋯⋯.'

그로서는 어쩔 수 없었다.

함정이 아니라 지옥의 불구덩이라도 동생을 구할 수만 있다면, 동생이 하루라도 더 햇살을 보며 살 수 있다면 망설이지 않을 그였다.

휘이익!

비영의 몸이 새처럼 가볍게 허공으로 날아올랐다.

저 아래로 번을 서는 순찰무인들의 모습이 보였다.

단숨에 이십여 장의 거리를 좁힌 비영이 내려선 곳은 장원의 지붕 위였다.

미끄러지듯 장원을 떠받친 기둥을 타고 내린 비영이 다시 바람처럼 신법을 발휘했다.

불길한 예감만큼이나 경비는 삼엄하지 않았다.

이윽고 비영은 섬전도의 침실로 향하는 긴 복도까지 무사히 잠입하는 데 성공했다.

복도를 몇 걸음이나 걸었을까?

비영의 발걸음이 흠칫 멈췄다.

우우우웅!

그의 등 뒤로 느껴지는 강맹한 기운.

잔잔하지만 결코 약하지 않은 그 기운은 등 뒤의 객청에서 흘러나오고 있었다.

그 기운은 분명 자신을 부르고 있었다.

자신의 불길한 예감이 정확하게 맞아떨어지는 순간이었다.

그럼에도 비영은 당황하지 않았다.

비영이 돌아섰고, 조심스럽게 객청 안으로 들어섰다.

끼이익.

서서히 문이 열렸다.

저 멀리 태사의에 몸을 비스듬히 기대고 앉은 한 노인의 모습이 들어왔다.

"왔는가?"

노인을 대하는 순간 비영의 심장이 덜컥 내려앉았다.

'초고수(超高手)!'

심장의 박동 수가 빨라지기 시작했다.

그럼에도 비영은 노인에게 하대를 했다.

"그대는 섬전도가 아니군."

노인은 그다지 불쾌한 얼굴이 아니었다.

"그래, 노부는 그 사람이 아니지. 노부의 이름은 심양이라고 하네."

덜컥.

빠르게 달음질치던 심장이 다시 만장 절벽 아래로 추락했다.

"검성(劍聖) 심양."

강호에서 가장 강하다는 열두 명의 무인 중 하나.

검을 든 이래 단 한 번의 패배도 없었다고 알려진 그였다.

거대한 함정이었다.

비영의 의지만으로는 막아낼 수 없다는 동요가 전달되었는지 심양의 차분한 설명이 이어졌다.

"섬전도 그 사람과는 조금 친분이 있다네. 인근에 일이 있어 잠시 들렸는데 그가 은근히 나를 청하더군. 그의 검은 언제라도 자신의 목숨을 구할 만큼 날카롭지 않아도 기존 심민름은 세법 단단하다고 할 수 있지. 그래서 잠깐 호기심이 동했다네. 도대체 어떤 상대이기에 이 늙은이까지 필요로 할까 하고 말일세."

일일이 전후 사정을 설명하는 이면에는 자신이 곧 죽일 이에 대한 미안함과 배려가 담겨 있으리라.

토사구팽(兎死狗烹).

백이검문에서 역으로 정보를 흘렸으리라.

하긴 비영을 살려두기에는 그들이 지금까지 저지른 일들의 악취가 너무나 심했으니까.

"하지만 실망이네. 자네 같은 애송이였다면 일언지하 거절했을 것이네."

"그냥 돌려보내 주겠나?"

참으로 오만한 발언이었다.

하지만 비영은 태어나 무공을 익힌 이후 그 어떤 강호인에게도 말을 높여본 적이 없었다. 단 한 사람을 제외하고는.

"예끼 놈, 참으로 맹랑한 놈일세."

심양이 비영의 몸을 아래위로 스윽 훑었다.

"보아하니 쾌검을 쓰는 자인데……."

비영이 침을 꿀걱 삼켰다.

아직 검을 뽑지도 않았건만 상대는 자신의 무공 내력을 정확히 알아내었다.

우우웅!

비영의 허리에 매달린 선풍검(旋風劍)이 무섭게 울기 시작했다.

"그냥 보내주는 거야 어렵지 않다만 그 친구에게 내가 면목이 없지 않겠나? 자네에게는 안타까운 일이겠지만 검성의 약속은 그리 가볍지 않다네."

결국 죽이겠다는 말.

검성의 손에 죽는 것도 무인으로서는 큰 영광이겠지만 비영은 죽을 수 없었다.

심양이 자리에서 일어났다.

고작 늙은이 하나가 자리에서 일어난 것에 불과했지만 마주 선 비영에게는 태산이 짓누르는 중압감이 느껴졌다.

샤릉!

심양의 검이 스스로 검집을 나와 사뿐히 그의 손으로 내려앉았다.

'…이길 수 없다.'

비영은 자신이 숨겨둔 어떠한 암수를 쓴다 해도 상대를 이길 수 없다는 것을 직감했다.

그렇지만 이대로 순순히 죽어줄 수는 없는 일이었다.

'난희야.'

순간 동생의 창백한 얼굴이 떠올랐다.

'단 일 수뿐이다.'

그 첫 수가 실패한다면 두 번째 기회는 결코 없을 것이다.

심양의 눈을 노려보던 비영의 시선이 서서히 다른 곳으로 이동했다.

고수 간의 다툼일수록 상대의 시선을 놓쳐서는 안 된다는 금기를 깨고 비영의 시선은 눈앞의 한 공간, 자신의 쾌검이 정확하게 지나갈 그 사각의 공간에 집중되었다.

반쯤 눈을 내리깐 도도한 표정의 심양이 점점 가까워졌다.

사각을 향해 걸어 들어오는 심양.

다섯 걸음, 네 걸음, 세 걸음…….

그리고 찰나의 순간, 비영의 검이 빛처럼 빠르게 허공을 갈랐다.

그리고 그의 예상은 정확히 적중했다.

보통의 일류고수라면 절대 피할 수 없을 비영의 빠름은 검성의 눈까지 속이지는 못했다.

검을 휘두른 순간 비영은 검이 빗나감을 느꼈고, 그 손끝의 허전함보다 더욱 빠르게 우측 바닥을 향해 몸을 던졌다.

스걱.

옆구리가 베어지는 서늘한 감각.

기다란 피분수를 그리며 비영이 다시 뒤로 몸을 뒤집으며 몸을 날렸다.

쩌엉!

경쾌한 격타음과 함께 다시 비영이 서 있던 자리의 바닥이 쩍 갈라졌다.

쫘당!

혼신의 힘을 다해 몸을 날리는 바람에 비영이 중심을 잃고 바닥을 뒹굴었다.

뇌려타곤을 부끄러워할 여유도, 옆구리에서 뿜어 나오는 핏줄기를 신경 쓸 여유도 없이 비영이 다시 검으로 몸을 가리며 벌떡 일어났다.

다행히 이어지는 공격은 없었다.

심양은 의외라는 표정으로 비영을 바라보고 있었다.

'두 번이나 내 검을 피하다니?

하루가 다르게 바뀌어가는 곳이 강호라지만 눈앞의 젊은 애송이는 자신의 예상을 훨씬 뛰어넘고 있었다.

"미안하구나. 아까의 말은 취소하마."

심양은 오랜만에 만난 고수에 조금 상기된 얼굴이었다.

서서히 심양의 기도가 달라지기 시작했다.

심양이 마음을 다스리기 시작하자 그의 몸에서 뻗어 나온 차가운 한기가 장내의 공기를 바꾸어가기 시작했다.

그것은 등줄기를 서늘하게 할 뿐만 아니라 동시에 마음속의 투지(鬪志)까지 앗아가고 있었다.

거대한 절벽과 마주 선 나약한 인간.

두 눈을 살며시 감은 비영이 검을 앞으로 쑥 내밀었다.

비영의 몸이 스르륵 검 뒤로 빨려들어 가는 착각이 드는 순간, 그는 완전히 검 뒤로 자취를 감췄다.

'신검합일(身劍合一). 아, 아깝구나. 저토록 뛰어난 인재가 잘못된 길에 빠져들다니.'

심양은 못내 안타까운 마음이 들었다.

만약 상대가 정파의 무림인이었다면 아무리 큰 잘못을 저질렀다 해도 살려주고 싶었다.

하지만 상대는 실수에 불과했다. 재능이 아까운 일수 따위.

우우웅!

마음을 굳힌 심양의 검이 우는 순간,

쫘앙!

비영이 기대고 선 벽이 박살이 나면서 강맹한 위력의 장력이 쏟아져 들어왔다.

파파파!

그 파괴적인 위력에 벽에 기대고 선 비영마저 튕겨져 날아올랐다.

그 순간 심양은 볼 수 있었다.

자신을 향해 날아드는 수많은 벽의 파편들을.

그리고 그 사이로 파고드는 한 자루의 비도를.

"어림없는 수작!"

순간 심양의 온몸이 푸른 빛으로 둘러싸였다.

직접 눈으로 확인할 수 있을 정도로 그 경지가 깊어진 심양의 호신강기(護身剛氣)였다.

퉁! 퉁! 퉁!

날아오던 파편들이 그의 몸 근처에 오기도 전에 사방으로 튕겨져 날아갔다.

다음 순간,

"헉!"

심양의 입에서 경악의 외침이 터져 나왔다.

촤라라락!

분명 파편들과 함께 튕겨졌어야 할 비도가 자신의 호신강기를 찢으며 심장을 향해 파고든 것이다.

슈우욱!

심양이 벼락처럼 빠르게 상체를 비틀며 허리를 눕혔다.

그의 장삼을 날카롭게 찢으며 아슬아슬하게 비도가 그의 가슴을 스쳐 지나갔다.

그 짧은 순간 심양의 호신강기가 아주 잠시 흐트러졌다.

펑!

부서진 벽 뒤쪽에서 다시 날아든 장력에 심양의 몸이 크게 흔들렸다.

"크윽!"

펑! 펑! 펑!

정신을 차리기도 전에 이어지는 장력 세례에 심양은 등을 돌려 최대한 몸을 보호했다.

'한 놈이 아니다.'

장력의 위력은 각기 달랐고 그 내력 또한 다른 성질이었다.

다행히 다시 제자리를 잡은 호신강기는 이어지는 장력을 모두 튕겨냈지만 처음 얻어맞은 장력에 심양은 내상을 입은 상태였다.

결정적으로 처음의 그 비도 탓이었다.

파라라라!

미친 듯이 쏟아지는 장력으로 주위의 바닥이 깨어져 가루가 되어 날았지만 심양만은 그 자리에서 움직이지 않았다.

마치 회오리바람의 한가운데 버티고 선 철탑(鐵塔) 같은 모습이었다.

열세 번째의 장력이 그의 등에 튕겨져 나가던 그때 심양의 검이 빛처럼 뒤를 향해 쏘아졌다.

슈아앙!

그 순간 거짓말처럼 심양을 향해 무사빌 쏟아지던 장력이 멈추었다.

휘리릭!

이어 심양이 날린 검이 제자리로 돌아왔다.

검날에는 분명 피가 묻어 있었지만 검이 날아간 자리에는 그 어떤 시체도 없었다.

선홍색의 맑은 피 색으로 보아 상대는 치명상은 피한 듯 보였다

그제야 튀어 오른 파편과 먼지가 모두 가라앉았다.

그만큼 심양의 검이 날아갔다 회수된 속도가 빨랐다.

다시 심양의 표정이 굳어졌다.

벽이 부서지며 그 충격에 날아가 바닥을 뒹굴고 있어야 할 비영 역시 사라지고 없었던 것이다.

낭패한 얼굴의 심양이 뒤를 돌아보았다.

벽에 박힌 한 자루의 비도.

심양이 그것을 뽑아 들었다.

자신의 손바닥 위에 놓인 비도를 내려다보던 심양이 경악하여 외쳤다.

"혈옥수(血玉手)!"

고수들의 호신강기만을 전문적으로 파괴한다고 알려진 전설의 암기.

그 저주받은 마물(魔物)이 검성의 손바닥 위에서 차갑게 웃고 있었다.

*   *   *

"바람에 몸을 맡겨라."

사흘 동안 혼수상태였던 비영이 눈을 뜨기 전 떠올린 말이었다.

그 말은 자신의 뒤쪽 벽이 부서지기 직전 자신의 귀로 들려왔던 전음이었다.

그리고 십오 년 전 그날 들었던 말이기도 했다.

그날은 첫 비행 훈련이 있던 날이었다.

'과연 저것을 타고 날 수 있을까?'

절벽가에 놓여진 거대한 방패연을 본 열세 살 비영의 생각이었다.

아마 동료들도 같은 생각을 하고 있으리라.

모두 두려움에 잔뜩 굳어 있었다.

기풍한이 그들을 향해 간단한 설명을 시작했다.

"강호의 각 전투조들이 요새 함락전을 치를 때 사용하는 연이다. 안개가 낀 밤을 틈타 잠입한 후 통로를 확보하여 동료들을 불러들일 때 주로 사용한다. 보다시피 연이 매우 크기 때문에 장시간 잠입을 목적으로 사용하는 것은 불가능하다. 빠른 시간 안에 목표를 타격하는 데 주로 사용되지. 하지만 이 작전은 지형과 날씨, 그리고 운까지 삼 박자가 갖춰져야 하기에 쉽게 사용하기 어렵다."

비영은 기풍한의 설명을 흘려듣고 있었다.

비영은 그 즈음 가끔 자신들의 조장인 기풍한에 대해 생각할 때가 많았다.

이제 갓 이십대 초반쯤 되어 보이는 기풍한.

따지고 보면 자신과 나이 차가 채 십 년도 나지 않았다.

그러나 그를 보면 언제나 드는 생각이 있었나.

그것은 바로 '어른스럽다' 였다.

어른이 된다는 것.

비영은 자신도 하루라도 빨리 어른이 되고 싶었다.

어른이 되면 자신의 힘으로 가족을 지켜줄 수 있을 것이다.

조장이 보여주는 저 알 수 없는 믿음을 자신도 가실 수 있을 테니끼.

"소수로 움직이는 우리에게 이 훈련이 필요한 이유는 한 가지다. 바로 퇴각로의 확보다. 작전 수행 후 추격을 당하거나 미행이 붙으면 미리 준비된 연을 타고 절벽 아래로 탈출한다. 따라서 이 연은 우리의 두 번째 생명이다."

이어서 몇 가지 조심해야 할 점과 연을 다루는 방법에 대한 설명이 이어졌다.

그리고 일각 후,

"헉헉!"

비영은 커다란 방패연에 매달려 버둥대고 있었다.

절벽에서 몸을 날리는 순간의 그 아찔함.

파라라라라!

세차게 자신의 얼굴을 때리며 불어닥치는 바람.

동시에 자신의 두 발이 지탱할 곳이 없다는 허전함과 함께 온몸의 솜털이 일제히 곤두섰다.

자신이 하늘을 날고 있다는 기쁨 따윈 결코 없었다.

까마득히 보이는 땅바닥으로 추락할지도 모른다는 공포감이 비영을 지배하기 시작했다.

'죽는다!'

온몸에 힘이 들어가면서 비영의 머리 속은 텅 비어버렸다.

이어 자연스럽게 두 눈이 질끈 감겼다.

이제 연을 조정하는 것은 비영이 아니라 바람이었고 비영을, 조정하는 것은 공포였다.

비영의 연이 서서히 대열에서 이탈하기 시작했다.

어디선가 자신의 이름을 부르는 소리가 바람결에 들려왔다.

비영은 감은 두 눈을 뜨지 못했다.

더구나 모든 동료들이 해내는 것을 자신만이 못해낸다는 자괴감에 완전히 넋이 나간 상태였다.

얼마나 손에 힘을 주었는지 비영이 잡고 있던 지지대가 쩍 하고 갈라지기 시작했다.

비영의 심장이 미친 듯이 뛰기 시작했다.

비명을 지르고 싶었지만 입조차 열 수 없었다.

그때 그의 귓가로 기풍한의 외침이 들려왔다.

"바람에 몸을 맡겨라!"

가까이서 들리는 외침.

어느새 기풍한의 연이 그와 나란히 날고 있었다.

"바람에 몸을 맡겨라."

기풍한은 다시 그 말을 반복했다.

다른 말은 하지 않았다.

오로지 기풍한은 그 말만을 계속 반복했다.

그 반복되는 말은 서서히 효과를 발휘하기 시작했다.

만약 기풍한이 '눈을 떠' 라든지 '바람에 저항하지 마라' 라든지 '침착해. 넌 할 수 있어' 라고 다른 말을 계속했다면 비영은 결코 그 말에 따를 수 없었을 것이다.

하지만 반복되는 그 말은 비영의 본능을 서서히 깨우고 있었다.

"바람에 몸을 맡겨라."

온몸에 들어갔던 힘이 서서히 빠지기 시작했다.

힘이 빠지자 놀랍게도 바람이 느껴졌다.

자신에게 불어오는 바람이.

이미 적응이 되어서인지, 아니면 옆에 누군가 있다는 생각에서인지 차츰 마음이 안정되기 시작했다.

이제 기풍한의 목소리가 아까보다 또렷하게 들렸다.

"아래를 보지 말고 날 보거라."

비영의 고개가 말소리가 들려오는 곳을 향했다.

서서히 비영이 눈을 떴다.

낯익은 천장.

자신을 내려다보는 한 사람.

그날의 그 하늘에서처럼 십 년이 지난 오늘도 기풍한은 웃고 있었다.

"깨어났구나."

"…조장님."

비영은 그제야 자신이 부상에서 깨어났음을 깨달았다.

그날 뒤쪽 벽이 부서지기 전에 자신에게 들려온 전음.

'바람에 몸을 맡겨라.'

그 말이 아니었다면 그 장력의 폭풍에 자신의 몸도 산산이 찢겨 날아갔을 것이다.

무인의 몸이란 그 무엇보다 예민해서 갑자기 등 뒤에서 어떠한 압력이 닥쳐온다면 본능적으로 그 힘에 저항하기 마련이다.

만약 비영이 그때 그 장력에 저항했더라면 설사 처음의 그 장력과 파편을 견뎌냈다 하더라도 심앙을 향해 이어지는 장력에 목숨을 잃었을 것이다.

그러나 그는 사 년 만에 듣는 반가운 목소리의 주인공을 기억했고, 처음 날아들던 장력의 여파에 그대로 몸을 맡겼던 것이다.

자신을 내려다보는 기풍한의 얼굴 옆으로 몇 개의 반가운 얼굴들이 모습을 드러냈다.

모두 다섯이었다.

"오라버니!"

눈물을 뚝뚝 흘리며 기뻐하는 난희.

"다행이다."

역시 그 큰 눈에 눈물이 글썽거리기 시작한 팔용.

"보았느냐, 내 실력을?"

화노의 의술 자랑.

"요즘 잘 나가네. 검성이랑 맞장도 뜨고. 부럽다."

짓궂은 얼굴로 농담부터 던지는 곽철.

울컥 솟아오르는 반가움의 격정을 꾹 참으며 비영이 힘겹게 말했다.

"…죄송합니다."

잠시 비영을 응시하던 기풍한이 고개를 끄덕였다.

"그래, 미안해야 한다."

기풍한의 말에 비영은 두 눈을 질끈 감았다.

존경하는 이에게 듣는 꾸지람은 삶에 있어 언제나 그렇듯 가슴이 쓰린 법이었다.

조직의 명예를 저버리고 쓰지 말아야 할 곳에 섬을 사용한 시신이었다.

아무리 동생 때문이라고 해도 그것은 변명에 불과한 일.

그러나 기풍한이 자신을 나무란 것은 그것 때문이 아니었다.

"이것을 함부로 떼다니."

기풍한의 손에는 '풍' 자의 금박 글자가 들려 있었다.

"아!"

복면에서 떼어낸 그것.

기풍한이 나무라는 것은 바로 그것이었다.

차마 그것을 이마에 붙이고 나갈 수는 없었기에 언제나 떼었다 붙였다를 반복하던 그것.

귀찮게 그러지 말고 새 복면을 하나 장만하면 그만일 일이었다.

그러나 비영은 그러하지 못했다.

새로운 복면을 영원히 벗지 못할 것 같은 두려움.

다시는 그것을 이마에 달지 못할 것 같은 불안감.

그래서 언제나 비영은 그것을 떼었다 붙였다를 반복했던 것이다.

미안함에 다시 고개를 숙이려던 비영의 눈에 팔용의 어깨에 감긴 붕대가 들어왔다.

"너?"

여전히 순박한 미소를 짓고 있는 팔용 대신 곽철이 불평을 터뜨렸다.

"망할 늙은이, 그 상황에서 어검술을 시전하다니……. 용이가 몸으로 비껴 튕겨냈기에 망정이지 네놈 때문에 다 죽을 뻔했다."

부지런히 잔소리를 퍼붓는 곽철이었다.

언제나 입씨름을 주고받던 두 사람이었다.

비영이 곽철과 언제나 아웅다웅하던 이유는 단 하나였다.

도박.

어려서부터 도박에 빠진 아버지를 보고 자란 비영이 세상에서 가장 싫어하는 것.

반면 도박은 곽철의 인생 그 자체.

그러나 오늘 비영은 그러한 곽철의 시비에 아무 대꾸도 하지 않았다. 면목이 없으리라.

오히려 그러한 비영의 풀 죽은 모습이 곽철의 마음을 아프게 하고 있었다.

곽철이 분위기를 바꾸려는 듯 기풍한의 손에 들린 풍 자를 건네받고 누군가에게 말했다.

"곽 소저, 여기 바늘이랑 실 좀 주시구려."

곽 소저라 불린 여인은 동생 난희였다.

처음으로 오라버니의 동료들을, 그것도 다 큰 장정들을 서넛이나 마주 대하자 그녀는 시선을 둘 곳을 찾지 못했다.

특히 머리카락을 내려 반쯤 얼굴을 가린 곽철의 수려한 외모에 마음이 뛰기 시작했다.

부끄러워 볼이 붉어진 난희가 곽철의 손에서 그것을 빼앗듯 가져갔다.

말 한마디 못하고 난희는 한 옆에 앉아 묵묵히 바느질을 시작했다.

그 모습을 바라보며 모두 미소를 지었다.

"미인이시구려. 이놈아, 이런 아름다운 동생이 있었으면 진작 이 형님에게……"

슬그머니 농담을 던지던 곽철이 비영의 무시운 눈빛에 화들짝 놀라 입을 다물었다.

비영의 눈빛이 말하고 있었다. '죽는다' 고.

"성질 하고는."

얼마만큼 비영이 자신의 동생을 아끼는지 모두 느낄 수 있었다.

조원들 중 바람둥이로 유명한 곽철을 비영이 경계하는 것도 어쩌면 당연한 일이리라.

"언제 귀환하셨습니까?"

비영이 때늦은 인사를 건네며 억지로 몸을 일으켰다.

기풍한이 그런 비영을 다시 눕히며 담담하게 말했다.

"얼마 안 됐다."

문득 비영의 눈에 기풍한의 팔에 꽂힌 비도 중 한 자루가 비어 있는 것이 들어왔다.

"아, 저 때문에 혈옥수를?"

"신경 쓰지 않아도 된다. 혈옥수를 미처 회수하지 못한 것은 아쉽지만 그깟 비도 한 자루가 네 목숨에 비할 수는 없는 일이지."

"……"

혈옥수가 그깟 비도라면 소림의 대환단은 소화제쯤 되리라.

비영은 미안하다는 말을 하지 않았다.

그는 말로 감정을 표하는 이가 아니었다.

"새 임무입니까?"

"그래."

비영의 고개가 숙여졌다.

"죄송하지만 전 합류할 수 없습니다."

비영의 말에 바느질을 하던 난희의 손놀림이 멈추었다.

모두 비영이 무엇 때문에 그런 말을 하는지 짐작할 수 있었다.

가장 놀란 것은 난희였다.

"오라버니, 저 때문이라면?"

"너 때문이 아니다."

비영의 말은 혹 난희가 신경을 쓸까 평소보다 더욱 단호했다.

이유는 두 가지였다.

검을 뽑아서는 안 될 곳에 사용한 일. 사실 어쩌면 그것은 용서받을 수 있을지도 몰랐다.

기풍한과 동료들이 그런 것에 마음을 쓸 이들이 아니란 것은 이미 잘 알고 있었으니까.

하지만 이제 병든 난희를 혼자 두고서는 어디에도 갈 수 없었다.

"오라버니, 전 괜찮으… 큭!"

뭔가 다급하게 말하려던 난희가 외마디 비명을 지르며 그대로 쓰러졌다.

"난희야!"

놀란 기풍한과 일행이 달려가 난희를 일으켰다.

난희의 얼굴에는 핏기가 사라져 있었고, 얼음장처럼 차가워진 얼굴 위로 굵은 땀방울이 흘러내리기 시작했다.

화노가 재빨리 맥을 짚었다.

화노의 표정이 이내 어두워졌다.

"처음 볼 때부터 심상치 않더니만 생각보다 심각하구나."

비영이 재빨리 지금까지 백년하수오로 목숨을 이어온 일을 설명했다.

화노가 고개를 가로저었다.

"그 고승의 처방은 틀리지 않았다만 이 병은 백년하수오 따위로 해결될 일이 아니다."

화노가 짤막한 한숨을 내쉬며 말했다.

"이 아이의 병명은 구음절맥(九陰絶脈)이다."

여태껏 수많은 의원들이 그저 알 수 없는 불치병이라 말하던 병명이 밝혀지는 순간이었다.

"이미 여덟 개의 혈맥이 끊어졌다. 이제 더 이상……."

"방법이 없는 겁니까?"

다급한 얼굴로 나선 이는 팔용이었다.

"소림의 대환단이라도 있다면 모를까. 그것도 한 알로는 장담할 수 없다."

"대환단? 당장 소림으로 갑시다."

당장 소림으로 달려갈 기세의 곽철이었다.

"우리 중 제 신법이 가장 빠르니 제가 가겠습니다."

"이놈아, 소림이 그리 호락호락한 곳이더냐?"

화노의 호통에도 곽철은 고집을 피웠다.

"무슨 수를 써서라도 빼내오겠습니다."

"아서라. 혼자 들어가면 죽는다."

모두 흥분하고 있었다.

오히려 너무 놀란 비영은 온몸을 떨며 난희만을 안타깝게 내려다보고 있었다.

그때 기풍한이 불쑥 무엇인가 내밀었다.

기풍한의 손에 들린 하나의 은갑.

"설마 이것은?"

화노는 깜짝 놀란 얼굴이었다.

"묵룡대환단!"

잠시 장내에 정적이 찾아왔다.

묵룡대환단의 가치가 어떤가를 알았기에 아무도 입을 열지 못했다.

"조장님?!"

비영의 목소리가 떨리고 있었다.

"모두 놀랄 것 없다. 이 약은 우리 모두의 것이다. 단지 내가 보관하고 있었을 뿐."

그 말은 틀린 말이었다.

묵룡대환단이 기풍한의 손에 들어가기까지의 그 끔찍했던 그날을 모두는 결코 잊지 못할 것이다.

"조장님?"

울컥 감정이 북받친 비영에게 기풍한이 담담하게 물었다.

"만약 반대의 경우라면 넌 내놓지 않겠느냐?"

"......!"

그 한마디로 충분했다.

화노는 망설이지 않고 묵룡대환단을 받아 들었다.

"치료는 이제부터다."

그렇게 화노의 치료가 시작되었다.

치료는 사흘 동안 쉬지 않고 계속되었고, 모두 지친 화노 대신 돌아가며 난희의 몸에 공력을 쏟아내었다.

침상에 누워 그저 그 모습을 바라볼 수밖에 없었던 비영은 끝내 조원들 몰래 눈물을 흘리고야 말았다.

나흘 후 난희가 깨어났다.

화색은 몰라보게 좋아져 있었고, 새벽에 눈을 뜬 그녀는 그날 오후가 되면서는 조금씩 걸어다니기 시작했다.

그만큼 묵룡대환단의 효능과 화노의 의술은 대단한 것이었다.

사실 인간의 병을 치료함에 있어 영약만 있다고 되는 것은 아니었다.

약을 정확하게 처방하는 의원의 힘이 없다면 묵룡대환단은 한낱 고뿔조차 낫게 하지 못할 것이다.

생사신의 화노.

조원들은 그가 질풍조에 합류한 이유를 알지 못했다.

다만 기풍한은 그 이유를 알고 있는 듯 보였지만 그렇다고 일부러 그것을 묻거나 하지는 않았다.

어쨌든 화노는 자신의 의술이 얼마나 뛰어난가에 대해 장장 두 시진에 걸쳐 자랑을 했는데, 결국 모두 이런 저런 핑계로 자리를 피하고 마음 약한 팔용이 결국 그날의 희생양이 되었다.

한편 비영은 번갈아가며 자신의 공력을 난희에게 주입해 준 화노와 동료들에게 고맙다는 말 한마디하지 않았다.

다만 그러한 비영의 마음을 한발 더 배려한 곽철이 '형님, 동생이랑 앞으로 잘살겠습니다' 라고 목숨을 건 농담을 던졌는데, 평소 같으면 검부터 뽑았을 비영이 '도박을 끊는다면 생각해 보겠다' 란 말로 모두를 놀라게 한 정도였다.

난희가 깨어나고 다시 이틀이 지난 새벽, 모두 기력을 회복했고 난희는 이제 눈에 띄게 회복되었다.

이제 이별의 순간이 되었다.

비영은 집 앞의 커다란 바위 위에 멍하니 앉아 있었다.

그의 뒤로 기풍한과 육조원들이 말을 끌고 다가왔다.

"정말 같이 안 갈래?"

팔용의 얼굴에는 섭섭함이 한가득 묻어나고 있었다.

비영은 이미 결론을 내린 얼굴이었다.

비영이 자리에서 일어나 기풍한을 비롯한 모두에게 정중하게 인사를 건넸다.

"죄송합니다. 평생 잊지 않겠습니다."

"……."

"전 이미 검을 쥘 자격을 잃었습니다."

"자격이라……."

모두 아무 말도 하지 않았다.

만약 자신이 비영의 상황이었다면? 모두 다르지 않았을 것이다.

동생을 살릴 수만 있다면 살수가 아니라 살수 할아비라도 되었을 것이다. 살성(殺星)이 되어 강호를 발칵 뒤집는다 해도 피하지 않았을 것이다.

하지만 비영의 마음에 그 일은 큰 상처로 남은 듯 보였다.

"그래."

기풍한은 군이 강요하지 않았다.

"일이 끝나면 다시 들르겠다."

기풍한은 미련없이 돌아섰고, 육조원들 역시 손을 들어주며 작별을 고했다.

기풍한은 알고 있었다.

끝내 자신이 설득하면 마음을 바꿀 것이다.

그러나 그러한 것은 옳지 않았다.

스스로 원해서 가는 길.

기풍한이 걷고자 하는 길 역시 그러했고, 조원들의 길 역시 그러하기를 바랐다.

자신이 정한 길 위에는 적어도 '후회'란 놈은 없을 테니까.

유독 마음이 약한 팔용이 눈물을 글썽이며 몇 번이나 고개를 돌렸다.

"망할 놈! 멍청한 놈! 바보 같은 놈!"

곽절의 십섭함이었나.

그렇게 아쉬운 발걸음을 몇 발짝 옮겼을 때였다.

"기다려 주세요!"

집 안에서 난희가 급히 뛰어나오고 있었다.

그녀의 손에는 비영의 검과 일행이 모두 메고 있는 그 가죽 주머니가 들려 있었다.

"난희야!"

"바보!"

숨을 헐떡이는 난희는 그 어느 때보다 밝은 모습이었다.

기풍한 일행이 잠시 발걸음을 멈추었다.

"자, 어서 동료들과 함께 가."

"난 가지 않는다."

"오라버니!"

"네가 무슨 말을 해도 내 마음은 변하지 않아."

비영의 각오는 단호했다.

"오라버니, 하나만 물을게."

"……"

"오라버니가 함께 있다고 내가 행복하리라 생각해?"

뜻밖의 말에 비영이 조금 당황한 얼굴이 되었다.

"…너?"

"함께 가. 오라버니의 세상은 여기가 아니잖아. 해야 할 일을 끝낸 다음 다시 돌아와도 늦지 않아."

비영의 마음은 복잡했다.

솔직히 비영은 동료들과 함께 가고 싶었다.

이곳에 남아 자신이 무엇을 할 수 있을까?

농사라도 지어 난희를 보살피겠다고 마음먹었지만 과연 자신이 농사를 지을 수 있을까?

"난 오라버니가 없을 때도 혼자 잘 견뎌왔어. 그때는 지금보다 더 아팠고 더 어렸어. 이제는 아프지도 어리지도 않아."

울컥 동생의 배려에 비영의 마음이 아파왔다.

"그렇게 내가 걱정 돼?"

비영이 고개를 끄덕였다.

"도저히 발걸음이 떨어지지 않을 만큼?"

다시 묵묵히 끄덕여지는 비영의 고개.

난희가 입을 삐죽 내밀며 말했다.

"바보, 오라버니는 정말 바보야."

"난희야!"

"난 그렇게 생각해. 사람의 목숨은 이미 하늘이 정해둔 것이라고. 누군가 이런 내게 소극적인 자세라 뭐라 해도 상관없어. 오라버니가 옆에 있다고 해서 내일 홍수에 떠내려갈 나의 운명이 바뀐다고 생각하지 않아. 또 그렇게 되어서도 안 되고. 그리고 오라버니가 있으면 내가 더 위험할 것이라 생각 안 해? 난 그냥 평범하게 살게. 그렇게 살면서 오라버니가 돌아올 때까지 기다릴게."

모든 말이 난희의 진심은 아니리라.

일부러 상처가 되는 말로 억지로 보내려 하는 것이리라.

그 어린 난희의 깊은 마음에 모두 감복하고 있었다.

"자, 이거."

난희의 손에는 풍이란 글씨가 다시 제자리를 찾은 복면이 들려 있었다.

아마도 난희는 그것을 다시 붙이며 어떤 말로 비영을 설득할까를 밤새 고민했을 것이다.

"가, 오라버니의 세상으로. 그래서 훨훨 날아. 난 그 모습을 보고 싶어."

복면을 받아 든 비영의 손이 떨렸다.

"돌아봐."

비영이 돌아보자 모두 자신을 바라보고 있었다.

"오빠의 친구들이 저기 있잖아."

난희가 비영의 등을 억지로 떠밀었다.

"바보, 마음도 약한 주제에 강한 척만 하고."

난희는 흘러내리려는 눈물을 보여주지 않으려고 고개를 숙인 채 비영을 밀었다.

"대신 약속해 줘. 꼭 돌아오겠다고."

그렇게 비영은 난희에게 떠밀려 일행에게로 갔다.

비영의 마음은 너무나 아팠다.

강한 척하는 동생이, 떠날 수밖에 없는 자신이.

난희는 애써 밝은 표정으로 기풍한 일행에게 손을 흔들며 소리쳤다.

"오라버니들!"

오라버니들이란 말에 곽철과 팔용이 헤벌쭉 미소를 지었다.

"우리 오라버니 잘 부탁드려요!"

"낭자, 나만 믿으시오! 이 철부지는 본 공자가 책임지겠소!"

곽철의 과장된 허풍에 난희가 활짝 웃었다.

그때 기풍한이 담담하게 말했다.

"네 오라버니는 반드시 돌아올 것이다."

기풍한의 말에는 비영을 살려 보내겠다는 굳은 약속이 담겨 있었다.

그렇게 기풍한 일행이 떠나갔다.

난희는 오랫동안 떠나가는 이들을 향해 손을 흔들고 있었다.

그들이 하나의 점이 되어 사라질 때쯤 난희의 눈에서 눈물이 흘러내렸다.

또각또각.

두고 온 동생에 대한 그리움 때문일까?

집을 떠난 지 한참이 지났건만 차마 비영은 말을 달리지 못하고 있었다.

기풍한이 말 머리를 나란히 하며 함께 걸었다.

"네 동생은 강한 아이다."

비영의 얼굴에서는 여전히 걱정이 떠나지 않고 있었다.

"혹 백이검문이 마음에 걸리느냐?"

비영이 슌슌히 자신의 마음을 드러내 놓았다.

"그들에게 보복하고자 하는 마음은 없습니다. 애초에 시작하지 말았어야 할 일을 시작한 것은 저였으니까요. 하지만 혹시라도 그들이 난희를 찾아낸다면."

"그래, 그럴 수도 있겠지."

기풍한이 그 끔찍한 일을 비정하리만치 쉽게 인정했다.

기풍한이 잠시 발걸음을 멈추었다.

"지금 우린 그 아이를 데려올 수도 백이검문을 쓸어버릴 수도 있다.

우리에게 충분히 그만한 힘은 있으니까. 넌 왜 그렇게 하자고 하지 않느냐?"

"그건……."

무엇 때문일까?

자신의 사적인 일에 동료들을 끌어들이기 싫어서? 미안해서? 아니었다. 분명 그러한 이유도 있었지만 분명 그것만은 아니었다.

"그냥 그 아이의 뜻대로 자신의 운명을 살아가기를 바라기 때문입니다."

기풍한이 고개를 끄덕였다.

"나 역시 같은 생각이다."

명쾌한 답을 내놓았음에도 비영의 표정은 더욱 어두워졌다.

현실 밖의 이상적인 해답.

"그리고 내게는 두 가지 이유가 더 있다."

"네?"

"묵룡대환단은 강호제일의 영약. 그 절세의 기연이 무공 한 줌 없는 평범한 여자 아이를 찾았을 때는 분명 그 이유가 있을 터. 그리고 그때 난 그 인연에 어떤 식으로든 우리가 끼어들면 안 된다고 생각했다."

"왜 그렇습니까?"

"묵룡대환단이 우리를 원하지 않을 것이기 때문이다."

비영으로서는 선뜻 이해되지 않는 말이었다.

기풍한의 표정은 조금 굳어 있었다.

"그럼 또 다른 이유는 무엇입니까?"

이번에는 기풍한의 표정이 밝아졌다.

"적어도 백이검문은 걱정하지 않아도 되기 때문이지."

그 단호한 말에 비영은 더욱 의아한 얼굴이 되었다.

"그들에게는 네 동생을 해칠 기회가 없을 것이다."

"그건 또 왜 그렇습니까?"

"혈옥수가 검성의 손에 들어갔기 때문이다."

비영으로서는 도무지 이해할 수 없는 말들의 연속이었다.

기풍한은 그저 미소를 지을 뿐이었다.

지금까지 그래 왔듯 기풍한의 이러한 미소에는 언제나 신뢰가 담겨 있었다.

조금 마음이 편해진 비영이 고개를 끄덕였다.

언젠가 알려줄 때가 되면 자연히 알려줄 것이다.

"알겠습니다. 더 이상 신경 쓰지 않겠습니다."

침울한 분위기를 바꿔보려는 듯 곽철이 막내 이야기를 꺼냈다.

막내 이야기가 나오자 모두의 입가에 미소가 지어졌다.

막내는 바로 질풍육조에 있어 그러한 존재였다.

"막내는 지금쯤 뭘 하고 있을까? 세상에서 가장 조용한 우리 막내는."

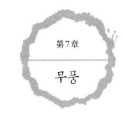

第7章

무풍

무
풍

닷새 후, 산양(山陽).

며칠간 매섭게 몰아치던 눈보라가 물러가자 그간 집에만 갇혀 지내
던 아이들이 따스한 햇살 아래로 모여들었다.

마치 제 세상을 만난 듯 눈싸움을 하며 활개를 치는 아이들 중에는
민이와 혜아도 끼어 있었다.

두 아이는 연년생 남매로 오라버니인 민이 열둘이었다.

다른 아이들과 조금 떨어진 외진 곳에서 두 아이는 무엇인가에 홀딱
빠져 있었다.

아이들의 앞에서 한 소녀가 눈사람을 만들고 있었다.

사실 그녀를 소녀라고 부르기에는 무리가 있었다.

소녀의 실제 나이는 스물다섯.

이제 여인이라 불려도 충분한 나이였지만 그럼에도 소녀라 부를 수

밖에 없는 이유는 그녀의 어려 보이는 외모 때문이었다.

순백의 아이 같은 피부에 또렷한 이목구비는 보는 사람의 시선을 사로잡기에 충분했다.

늘씬한 몸매에 질끈 묶은 흑단 같은 머리카락은 허리까지 내려와 있어 그저 아름답다란 말로 표현하기에는 부족한 그녀였는데, 전체적으로 '아름답다'란 느낌보다는 '순수하다'란 느낌을 강하게 주고 있었다.

어쨌든 그녀는 자신의 키만큼이나 큰 눈사람을 이제 막 완성시키기 직전이었다.

작은 숯 조각으로 눈사람의 눈을 만들어 넣자 두 아이가 환호성을 질렀다.

"와! 완성이다!"

소녀도 함박웃음을 지으며 아이들과 기뻐했다.

"언니, 너무 예뻐요."

혜아의 감탄에도 소녀는 그저 눈사람만 바라보고 있었다.

그때 옆에 있던 민이가 혜아에게 눈짓을 했다.

"아참!"

여자 아이가 깜박했다는 표정으로 소녀의 정면으로 걸어갔다.

그리고 또박또박 다시 말했다.

"언니, 너무 예뻐요."

그제야 말을 알아들었는지 소녀가 환하게 웃었다.

새하얀 눈 속에서 미소를 짓는 소녀는 주위의 설경과 너무나 잘 어울렸다.

그 모습에 혜아가 자신도 모르게 감탄했다.

"하지만… 언니가 더 예뻐요."

부러움과 동경이 섞인 혜아의 눈빛에 소녀가 부끄러운 듯 볼이 붉어
졌다.

픽!

그때 뒤에 서 있던 민이 소녀의 등에 눈 뭉치를 던졌다.

소녀가 돌아서는 순간 얼굴을 강타하는 또 하나의 눈 뭉치.

픽!

미처 피할 겨를도 없었다.

던진 소년도 눈 뭉치가 소녀의 얼굴에 맞자 깜짝 놀랐다.

소녀가 얼굴을 감싸 쥐며 그 자리에 주저앉았다.

깜짝 놀란 민이 어쩔 줄을 몰라 당황해했고, 혜아가 소녀를 감싸 안
으며 소리쳤다.

"바보야!"

민은 장난으로 한 짓이 못내 미안해 소녀 앞에서 어쩔 줄을 몰라 했
다.

그때 무릎에 얼굴을 파묻었던 소녀가 고개를 들며 혀를 쏙 내밀었
다.

일부러 민을 놀리려고 그랬던 것이다.

"뭐야? 놀랐잖아?"

그제야 소녀의 장난을 알아챈 민이 천진한 얼굴로 다시 눈 공격을
시작했다.

소녀와 혜아가 한 편이 되어 눈을 던졌다.

두 사람의 합공에 민이는 한 손으로 눈을 뭉치고 다른 한 손으로 던
지는 절세신공까지 발휘했지만 이내 조막막한 한 손으로는 눈을 제대

로 뭉칠 수 없다는 주화입마에 빠져 결국 항복 선언을 하고 말았다.

"비겁해!"

소녀와 혜아가 깔깔거리며 웃었다.

소녀의 웃음은 소리없는 웃음이었다.

한참을 뛰놀던 세 사람이 지친 듯 눈밭에 나란히 누웠다.

하늘은 구름 한 점 없이 맑았고, 햇살은 따스해 눈 위에 누워도 추운 줄 몰랐다.

그때 그들 뒤로 한 무리의 아이들이 우르르 몰려왔다.

"이게 뭐야?"

아이 하나가 나뭇가지로 만들어진 눈사람의 팔을 쑥 잡아 빼서 아무렇게나 쿡쿡 찔러댔다.

민이 벌떡 일어나 달려들었다.

"저리 안 꺼져?"

민의 사나운 기세에 아이들이 우르르 달아났다.

"벙어리랑 놀면 벙어리 된다!"

"저 새끼들이!"

그러한 놀림이 이번이 처음이 아닌 듯 보였다.

씩씩거리는 민의 어깨에 소녀가 손을 얹었다.

소녀는 웃고 있었다.

분이 풀리지 않아 씩씩대던 민의 표정이 바뀌었다.

마치 자신이 그런 놀림을 한 것처럼 미안한 표정을 지었다.

"우앙! 다 망가졌네!"

혜아가 한쪽 몸통이 부서져 내린 눈사람을 보며 울먹였다.

소녀가 눈사람으로 다가갔다.

아이들이 아무렇게나 찔러 넣고 간 나뭇가지가 눈사람의 몸통에 박혀 있었다.

그것을 말없이 응시하던 소녀가 자신의 왼손을 그 나뭇가지 위로 가져갔다.

소녀의 손등에 있는 하나의 흉터.

해맑은 소녀의 손등을 차지하기에는 너무나 큰 흉터였다.

눈사람에게 박힌 나뭇가지와 자신의 손등을 내려다보던 소녀는 과거의 그날로 돌아가고 있었다.

영원히 지울 수 없는 상처를 남긴 그녀의 첫 단독 임무 날로.

작전은 완전 실패였다.

그녀는 정파로 알려진 유가궁문(柳家弓門)이 사도연맹과 결탁을 했다는 증거를 찾으러 잠입했다가 결국 발각이 된 것이다.

정해진 퇴로를 따라 숲을 가로질러 달리던 그녀의 머리 속을 지배하는 것은 임무를 실패했다는 자책감이었다.

아직 훈련조에 불과했던 그녀는 아직 단독 임무를 맡을 수 없다는 기풍한의 명령을 끝까지 거역했다.

그때까지만 해도 훈련조들은 선배들의 작전에 함께 참여하면서 경험을 쌓는 것이 고작이었다.

그해에만 두 명의 질풍육조 선배가 목숨을 잃었다.

그래서였을까?

기풍한은 한사코 반대했지만 결국 그녀의 고집을 꺾지 못했다.

자신이 말을 하지 못한다는 자격지심 때문이었을까?

그때 그녀는 기풍한의 그러한 걱정을 자신을 향한 과잉 보호라고 생각하고 있었다.

"헉헉!"

쏟아지는 눈발 속을 극한의 신법으로 달려온 그녀 앞에 철담교(鐵膽橋)가 그 악명만큼이나 위험한 위세를 드러냈다.

철담교.

목숨을 건 용기가 없으면 결코 건널 수 없다는 다리.

그 거창한 이름의 내력을 설명이라도 하듯 철담교는 만장 절벽 사이를 다 썩어가는 발판에 몇십 년은 족히 된 새끼줄로 위태롭게 연결되어 있었다.

게다가 절벽 사이의 거리는 백 장이 훨씬 넘는 거리였다.

휘청.

다리를 내딛는 순간 다리가 크게 휘청거렸다.

뒤를 돌아본 그녀는 앞을 향해 그대로 달려나갔다.

무서워할 여유도 망설일 시간도 없었다.

뒤쪽에는 이미 유가궁문의 문주를 비롯한 일백여 명의 정예고수들이 바짝 따라붙고 있었던 것이다.

흔들리는 다리 위를 그녀는 위태롭게 달렸다.

'이곳만 지나면.'

급한 마음에 비해 달리던 속력은 현저하게 떨어지고 있었다.

"쏴라!"

그녀는 들을 수 없었던 하나의 명령.

그 메아리가 채 사라지기도 전에 화살비가 하늘을 새까맣게 덮었다.

후두두둑!

무엇인가 자신을 향해 날아든다는 느낌에 그녀가 바닥을 박차고 자신이 오를 수 있는 가장 높은 곳까지 날아올랐다.

자신의 발밑을 아슬하게 스치고 지나가는 수많은 강뇌들.

궁문의 정예 일백이 쏘아낸 강뇌의 위력은 엄청난 것이었나.

픽! 픽! 픽! 픽!

그녀가 달리던 다리의 발판이 일순간 고슴도치의 등판이 되었다가 이내 부서져 절벽 아래로 떨어져 내렸다.

조금만 늦었어도 자신의 등판이 저리 되었으리라.

부서진 나무판자의 가장자리를 박차고 그녀가 다시 몇 장의 거리를 달렸다.

평지라면 숨 몇 번 쉴 사이에 건널 수 있을 거리가 까마득히 멀게만 느껴졌다.

휘청!

순간 그녀가 발을 헛디뎠다.

미끄러지던 그녀는 간신히 다리를 엮은 줄을 붙잡으며 추락을 모면했다.

휘청휘청.

다리가 무섭게 흔들리기 시작했다.

아래로 내려다보이는 까마득한 풍경에 그녀는 현기증이 일었다.

슉! 슉! 슉!

다시 날아드는 화살들.

휘리릭!

그녀가 줄의 탄력을 이용해 다시 허공으로 공중제비를 하며 날아올랐다.

허공을 가로지른 수많은 화살이 절벽 아래로 떨어졌다.

그러나 한 발은 예외였다.

팍!

그중 한 발이 그녀의 허벅지에 박힌 것이다.

꽈당!

다시 다리 위로 떨어진 그녀가 외줄을 잡으며 중심을 잡았다.

'아악!'

허벅지에 격렬한 고통이 느껴졌다.

벌떡 일어나 달려야 했지만 그녀는 일어날 수가 없었다.

숨이 목구멍 끝까지 차 올랐다.

'이대로… 죽는 건가?'

그때 저 멀리서 자신을 향해 쇠뇌를 장전하는 무인들의 동요가 들어왔다.

'……?'

다리에 느껴지는 새로운 진동.

그녀가 고개를 돌려 자신이 건너가야 할 방향을 바라보았다.

기풍한이 무시무시한 속도로 달려오고 있었다.

'…조장님?'

기풍한이 달려오면서 복면을 벗어 던졌다.

그 다급한 순간에도 그녀는 의아한 마음이 들었다.

작전에 임해 단 한 번도 복면을 벗은 적이 없었던 기풍한이다.

그가 무엇인가 자신을 향해 말하기 시작했다.

처음에는 보이지 않던 그 말이 점차 거리가 가까워지면서 똑똑히 보였다.

"포기하지 마!"

'아!'

그는 자신을 위해 얼굴을 드러낸 것이다.

듣지 못하는 자신에게 그 한마디를 전하기 위해.

'조장님!'

두 번째 쇠뇌가 발사되기 직전 그녀가 이를 악물고 자리에서 일어났다.

동시에 도를 뽑아 든 기풍한이 허공으로 날아올랐다.

슈우웅!

기풍한의 손에 들린 도가 푸르스름한 빛을 내며 그녀의 머리 위를 지나며 날아갔다.

기풍한의 이기어도(以氣馭刀).

"으악!"

"큭!"

십여 명의 무인을 쓸어버린 패도적인 도가 엄청난 폭음을 일으키며 바닥에 박혔다.

꽈앙!

도가 박힌 자리의 지축이 흔들리며 쩌억 하는 소리와 함께 사방으로 땅이 갈라졌다.

그 일 수에 궁문 무인들의 대열이 크게 흐트러졌다.

하지만 그녀의 얼굴은 더욱 다급해졌다.

다리 위로 착지한 기풍한의 입에서 울컥 핏물이 터져 나온 것을 똑똑히 본 것이다.

달려오면서 무리하게 이기어도를 시전한 탓에 기혈이 뒤틀린 것이다.

게다가 그 심각한 내상에도 불구하고 다시 기풍한은 무리하게 신법을 구사하고 있었다.

기풍한과의 거리는 점점 좁혀지고 있었다.

십 장, 오 장, 이 장……

푸아앙!

그때 뒤쪽에서 무서운 굉음을 내며 무엇인가가 날아왔다.

허공을 가로지르는 거대한 붉은 화살.

유가궁문의 문주 벽력신궁(霹靂神弓) 유패(柳覇)의 독문 무공인 패력 천강궁(覇力天强弓)의 기운을 담은 적혼시(赤魂矢)였다.

슈우웅!

세상의 그 어떤 것이라도 뚫어버린다고 알려진 그것이 나약한 그녀의 가슴을 향해 날아들고 있었다.

피할 곳도, 피할 힘도, 피할 의지도, 그리고 피할 수도 없었다.

'미안해요, 조장님!'

그녀는 눈을 질끈 감았다.

화살이 그녀의 가슴에 박히려는 그 찰나의 순간, 한줄기 바람처럼 기풍한이 그녀를 타고 넘었다.

픽!

화살이 몸에 박히는 끔찍한 소리.

꽝!

다음 순간 기풍한의 등이 그녀의 가슴에 부딪쳤다.

두 사람이 몸을 맞댄 채 적혼시의 엄청난 위력에 주루룩 밀려 날아가기 시작했다.

그녀는 기풍한의 어깨 너머로 볼 수 있었다.

그의 가슴에 박힌 적혼시를.

또한 여전히 그의 몸을 관통하려 무서운 속도로 회전하고 있는 모습을.

기풍한은 적혼시의 관통을 허락하지 않으려는 듯 맨손으로 화살대를 붙잡고 있었다.

지지지직!

살갗이 타는 냄새가 후끈 피어올랐다.

그러나 적혼시의 회전은 쉽게 멈추지 않았다.

앞서의 내상으로 기혈이 뒤틀린 탓에 제대로 내력을 발휘하지 못한 탓이었다.

주루루룩!

적혼시는 놀란 미꾸라지가 필사적으로 진흙 속을 파고들 듯 기풍한의 몸을 파고들었다.

관통하는 순간 그는 죽게 될 것이다.

적혼시의 굵기는 보통 화살보다 몇 배는 더 굵었다.

만약 관통한다면 이미 깊은 내상에 갈비뼈마저 부러진 상태였기에 출혈 과다를 막을 그 어떤 방법도 없을 것이다.

그러나 화살이 박힌 채라면 절명하지만 않는다면 일 할의 희망은 있었다. 그들에게는 화노가 있었으니까.

"끄아아!"

그녀가 조직에 든 이후 처음으로 기풍한의 비명 소리를 들었다.

적혼시의 화촉이 그의 등을 뚫고 나왔다.

'안 돼!'

그녀가 왼손에 내력을 집중해 그 튀어나온 화촉을 막았다.

픽!

다시 그 끔찍한 괴물은 그녀의 왼손 손등마저 꿰뚫었다.

끔찍한 고통이 밀려왔지만 그녀는 이를 악물었다.

'몸으로라도…….'

오른손으로 기풍한의 목을 감싸 안으며 자신의 몸을 왼손 위로 밀착시켰다.

퍽!

가슴에 박혀드는 그 이질적인 감촉에 치를 떨며 그녀의 몸뚱아리가 옆으로 기울어졌다.

적혼시에 꿰인 두 사람은 몸을 밀착한 채 그렇게 함께 쓰러졌다.

어느새 화살의 회전은 멈춰 있었고 무서운 기세로 밀려나던 그들 역시 멈춰 있었다.

그리고 멀리서 들려오는 비명 소리들.

저 멀리 다리 위를 날아 추격해 오던 무인들이 절벽 아래로 떨어지는 모습이 희미하게 보였다.

뒤늦게 합류한 동료들이 그들을 향해 화살을 퍼붓고 있었다.

이어 그 지옥 같았던 다리가 끊어져 내리는 것이 보였다.

동료들이 다리를 끊은 것이다.

자신과 몸을 맞댄 기풍한의 등이 경련을 일으키고 있었다.

"…죽지 마."

그녀는 의식을 잃어갔기에 자신에게 던진 기풍한의 마지막 말을 보지 못했다.

두 사람이 쓰러진 눈 덮인 땅바닥은 화선지가 먹을 빨아들이듯 두 사람의 피를 빨아대기 시작했다.

홍건히 번져 가는 피바다 속으로 그녀의 눈물이 섞여들었다.

그녀의 입술이 떨리며 천천히 입이 열렸다.

"미안… 해… 요."

말을 잃은 이후 처음으로 그녀가 입을 연 순간이었다.

어눌한 자기의 목소리를 들려주기 싫어서 단 한 번도 입을 연 적이 없던 그녀였다.

"미안… 해… 요… 조… 쟝… 님."

이미 의식을 잃은 기풍한은 그 말을 듣지 못했다.

두 사람은 결국 서로의 말을 전하지 못한 것이다.

의식의 끝 자락에 자신들을 향해 달려오는 또 다른 바람들을 그녀는 볼 수 있었다.

화노가 동료들을 향해 고함을 지르는 모습 뒤로 하얀 눈이 쏟아지는 것을 보며 그녀도 정신을 잃었다.

"언니! 언니!"

소녀가 눈을 떴을 때 혜아가 의아한 얼굴로 자신을 올려다보고 있었다.

땀에 흠뻑 젖은 소녀가 다시 미소를 지었다.

소녀가 사람을 대하는 가장 중요한 의사 소통은 그녀의 표정이었다.

그리고 그녀는 언제나 미소로 세상을 바라보았다.

혜아가 소녀의 손을 어루만져 주기 시작했다.

그 끔찍한 흉터가 무섭기도 하련만 그 조막만한 손은 제법 따스함을 담고 있었다.

다시 혜아의 시선이 그녀의 팔목에 감긴 흰 천으로 향했다.

언제나 소녀는 양쪽 팔목에 천을 감고 있었다.

혜아는 아마 그곳에 더 큰 흉터가 있을 것이라 생각했다.

문득 흉터를 어루만지던 혜아가 다시 소녀를 올려다보았다.

"언니는 왜 말을 못해?"

소녀는 여전히 미소를 지었다.

그 어떤 서글픔이나 고통도 담기지 않은 해맑은 미소였다.

듣지 못하고 말하지 못하는 고통에 대해 알기에는 아직 혜아는 너무 어렸다.

그때 민이 혜아를 나무라기 시작했다.

"야, 그 무슨 바보 같은 소리야?"

"미안. 하지만……."

"그 말 안 묻기로 나랑 약속했지?"

민이는 혹 소녀의 마음을 상하게 할까 봐 절대 그 말을 못하게 단단히 약속을 한 모양이었다.

혜아가 눈물을 그렁그렁 매달고 소리쳤다.

"알아! 하지만 언니가 말 못하는 거… 나도 속상하단 말야!"

"시끄러워! 이제 너랑 안 놀아줄 거야!"

"우앙!"

이런 과민반응이 오히려 더욱 상처가 될 수도 있다는 것을 알기에는 민이 역시 어렸다.

혜아가 울음을 터뜨렸다.

공연히 자신이 큰 잘못을 한 것 같아 미안하기도 했고, 그것 좀 물어본 것에 저렇게 화를 내는 오빠가 야속하기도 했다.

그 모습을 지켜보던 소녀가 다정하게 혜아를 감싸 안았다.

그리고 민에게 그러지 말라는 듯 가만히 고개를 가로저었다.

민은 화난 얼굴로 홱 돌아서 버렸다.

돌아선 민의 입에서 흘러나오는 한마디.

"말 같은 거… 그 따위 거 좀 못하면 어때."

소녀가 이 마을에 정착한 것은 사 년 전이었다.

마을의 늙은이들조차 첫눈에 소녀가 이곳 마을 출신이란 것을 알아채지 못했다.

소녀가 마을을 떠난 것은 그녀의 유일한 혈육이었던 외할머니가 돌아가신 아홉 살 때의 일이었다.

그 소녀가 사 년 전에 돌아온 것이다.

귀향 첫날 소녀는 자신의 외할머니 무덤 앞에서 하루 종일 울었다.

분명 어렸을 때는 곧잘 말을 하던 소녀였는데, 돌아왔을 때 소녀는 말을 잃은 상태였다.

유일하게 변하지 않은 게 있다면 어린 나이에 어울리지 않던 그 환한 미소뿐.

소녀는 이미 폐가가 되어버린 외할머니의 집을 며칠 동안 깨끗이 청소했다.

그리고 마을 사람들의 농사 일을 도우며 이곳에 홀로 정착한 것이다.

그 정착에 가장 큰 도움을 준 것은 두 아이의 부모인 심씨 부부였다.

혹 소녀가 굶지나 않는지, 젊은 여인 혼자 살며 위험한 일을 겪지나 않는지 언제나 보살펴 주었다.

심씨 부부와 왕래가 많았던 소녀는 자연스럽게 두 아이의 친구가 되었다.

이제 열두 살이 되어 사춘기에 접어든 민이는 소녀의 미소가 너무 좋았다.

동네 악동들이 벙어리라며 소녀를 놀렸을 때 민이는 코피가 터져 가면서도 악다구니를 썼다.

소년의 그러한 헌신적인 투쟁으로 소녀를 벙어리라 놀리는 일은 눈에 띄게 줄어들었다.

그때 누군가 황급히 그들을 향해 뛰어왔다.

"민아! 민아!"

한참 눈밭을 뒹굴며 정신이 없던 소년이 자신을 부른 곳을 쳐다보았다.

옆집에 사는 친구 녀석인 석이었다.

"큰일 났다! 어서 집으로 가봐!"

"왜 그래?"

숨을 헐떡이며 달려온 소년은 놀란 얼굴이었다.

"너희 집에… 용화방 무인들이……."

녀석의 말을 다 듣지도 않고 민은 자신의 집을 향해 내달리기 시작했다.

소녀의 손을 꼭 잡고 있던 혜아가 애써 멈춘 눈물을 다시 흘리기 시작했다.

"오빠, 같이 가! 우아앙!"

집에 도착할 때까지도 눈물을 멈추지 않았던 혜아의 조막만한 손을 잡고 소녀가 함께 달렸다.

그들이 도착했을 때 민이의 집은 이미 난장판이 되어 있었다.

이미 담장 옆에 놓여 있던 몇 개의 독은 모두 깨어져 여기저기 흩어져 있었고, 소년의 부모는 한 옆에서 고개를 숙인 채 떨고 있었다.

그때 무인 하나가 방에 있던 여인 하나를 강제로 끌고 나왔다.

"아아악!"

바로 민이의 누나인 숙이였다.

"이놈들아, 그 아이는 안 된다!"

그때까지 꼼짝도 못하고 구석에서 공포에 떨고 있던 심씨부인이 자신의 딸이 끌려나오는 모습에 무서움도 잊은 채 달려들었다.

숙이를 끌어내던 칼자국무인은 마치 자신이 어미의 뱃속에서 나지 않고 살모사의 뱃속에서 튀어나왔다는 듯 자신의 팔을 붙잡고 늘어지는 심씨부인을 사정없이 걷어찼다.

"어이쿠."

배를 걷어차인 심씨부인이 아픔도 잊은 채 다시 칼자국무인의 다리를 붙잡고 늘어졌다.

"안 된다, 이놈아! 차라리 나를 끌고 가라!"

그 말에 그들의 두목쯤으로 보이는 중년인이 그제야 입을 열었다.

"너 같은 늙은 것을 데려다 뭐에 쓰게."

무인들이 킬킬거리며 여인을 비웃었다.

"시키는 대로 다 하겠다! 뭐든 다 할 테니 저 아이만은 안 된다!"

아무리 절규해도 그저 여인의 목만 아플 뿐이었다.

그런 여인의 사정을 들어줄 놈들 같았으면 애초에 멀쩡한 독부터 부숴가며 공포 분위기를 조성하지는 않았을 테니.

보다못한 심씨가 앞으로 나섰다.

"조금만 더 기다려 주시오. 곧 돈을 갚는다고 하지 않았소. 이 엄동설한에 어디 가서 돈을 마련하란 말이오."

"이 개 같은 놈아, 낼름 받아 처먹을 때는 좋았지?"

픽!

이번에는 심씨가 바닥을 나뒹굴었다.

용화방은 악덕 고리를 자행하는 이 지방의 폭력 단체였다.

농민들이나 상인들에게 돈을 빌려주고 어마어마한 이자를 받아 폭리를 취하는 것이 그들이었다.

그들의 수법은 다양했다.

겨우겨우 날짜를 맞춰 돈을 갚으러 가도 그들은 이런 저런 핑계로 쉽게 만나주지 않았다.

"지금 담당자가 출장을 갔으니 며칠 후에 오시오."

돈 받을 사람이 바쁘다니 어쩌겠는가?

그날이라도 가면 그나마 다행이지만 바쁜 농사일에 이리저리 밀리다 보면 어느새 약속 기한을 훨씬 넘기기 마련이다.

다시 날을 넘겨 갚으러 갈 때까지만 해도 농민들은 그저 대수롭지 않게 생각한다.

약속한 날짜에 분명 갔었고 그쪽 사정으로 못 받은 것이니 별일 있을까 하고 순진하게 생각하는 것이다.

이미 그때는 돌이킬 수 없는 이자가 원금에 붙어 있었다.

그때부터 놈들의 안면몰수신공이 발휘되는 것이다.

그러한 악명이 어제오늘의 일이 아니었음에도 가난한 농민들은 결국 돈을 빌릴 수밖에 없었다.

운명을 알면서도 불을 향해 날아들 수밖에 없는 불나방의 숙명은 어쩌면 가난과 닮아 있는지도 모르겠다.

"나쁜 놈들아, 우리 누나 데려가지 마!"

민이 무인의 등에 올라탔다.

아직 채 여물지도 않은 손으로 무인의 어깨와 머리를 두들겨 댔지만 무인들에게 그것은 보약보다 안마에도 미치지 못했다.

꽈당!

민이 바닥에 내팽개쳐졌다.

눈물, 콧물이 범벅된 채 민이 다시 달려들려는 것을 심씨부인이 억지로 붙잡았다. 혹여 아들마저 저 난폭한 발길질에 채여 다칠까 심씨부인은 버둥대는 민이를 더욱 꼭 껴안았다.

"안 돼! 이거 놔! 누나!"

민은 이제 고작 열두 살이었지만 누나가 끌려가면 어떻게 된다는 것쯤은 잘 알고 있었다.

기루에 팔려가거나 늙은 졸부(猝富)의 첩으로 팔려가게 될 것이다.

그때 소녀가 앞으로 나섰다.

소녀가 숙이를 끌고 나서려던 무인들을 두 팔을 벌려 막았다.

중년사내의 눈이 휘둥그레 떠졌다.

용화방 칼잡이로 고용되어 이곳 산양 땅에 자리를 잡은 지 육 년째였지만 이렇게 아름다운 여인은 처음 본 그였다.

그때 한 무인이 소녀를 알아봤는지 중년사내의 귀에 몇 마디 속삭였다.

"오호, 이년이 바로 그 벙어리?"

중년사내는 소녀에 대한 이야기를 예전에 얼핏 들은 적이 있었다.

벙어리 처녀 하나가 홀로 농사를 짓고 산다는 이야기를.

제법 반반한 얼굴이라고 주접을 떠는 수하들의 말을 한 귀로 흘렸던 적이 있었다.

직접 보니 제법 반반하다는 표현을 썼던 수하 놈의 입을 찢고 싶어졌다. 말로 표현할 수 없을 만큼 순백의 미인이 아닌가?

소녀가 안타까운 얼굴로 나름대로 손짓을 해가며 사정을 설명했다.

아마도 조금만 기다려 주면 갚을 수 있을 것이란 말 같았다.

그 애절함은 중년인의 음심만 자극할 뿐이었다.

"어떠냐? 네가 대신 우리와 가준다면 저 아이는 데려가지 않겠다."

과연 그 졸렬한 인상에 너무나 잘 어울리는 제의였다.

심씨 부부와 혜아를 번갈아 보던 소녀가 망설이지 않고 고개를 끄덕였다.

소녀가 순순히 자신의 제안을 받아들이자 중년인은 껄껄거리며 기분 좋은 웃음을 터뜨렸다.

원래 끌고 가려던 여인과는 비교도 할 수 없는 인물이었다.

다만 말을 못한다는 것이 마음에 걸렸지만 인물로 대신하고도 남을 미모였다.

한마디로 대박이 터진 것이다.

"안 된다!"

심씨부인이 황급히 소녀를 만류했다.

"큰일 날 일이다! 절대 안 된다!"

중년인이 거칠게 여인을 떼어내며 소리쳤다.

"그럼 네 딸년을 데려갈까?"

"그것도 안 된다, 이놈들아!"

"그럼 돈 내놔, 이년아!"

퍽!

"차라리 절 데려가세요!"

보다못한 숙이가 울며 달려들었지만 돌아오는 것은 발길질과 냉소

뿐이었다.

"못생긴 네년은 이제 필요없다! 저리 꺼져라!"

심씨부인이 바닥에 주저앉아 결국 대성통곡을 터뜨렸다.

그때 소녀가 심씨부인 앞으로 다가갔다.

소녀는 차분한 손짓으로 무엇인가 전하기 시작했다.

자주 대하다 보니 이제 간단한 수화의 의미는 알 수 있는 심씨 일가였다.

"…걱정하지 말라고?"

오히려 자신을 위로하는 소녀의 배려에 심씨부인은 더욱 마음이 아팠다.

"어흐흑, 그래도 안 된다! 안 돼!"

다시 소녀가 민이와 혜아를 감싸 안았다.

"누나! 누나!"

목이 터져라 소녀를 부르는 민이는 숨이 넘어가기 직전이었다.

소녀가 다시 손짓으로 아이들에게도 몇 가지 당부를 했다.

아마도 부모님 말씀 잘 들으란 뜻이리라.

하지만 모두 알지 못했다.

소녀의 마지막 손짓은 이제 더 이상 볼 수 없으리란 작별의 인사란 것을.

무인들과 함께 집을 나서다 뒤를 돌아본 소녀의 눈빛에는 분명 그러한 슬픈 이별이 담겨 있었다.

소녀가 그들에게서 고개를 돌렸다.

소녀의 표정이 서서히 변해갔다.

언제나 소녀의 얼굴에 자리했던 해맑은 미소가 사라졌다.

매서운 눈발처럼 차갑게 변한 소녀의 얼굴.

방주에게 바쳐 공을 세울 마음에 한껏 고무된 중년인의 눈에 그러한 소녀의 변화는 들어오지 않았다.

그렇게 심씨 가족의 흐느낌을 뒤로한 채 소녀는 용화방으로 끌려갔다.

가끔은 자신의 욕망을 감추어야 할 때가 있다.

하고 싶은 일만 하면서 평생을 살 수만 있다면야 그야말로 타고난 복일 것이다.

하지만 세상은 그렇게 호락호락하지 않다는 것을, 예쁜 여자라면 무조건 달려들고 보자는 철부지 더벅머리 시절이 지날 무렵이면 대충 깨닫게 된다.

그러나 여기 지천명(知天命)의 나이에도 불구하고 하늘이 그에게 내린 천명이 색욕(色慾)이란 것을 증명이라도 하듯 스스로의 욕망을 억제하지 못하는 능구렁이가 하나 있었다.

바로 용화방주 용대야(龍大爺)였다.

"크하하하!"

용대야의 벌어진 입에서는 연신 웃음이 터져 나오고 있었다.

중년인을 향해 칭찬의 말을 뱉어내고 있었지만, 그의 눈은 소녀에게서 떨어질 줄 몰랐다.

"이런 미색이 우리 고을에 있었다니."

진작 알지 못한 것을 분해하며 용대야가 연신 혀를 찼다.

"보물은 본디 찾기 어려운 법 아닙니까?"

중년인이 자신의 공로를 은근히 내세웠다.

지금 용대야의 기분 같으면 중년인이 얼굴에 금칠을 한 채 벌거벗고 춤을 춰도 예뻐 보이리라.

"게다가 들은 바로는 몇 년 전에 정착해서 홀로 살고 있었다고 합니다."

그 말은 곧 뒤끝까지 깨끗하다는 의미.

용대야의 입이 다시 함지박만하게 벌어졌다.

혹 버러지 같은 가족 놈들이 공연히 관청에 고발을 하네 복수를 하네 하면서 이곳저곳 하소연하고 다니면 귀찮아질 게 뻔했다.

그야말로 배탈 걱정 없는 호박이 덩굴째 굴러들어 온 것이다.

"수고하셨소."

용대야는 이제 그만 중년인이 나가주기를 바라는 눈치였다.

눈치라면 둘째가라면 서러울 중년사내였다.

"그럼 편히 쉬십시오."

중년인이 정중하게 인사를 마치고 용대야의 방을 나섰다.

'색골 늙은이.'

하지만 중년인의 표정은 밝았다.

이로써 방 내에서 자신의 입지는 한층 더 높아질 것이 틀림없었다.

저런 미인을 방주에게 바친 것이 못내 아쉽기는 했지만 그렇다고 자신이 꿀꺽 삼키기에는 여인의 미색이 너무나 뛰어났다.

결국 소문이 나면 방주의 귀에 들어갈 게 뻔했고, 그 다음은 생각하기도 싫은 일이 벌어질 것이다.

중년인이 사라지자 용대야가 마른침을 삼키며 슬그머니 소녀의 곁으로 다가왔다.

그동안 반반한 인물이라면 어떤 수단을 사용해서라도 얻어내고야 말았던 그다. 돈을 주고 사기도 했고, 폭력을 이용해 뺏기도 했다.

하지만 오늘 자신의 눈앞에 선 여인은 지금까지의 여인과는 확연히 달랐다.

순수해 보이지만 쉽게 대하기 어려운 어떤 고귀함이 여인에게 있었다.

말을 못한다는 점?

잠자리에서 말 따위가 무슨 필요가 있으랴. 오히려 그 점이 더욱 마음에 드는 용대야였다.

슬그머니 소녀의 손을 잡으며 용대야가 수작을 부렸다.

"어쩌다가 이리되었누?"

평소 같으면 잡혀온 쥐 생각 따윈 전혀 않던 난폭하고 도도한 고양이가 오늘은 바짝 애간장이 탔다.

용대야에게 손을 잡힌 채 소녀는 무표정한 눈빛으로 용대야를 응시했다.

그 싸늘한 눈빛을 대한 용대야가 흠칫 놀랐다.

뭔가 섬뜩한 기운이 등줄기를 스멀스멀 타고 올랐다.

여인의 눈빛은 연민 같기도 했고 살기 같기도 했다.

용대야가 자신도 모르게 한 발짝 뒤로 물러섰다

그러나 이내 미소를 지었다.

'한낱 여자 아이에게 놀라다니 내가 무슨 추태인가?'

그만큼 특별난 여인이란 생각에 용대야는 애써 그 불길한 느낌을 감추었다.

소녀가 무엇인가 손짓을 하기 시작했다.

물론 용대야로서는 알 수 없는 몸짓이었다.

"오냐, 오냐. 네 마음 다 이해한다."

뭐, 뜻인지도 모르면서 용대야는 그저 허허 웃음을 터뜨리며 얼렁뚱땅 소녀를 감싸 안으려고 했다.

그 순간, 용대야의 시선이 좌측 벽에 걸린 수묵화로 향했다.

회춘(回春)의 꿈에 부풀어 그림을 감상할 여유 따윈 결코 없을 용대야는 산속을 거니는 두 신선의 여유로움을 감상하고 있었다.

그것은 자의에 의한 감상이 아니었다.

바로 소녀가 사정없이 용대야의 뺨을 후려갈긴 것이다.

짝!

어찌나 호되게 맞았는지 고개가 돌아간 다음에야 소리가 들렸다.

어이없고 놀란 얼굴로 소녀를 바라보는 용대야는 잠시 상황 파악을 할 수 없었다.

"화가 많이 난 모양이구나."

고작 용대야가 생각해 낸 이유는 억지로 끌려온 여인의 마지막 발악 정도였다.

짝!

이번에는 반대쪽으로 고개가 돌아갔다.

'어라?'

반대쪽에 놓여 있던 골동품 도자기가 새삼스레 느껴졌다.

짝!

'뭐지?'

짝!

'이게 아닌데?'

그나마 짧은 생각이라도 하는 것은 그녀의 손길에 내력이 실리지 않았기에 가능했다.

이어지는 뺨 세례에 용대야의 머리 속은 텅 비어버렸다.

볼이 퉁퉁 부을 때가 되어서야 용대야는 자신이 비록 강호에 이름을 내밀 정도는 아니지만 하나의 방을 이끄는 수장이란 생각을 하였고, 상대는 이제 자신의 애첩이 될 일개 벙어리 계집이란 생각에 이르렀다.

짝!

'근데 왜 못 피하는 거지?'

용대야의 의문에 대한 답은 이미 나와 있었다.

그녀의 손이 보이지 않을 만큼 빠른 때문이었다.

"으아악!"

용대야가 괴성을 지르며 두 손을 휘저으며 뒤로 물러섰다.

잠시 소녀의 손길이 멈췄다.

씩씩거리며 소녀를 노려보는 용대야의 뺨은 이미 벌겋게 부어오르고 있었다.

"이 미친년이! 예쁜 맛에 귀엽게 봐주려고 했더니만!"

펑!

순간적인 살기를 참지 못하고 장력을 발출한 용대야였다.

'아차' 하는 후회는 이미 날아간 장력이 소녀의 몸을 강타한 뒤었다.

'헉!'

그 순간 용대야의 두 눈이 부릅떠졌다.

바닥을 뒹굴고 있어야 할 소녀는 그 자리에 그대로 서 있었다.

소녀는 두 팔을 교차해 얼굴을 보호한 채 장력을 튕겨낸 것이다.

장력의 여파로 소녀의 팔목에 감긴 천이 스르르 바스라져 내리기 시작했다.

그 팔목에 모습을 드러낸 검붉은 가죽 보호대가 권(拳)과 팔의 힘을 극대화시켜 준다는 '풍투갑(風鬪鉀)'임을 용대야는 결코 알지 못했다.

소녀가 모습을 드러낸 풍투갑을 말없이 내려다보며 한숨을 내쉬었다.

"강호의 계집이었구나!"

순간 용대야의 표정이 일그러졌다.

뒤가 구릴 대로 구린 용대야는 소녀를 자신을 해치러 온 살수라 여긴 것이다.

용대야의 장삼이 다시 부풀어 오르기 시작했다.

그때 어디선가 묵직한 음성이 들려왔다.

"그쯤 해두는 게 좋아."

용대야가 깜짝 놀라 시선을 준 곳은 바로 소녀 뒤쪽의 열려진 큰 창이었다.

그곳에는 어느 틈엔가 한 사내가 창틀에 걸터앉아 있었다.

"그 아이가 진짜 화나면 나도 말리지 못하니까."

놀란 용대야에게 담담하게 경고한 사내는 바로 기풍한이었다.

"네놈은 누구냐?"

돌아가는 상황이 심상치 않음을 직감한 용대야가 의도적으로 큰 소리를 냈지만 방문 앞을 지키고 있을 무인들은 소식이 없었다.

용대야의 시선이 자신을 향하고 있지 않다는 것을 깨달은 소녀가 뒤로 고개를 돌렸다.

기풍한과 눈이 마주친 그 순간, 용대야에 대한 분노로 굳어졌던 소녀의 얼굴이 일순간에 환하게 밝아졌다.

기풍한이 창에서 내려오며 두 팔을 활짝 벌렸다.

"린아!"

소녀가 기풍한을 향해 돌진하다시피 달려들었다.

기풍한의 품으로 소녀는 망설이지 않고 안겨들었다.

이미 소녀의 맑은 두 눈에서는 눈물이 흘러내리고 있었다.

그의 품에서 잠시 벗어난 소녀가 기풍한을 올려다보았다.

변함없는 기풍한의 서늘한 눈빛.

끝없이 길게 여겨졌던 사 년 만의 재회였다.

소녀의 이름은 서린(徐璘).

질풍육조의 막내가 바로 그녀였다.

감격한 얼굴로 기풍한을 바라보던 서린이 가만히 왼손을 내밀었다.

그녀의 손이 기풍한의 가슴에 닿았다.

그녀의 손등에는 커다란 흉터가 남아 있었다.

아마 그 손 아래 기풍한의 가슴에도 그와 비슷한 모양의 흉터가 있으리라.

서린의 반가움은 이제 시작이었다.

끼이익.

조용히 문이 열리며 몇 사람이 들어왔다.

용대야가 내심 기다린 문밖의 무인들이 들어왔는데, 불행히도 그들은 평소의 모습과는 많이 달랐다.

정신을 잃은 채 팔용의 손에 질질 끌려 들어오고 있었던 것이다.

앞서 나갔던 중년인은 피떡이 되어 얼굴을 알아보기 힘들 정도였다.

팔용의 뒤를 따라 과철과 비영, 하누가 따라 들어왔다.

"린아, 잘 지냈느냐?"

팔용이 우렁차게 소리쳤다.

서린의 표정이 다시 환하게 밝아졌다.

곽철은 두 팔을 활짝 벌려 막내를 안을 준비를 하였는데, 그 순간 생각지도 않은 경쟁자가 등장했다.

결코 그런 행동을 할 것 같지 않은 비영이 바로 그 주인공이었다.

곽철의 옆에서 두 팔을 벌리는 비영.

과연 만만찮은 경쟁자임이 틀림없었다.

처음 곽철을 향해 달려가던 서린이 내심 자신에게 먼저 안겨주기를 바라는 두 군상 앞에서 잠시 망설였다.

결국 서린의 선택은 그 옆에서 사람 좋은 웃음을 짓고 있던 팔용이었다.

서린이 냉큼 팔용의 굵은 팔에 매달렸다.

"으하하하!"

졸지에 어부가 되어버린 팔용이 울상을 짓고 선 황새와 조개를 향해 승자의 웃음을 들려줬다.

"칼잡이 네놈 때문이야!"

끝까지 자신의 주둥이를 물고늘어지는 조개를 향해 황새가 일침을 가했다.

"이 노름쟁이가!"

말은 그렇게 하고 있었지만 두 사람의 표정은 밝았다.

반면 용대야는 사색이 되었다.

자신의 방문을 지키던 무인들은 방 내에서 고르고 고른 자들이었다.

그 성격에 자신의 침실을 지키는 무인들인데 오죽했으랴.

더구나 앞서 나간 중년인의 무공은 정체 불명의 괴한들에게 피떡이 될 만큼 호락호락하지 않았다.

그런 자들이 아무 기척도 없이 박살이 났다는 것은 상대의 무공이 대단하다는 것을 뜻했다.

게다가 자신은 안중에도 없는 저 모습은 뭐란 말인가?

눈알을 이리저리 굴리던 용대야가 슬그머니 방을 벗어나려고 한 발짝 움직인 그 순간, 서린의 볼살을 잡아당기면서 장난을 치던 곽철이 뒤통수에 눈이라도 달린 듯 차갑게 말했다.

"죽는다!"

그 한마디에 용대야가 흠칫 놀랐지만 그 말이 신호라도 되는 양 번개처럼 몸을 날렸다.

그러나 곽철이 그보다 훨씬 빨랐다.

빡!

용대야의 퇴로를 막아선 곽철의 질풍봉이 그의 어깨에 작렬했다.

"크악!"

어깨를 감싸 쥐며 용대야가 바닥을 굴렀다.

"다, 당신들은 누구요?"

눈물이 쏙 빠지는 고통에도 최대한 침착함을 유지하려는 용대야였다.

서린이 기풍한과 일행을 향해 무엇인가 손짓을 하며 설명을 하기 시작했다.

이미 심씨 일가에 들러 대충 돌아가는 상황을 듣고 온 그들이었다.

기풍한이 부지런히 움직이는 그녀의 손을 마주 잡았다.

이미 다 안다는 얼굴이었다.

"날 어쩔 셈이오?"

곽철이 대수롭지 않은 듯 툭 내뱉었다.

"일단 그간 긁어 모은 재산부터 다 뱉어야지. 제 주인을 찾아줄 때 노 됐잖아?"

농담치고는 너무나 무서운 말이었다.

"차라리 날 죽여라!"

비장한 용대야의 결심에 곽철이 의아하단 눈빛으로 다가섰다.

"어? 영감! 그럼 살려고 했어?"

"네 이놈!"

픽!

곽철의 발길질에 용대야가 뒤로 나가떨어졌다.

동시에 '쩌엉' 하는 소리와 함께 용대야가 있던 바닥이 쩍 갈라졌다.

곽철이 용대야를 걷어차지 않았다면 그대로 몸이 두 조각 났을 상황이었다.

검을 휘두른 이는 바로 비영이었다.

곽철이 비영을 향해 투덜거렸다.

"망할 놈, 성질도 급하네."

여전히 비영은 무심한 눈으로 언제라도 기회만 있으면 바로 베어버릴 눈빛을 하고 있었다.

딸각! 딸각!

공포를 이기지 못한 용대야의 이빨 부딪치는 소리가 점점 커져 갔다.

"다, 다 돌려주겠소. 제발 살려만 주시오."

곽철이 히죽 웃으며 용대야에게 불쑥 얼굴을 디밀었다.

"정말?"

"무, 물론이오. 그에 합당한 보상까지 하겠소."

"오, 지난 잘못을 반성하는 건가?"

"네, 네. 죽을죄를 지었습니다."

용대야가 바닥에 이마를 찧었다. 이마에서 피가 흘러나와도 용대야는 멈추지 않았다.

"좋아, 좋아!"

곽철이 믿겠다는 얼굴로 벌떡 일어났다.

고개를 푹 숙인 채 죽는 소리를 하던 용대야의 입가에 보이지 않는 미소가 지어지던 그때였다.

돌아서던 곽철이 다시 몸을 돌렸다.

곽철이 사악한 미소를 지으며 말했다.

"이렇게 갈 줄 알았지?"

빡!

곽철의 질풍봉이 용대야의 머리통에 작렬했다.

용대야가 비명을 내지르며 머리를 감싸 쥐었다.

빡! 빡!

"나 알거든, 너 같은 놈들은 뼈 속까지 제대로 썩어 이대로 용서해 주면 또 개지랄 떨 거라는 것을."

쏟아지는 질풍봉에 비명을 내지르는 용대야는 섬뜩한 공포에 사로잡히고 있었다.

분명 그냥 겁만 주는 것이 아니었다.

곽철의 눈에 서린 그것은 분명 살기였다.

"보따리 싸 들고 야반도주해서 딴 동네로 냉큼 튀겠지. 거기서 또

힘없고 돈 없는 농민들 골수까지 뽑아 먹고 살 것 아냐?"

빽! 빽!

"으윽! 제발 그만!"

"그들이 제발이라고 사정할 때 네놈은 뭐 했지? 손녀딸보다 어린 아이 옷 저고리를 강제로 뜯고 있었지?"

빡!

"이 육시랄 놈, 오늘 넌 임자 만났어!"

퍽! 퍽! 퍽!

"으아아악!"

용대야의 처절한 절규가 용화방에 울려 퍼졌다.

마른기침 한 번에도 눈치를 살피며 달려오던 용화방의 무인들은 주인의 죽어가는 비명 소리에도 아무도 달려오지 않고 있었다. 아니, 정확히 말하면 달려오지 못하는 것이리라.

반주검이 되어 정신을 잃은 후에도 매질을 멈추지 않는 곽철의 손을 누군가 붙잡았다.

서린이었다.

그녀가 고개를 가로저으며 곽철을 말없이 응시했다.

그녀의 여린 마음을 누구보다 잘 아는 곽철이었다.

곽철이 서린의 볼살을 양쪽으로 잡아당기며 피식 웃었다.

다음날 아침, 용화방의 무인들이 절뚝거리며 사방으로 바쁘게 뛰어다녔다.

그간 억울하게 빼앗긴 땅이며 돈이며 여인들을 제 집으로 돌려주었다.

피해를 입었던 마을 사람들은 그들이 무슨 수작을 부리는 것일까 하고 오히려 마음을 졸였다.

불안에 떨던 마을 사람들이 두 다리를 쭉 뻗고 잠이 들 수 있었던 것은 다시 사흘 후였다.

용화방은 정식으로 해체를 발표하며 강호에서 영원히 사라져 버린 것이다.

이후 용화방주에 대한 소문은 여러 가지였다.

폐인이 되어 거리를 헤매다가 거지들에게 맞아 죽었다는 말도 있었고, 나무에 목을 매 스스로 목숨을 끊었다는 소문도 있었다.

철옥에서 봤다는 이도 있었고, 우화등선해서 신선이 되었다는 그야말로 생뚱맞은 소문도 있었다.

가장 유력한 소문은 그가 대륙표국의 수레에 실려 소림사로 압송되었다는 것인데, 피떡이 되어 누운 그의 몸에는 그간의 죄상이 모두 적힌 자백서가 있었다고 한다.

어쨌든 용화방과 용화방주는 그렇게 강호에서 영원히 사라졌다.

무성한 소문들을 가로지르며 질풍육조는 연화가 기다리는 서안으로 말을 달리기 시작했다.

第8章

신마기

신
마
기

마교 감숙(甘肅) 지부.

거대한 톱니바퀴가 돌기 시작하자 그에 맞물린 작은 바퀴들이 연이어 돌기 시작했다.

그 정교한 기관 장치는 널따란 발판에 올라탄 네 명의 사내를 지하 깊숙이 내려보내기 시작했다.

그들 중 가운데 선 중년사내는 바로 마교 교주 기천기였다.

왼쪽 뺨을 가로지르는 섬뜩한 검상(劍傷)에 비해 눈빛은 왠지 온화한 느낌을 주고 있었다.

차라리 살기가 절로 이는 무서운 눈빛이었다면 오히려 그의 신비감은 떨어졌을 것이다.

그 상반된 분위기가 더욱 그를 범상치 않게 하고 있었다.

그의 오른쪽에 자리한 사내는 북풍혈마대의 대주 혈마(血魔) 문탁(門

卓)이었고 왼쪽의 문사풍의 중년인은 마교의 군사(軍師)를 맡고 있는 천뇌서생(天腦書生) 반숙(班淑)이었다.

마지막으로 그들 뒤에 따로 서 있는 이는 천마의 호위대인 적호단(赤護團)의 단주 유마검(流魔劍) 막위(莫威)였다.

반숙을 제외한 문탁과 막위는 마교의 가장 강하다는 일곱 마인인 칠마존(七魔尊)에 속한 무인들이었다.

드르르륵!

그들이 올라탄 발판은 계속 시커먼 어둠 속을 향해 내려가고 있었다.

내려갈수록 공기가 탁해지기 시작했다.

"그 사람 고생이 많군."

기천기의 한마디에 옆에 서 있던 혈마 문탁이 한 치도 빈틈이 없는 정중한 말투로 대답했다.

"교를 위해서 이 정도의 수고로움은 당연한 것이지요."

그의 융통성없는 충성심은 익히 잘 아는지라 기천기는 다시 화제를 바꾸었다.

"사마진룡 그자는 아직도 찾지 못했나?"

"송구합니다."

이번에 대답한 것은 반숙이었다.

"어지간히 꼭꼭 숨어버렸나 보군."

기천기의 입가에 서린 것은 분명 비웃음이었다.

"환요(幻妖)가 직접 나섰으니 곧 소식이 있을 겁니다."

기천기가 묵묵히 고개를 끄덕였다.

환요 단여옥(檀呂玉) 역시 칠마존의 일 인이었고, 그녀는 더 이상의 말이 필요 없을 만큼 믿을 만한 사람이었다.

"그 외 소식은?"

"사도맹이 조금 위험한 장난을 치려는 듯 보입니다."

기천기가 조금 의외라는 표정이 되었다.

"사도맹이?"

"혈번(血幡)과 법왕(法王)을 끌어들였습니다."

"오호. 사도맹주, 제법이군."

"쉽게 볼 인물이 아닙니다. 사도 역사를 통틀어 손에 꼽을 수 있을 만큼 뛰어난 인물입니다. 사도일통(邪道一統)이란 말이 심심찮게 나돌고 있을 정도입니다."

기천기가 피식 미소를 지었다.

"그들의 목표는?"

"극비리에 움직이고 있어 밝혀진 것은 그것뿐입니다만 곧 알아낼 수 있을 겁니다."

"그렇겠지. 혈번과 법왕까지 나서야 할 일은 몇 되지 않을 테니까."

"천룡맹 쪽은 어떠한가?"

또다시 화제는 솥을 받치고 선 나머지 하나의 다리로 바뀌었다.

"그게 이상하리만치 조용합니다."

"오히려 그쪽이 더 위험해 보이는군."

기천기의 뺨을 흐르는 검상이 무섭게 꿈틀거렸다.

반숙이 뭔가 한마디를 덧붙이려다 입을 닫았다.

"뭔가?"

"아무것도 아닙니다."

반숙은 아래로 흘러내리는 회색 빛 벽만을 바라보고 서 있을 뿐이었다. 대업(大業)을 앞둔 교주의 심기를 흔들 그 마지막 말은 하지 않기로 마음을 굳힌 것이다.

쿠쿵!

드디어 지하 일백여 장을 쉬지 않고 내려온 기관 장치가 멈췄다.

그들을 기다리는 것은 칠흑 같은 암흑뿐이었다.

그때 '철컥' 하는 소리와 함께 사방이 밝아졌다.

석벽 속에 감추어져 있던 야명주들이 일제히 모습을 드러낸 것이다.

그들 앞에 모습을 드러낸 기다란 복도.

다시 기천기를 비롯한 세 마인이 그 복도를 따라 걷기 시작했다.

그곳을 지키는 마인은 단 한 명도 없었다.

물론 눈썰미가 뛰어난 고수에게 그 복도를 세심히 살필 기회를 준다면 그는 고개를 절레절레 흔들 것이다.

만약 복도 끝에 천하제일미가 강호제일의 보물들 사이에서 헤엄을 치고 있다 해도 결코 복도에 들어서기를 거부할 것이다.

복도 양 옆 벽은 물론이고 바닥과 천장까지 바늘 구멍보다 조금 더 큰 수천 개의 구멍들.

미리 허가받지 못한 이가 들어선다면 그 구멍에서 무엇이 날아들지는 굳이 경험하지 않아도 알 일이었다.

드르릉!

그들이 복도의 끝에 다다르자 석벽이 저절로 열렸다.

다시 똑같은 모양의 네 개의 문이 그들을 기다리고 있었다.

문마다 글자가 하나씩 새겨져 있었다.

천(天), 마(魔), 불(不), 사(死).

그 앞에 또 다른 칠마존의 일 인인 고루신마(骷髏神魔) 염백(鹽白)이 그들을 기다리고 있었다.

"교주님을 뵈옵니다."

"오랜만이오, 염 노사."

"이곳까지 모시게 돼서 송구합니다. 매우 위험한 물건이라 아직 반출에는 무리가 있습니다."

"그 무슨 말씀이시오. 오히려 이런 곳에 그대를 내려보낸 내가 미안하오. 수고하셨소."

자신의 손을 맞잡는 기천기를 보며 고루신마 염백이 감격스런 표정을 지었다.

고루신마의 무섭고도 흉측한 얼굴에 어울리지 않는 미소.

그의 표정으로 기천기가 얼마나 칠마존의 절대적인 신임을 받고 있는가를 잘 알 수 있었다.

"가시지요."

고루신마가 앞장서 안내한 곳은 앞에 보이는 네 개의 문이 아니었다.

"열어라."

고루신마의 한마디에 다시 기관 장치가 움직이는 소리가 들렸다.

쿠르릉!

문은 놀랍게도 바닥에서 열렸다.

지하로 향하는 계단이 다시 모습을 드러냈다.

눈앞의 네 개의 문은 모두 함정인 것이다.

이곳까지 들어올 리도 없지만 혹 이곳까지 진입한 침입자가 있다면 그들은 그 네 개의 문 중 어디로 들어갈 것인가를 고민하게 될 것이다.

그것이 다수의 문 앞에 선 인간의 자연스런 본성.

문 앞에 새겨진 글자는 더욱 그들을 유혹할 것이다.

여럿이라면 조를 나눠 들어갈 것이고, 어쩌면 뭉쳐서 들어갈지도 모를 일.

어떤 선택을 하든 그들을 기다리는 것은 그들을 지옥으로 안내할 수많은 암기와 함정, 그리고 결코 벗어나지 못할 죽음의 진법이었다.

다시 그들이 한참을 계단을 따라 내려갔다.

그 계단의 끝은 끊어져 있었다.

십여 장 아래 바닥에 총총히 박힌 무시무시한 쇠침들의 끝은 어둠 속에서도 그 파르스름한 빛을 내는 것이 극독이 발려 있음을 한눈에 알 수 있었다.

저 멀리 보이는 원형 입구까지의 거리는 삼십 장.

설령 그곳까지 한 번에 건너뛰는 놀랄 만한 신법이 있다 해도 그곳 입구에는 그 어떤 지지할 공간도 없었다.

매끄러운 강철 벽과 하나가 되어 막혀 있던 그 원형 입구가 서서히 열리기 시작했다.

이어 그 입구 아래쪽에서 하나의 기다란 철판이 나와 다리를 만들기 시작했다.

기천기 일행이 그 다리를 건너자 다리가 다시 회수되었고, 거대한 철문이 소리없이 내려와 닫혔다.

이윽고 당도한 하나의 거대한 석실.

그 석실의 중앙에 고루신마가 말한 그 위험한 물건이 홀로 서 있었다

그것은 한 명의 청년이었다.

아니, 좀 더 정확하게 말하자면 한 구의 강시였다.

그러나 한눈에도 분명 보통 강시와 달라 보였다.

보통의 강시가 그 저주받은 망령의 기운을 벗지 못한 채 때론 추악한 모습으로, 때론 살기 어린 모습으로 보는 사람들을 두렵게 한다면 눈앞의 강시는 한마디로 평범했다.

강시가 평범해 보인다는 것.

그것이 묘한 공포감을 유발하고 있었다.

고루신마가 손을 들어 신호를 보냈다.

철컹!

석실의 반대편 문이 열리면서 등장한 것은 또 다른 강시였다.

바로 마교가 자랑하는 혈강시(血殭屍)였다.

혈강시는 일반 강시의 개량형으로 그 속도와 강력함이 크게 향상된 현 마교의 주력 병력 중 하나였다.

강호에 강시에 대한 소문은 부지기수지만 실제 강시는 그들이 생각하는 것과 조금 달랐다.

강호인들에게는 일류고수 서넛을 그 자리서 찢어 죽이네, 검강도 튕겨낸다네 등등 과장된 소문이 퍼져 있었지만 실제 강시는 그렇게까지 강하지 않았다.

특수한 약품 처리로 그 피부가 일반 도검을 물리칠 수 있는 정도였고, 검강이나 어검술을 사용할 수 있는 초절정고수들에게는 그저 매 맞는 나무 인형에 불과했다.

문제는 속도였다.

개량종인 혈강시가 이전의 강시에 비해 확연히 속도가 향상되었다고는 하나 그 죽어버린 몸뚱아리가 펄떡펄떡 뛰는 고수들의 심장 박동을 따라잡기에는 무리가 있었다.

그럼에도 아직까지 마교에 있어 강시가 주요 병력으로 이용되는 것은 대규모 전투에 있어서 일반 무인들을 상대할 때였다.

강시란 존재에 대한 본능적 두려움에 자신의 검이 무용지물이 되는 순간의 절망감이 더해지면 그때부터 수백, 수천의 숫자는 그야말로 숫자에 불과해지고 그렇게 강시는 적의 진형을 깨는 선발대의 역할을 훌륭하게 해내는 것이다.

그리고 오늘 그 강시의 역사가 새로 바뀌려는 순간이었다.

"크으으으."

스산한 살기를 내뿜으며 혈강시가 청년에게 다가왔다.

그 무시무시한 살기에도 청년의 표정은 변함이 없었다.

고루신마의 입술이 달싹거리는 순간, 혈강시가 청년을 향해 돌진했다.

슈웅!

엄청난 속도로 혈강시의 손이 허공을 갈랐다.

청년이 몸을 비틀어 그 일장을 가볍게 피했다.

떵!

청년의 수도(手刀)에 쇠 부딪치는 소리가 나며 혈강시가 주르륵 뒤로 밀려났다.

청년에게 일장을 얻어맞자 혈강시의 기세가 더욱 사나워졌다.

"쿠아아!"

괴성을 지르며 달려드는 혈강시의 공격을 청년이 가볍게 피하기 시작했다

휘이잉! 휘이잉!

바람을 가르는 무서운 굉음이 이어졌다.

스치기만 해도 정강검이 무서지는 그 괴력은 청년의 빠른 움직임 앞에서는 그저 무용지물이었다.

청년의 보법은 분명 살아 있는 무인의 그것과 흡사했다.

부드럽고 유연한 움직임.

기천기의 얼굴에 흡족한 미소가 지어졌다.

다시 고루신마의 입가가 달싹이는 순간, 청년의 신형이 혈강시를 향해 날아올랐다.

청년의 무릎이 강시의 얼굴을 강타하는 순간,

퍽!

수박이 으깨지듯 강시의 머리통이 박살났다.

단 일 수였다.

머리통을 잃은 강시가 허우적대기 시작했다.

강시를 뛰어넘어 착지한 청년의 몸이 무서운 속도로 돌아서며 일장을 날렸다.

쾅!

혈강시가 그대로 한쪽 벽을 향해 날아갔다.

벽에 부딪친 혈강시는 그대로 쓰러져 일어나지 못했다.

이어 청년이 마치 아무 일도 없었다는 듯 제자리로 가서 섰다.

짝짝짝!

기천기가 그 모습에 박수를 쳤다.

뒤에 시립한 세 마인 역시 매우 상기된 표정이었다.

시험은 성공적으로 끝난 것이다.

그러나 놀라운 일은 이제부터였다.

"감.사.합.니.다, 교.주.님."

청년이 띄엄띄엄 말을 하기 시작한 것이다.

"말까지 한단 말인가?"

깜짝 놀란 기천기의 물음에 고루신마가 미소를 지으며 대답했다.

"아직 정신 상태가 불안정합니다만 현재 저 아이는 오 세 정도의 지능을 가지고 있습니다. 앞으로 교육을 통해 적어도 십오 세까지의 지능은 갖출 수 있으리라 여겨집니다."

기천기를 비롯한 마존들의 눈빛에 감탄의 빛이 어렸다.

평범한 모습에 지능을 갖춘 강시가 강호를 활보하게 된다면?

기천기가 한 발 앞으로 다가서며 청년에게 말을 걸었다.

"네 이름이 무엇이냐?"

"신.마.기(新魔旗)입.니.다."

고루신마가 부연 설명을 곁들였다.

"새로운 마교의 역사를 세운다는 뜻에서 그렇게 지어봤습니다."

"으하하하!"

기천기의 통쾌한 웃음소리가 커지면서 그와 함께 그의 몸에서 엄청난 마기가 쏟아져 나왔다.

대대로 마교 교주에게 전수되어 온 천마의 독문 무공 구화마공(九禍魔功)의 마기가 사방으로 뻗쳐 나갔다.

세 명의 마존이 부복하며 그 마기에 존경을 표했다.

그 기분 좋은 마기에 고루신마는 그간의 모든 노고가 깨끗이 씻겨 내려감을 느꼈다.

지난 사 년간의 연구와 노력이 드디어 결실을 맺게 된 것이다.

"수고하셨네."

기천기가 고루신마의 어깨를 두드려 주던 바로 그때였다.

또다시 예상치 못한 일이 벌어졌다.

조용히 울려 퍼지는 신마기의 목소리.

"제. 이. 름. 은. 신. 마. 기. 입. 니. 다."

모두의 표정이 일순 굳어졌다.

"…신. 마. 기. 입. 니. 다."

반복되는 목소리의 떨림이 점차 커지고 있었다.

뭔가 심상찮음을 직감한 고루신마가 재빨리 주문을 외우기 시작했다.

"신. 신. 마. 마……."

그러나 이미 신마기는 고루신마의 제어를 벗어난 상태였다.

점차 목소리가 갈라지다가 이윽고 괴성으로 바뀌었다.

"크아아아악!"

머리를 싸매고 괴성을 질러대는 신마기의 몸이 경련을 일으키기 시작했다.

깡! 깡!

신마기의 몸이 강철로 만들어진 벽에 부딪치면서 쇳소리가 울려 퍼졌다.

잠시 잠잠해지는가 싶더니 서서히 몸을 돌려 세우는 신마기.

그의 두 눈은 붉게 변해 있었다.

"크크크."

혈안(血眼)이 뿜어내는 살기는 기존의 강시보다 몇 배는 강한 기운이었다. 마치 오랫동안 모인 물이 둑이 무너지면서 한꺼번에 터져 쏟아지는 그러한 모습이었다.

고루신마의 당혹스런 표정에 비해 기천기는 담담한 모습이었다.

폭주(暴走)를 시작한 신마기의 다음 목표는 기천기 일행이었다.

이빨을 드러내며 고개를 갸웃거리던 신마기가 무서운 속도로 기천기를 향해 돌진했다.

파앗!

동시에 고루신마가 황급히 손을 들어 신호를 보냈다.

철컹!

신마기와 기천기를 가르며 내려오는 하나의 철창.

꽝!

돌진하던 신마기가 철창에 부딪쳤다가 뒤로 튕겨 나갔다.

보통 철창이 아니었다.

이내 발광을 하며 다시 철창을 두들기기 시작한 신마기.

꽝! 꽝! 꽝!

무시무시한 위력이었다.

만년한철(萬年寒鐵)을 주 재료로 만든 철창이 신마기의 집중 공격에 서서히 휘어지기 시작했다.

꽝! 꽝!

신마기는 주먹이 너덜너덜해졌음에도 멈추지 않았다.

그 모습은 과히 공포스런 모습이었다.

이윽고 휘어진 철창 사이로 신마기가 몸을 빼냈다.

"크크크."

그때까지 말없이 기천기의 뒤에 서 있던 막위가 한 발 앞으로 나서며 소리쳤다.

"호(護)!"

철컹!

그 순간 전장이 열리면서 일백 여의 마인이 쏟아서 내려왔다.

마인들이 겹겹이 기천기의 앞을 막아섰다.

그들은 마교 교주가 가는 곳이면 어디라도 따라간다는 마교 교주의 호위대인 적호단의 마인들이었다.

기천기가 방문하는 곳은 언제나 미리 당도하여 혹 있을지 모를 암습에 대비하는 그들이었고, 오늘도 예외는 아니었던 것이다.

그들은 붉은 무복에 붉은 복면으로 통일하고 있었다.

그 일백의 정예 마인들이 일제히 쏟아내는 마기에 신마기가 흠칫 놀라 뒤로 물러섰다.

얼굴이 더욱 흉측하게 일그러졌지만 감히 달려들지는 못한 채 나직이 으르렁거리기 시작했다.

"살(殺)!"

챵!

막위의 한마디에 일백의 마인이 한 동작으로 검을 뽑아 들었다.

백 자루의 검에서 일제히 검기가 일며 난도질이 시작되려는 순간,

"잠깐!"

기천기가 그들을 제지했다.

순간 적호단 마인들이 동작을 멈췄고, 거짓말처럼 검기가 사라졌다.

그리고 약속이나 한 듯이 재빠르게 양 옆으로 갈라지며 신마기와 기천기 사이에 하나의 통로를 만들었다.

"애써 만든 것인데 그냥 버리기는 아깝지."

기천기가 손을 내밀었다.

그의 손끝이 흔들린다는 것을 느낀 그 순간,

슈우욱!

신마기의 몸이 무서운 속도로 기천기에게 날아갔다.

구화마공의 하나이자 세상의 모든 것을 다 빨아들인다는 천마인(天魔引)이 발출된 것이다.

기천기의 손 안으로 신마기의 머리통이 빨려들어 갔다.

벗어나려고 발버둥치는 신마기의 묵직한 주먹이 기천기의 팔과 몸을 강타했다.

펑! 펑! 펑!

만년한철을 휘게 만든 무서운 주먹이었지만 기천기의 호신강기는 깨어지지 않았다. 그 순간,

번쩍!

기천기의 손끝에서 한줄기 빛이 터져 나왔다.

상대의 머리 속을 완전히 비워 버린다고 알려진 구화마공의 저주받은 암장(暗掌) 탈혼장(奪魂掌)이 발출된 것이다.

그걸로 끝이었다.

털썩!

신마기의 몸뚱이가 바닥에 그대로 쓰러졌다.

"다시 가르쳐야겠네."

담담한 기천기의 말에 고루신마가 바닥에 엎드렸다.

"부디 용서를."

"일어나시게. 쉽지 않은 일이란 것을 모르는 바 아니네."

고루신마가 면목없는 얼굴로 자리에서 일어났다.

"왜 이런 일이 벌어진 것이오?"

기천기 대신 혈마 문탁이 무뚝뚝하게 물었다.

잠시 고민하던 고루신마가 조심스럽게 말했다.

"아마도 아까 교주님의 미기기 영창을 미친 짓 같습니다. 신친직인 마기를 없애려고 시험에 사용한 이자는 정파의 인물이었습니다. 그런 연유로 교주님의 강대한 마기에 심기가 손상되었던 것 같습니다."

기천기가 조금 미안한 얼굴이 되었다.

"나 때문이었군."

"아닙니다. 오히려 결과적으로 득이 되었습니다. 교주님의 마기에 반응한다는 것은 곧 불문(佛門)의 무공이나 도가(道家)의 무공에도 반응할 수도 있다는 뜻. 물론 그만한 고수를 만났을 때의 일이겠지만요. 큰 약점을 찾아냈습니다."

"그렇다면 다행이오."

"곧 개선할 수 있을 겁니다."

묵묵히 고개를 끄덕이던 기천기가 나지막이 말했다.

강호인들이 듣게 된다면 그야말로 기겁할 말을 그는 너무나도 담담히 던지고 있었다.

"일백 구가 필요하네. 언제까지 가능하겠나?"

대답을 하려던 고루신마가 잠시 말문을 닫았다.

원래 그는 '대법에 필요한 재료가 워낙 귀해 일 년 이상이 걸릴 듯합니다' 란 말을 하려 했었다.

하지만 천마의 눈빛은 그가 발휘할 수 있는 극한의 노력을 원하고 있었다.

"백 일만 주십시오."

기천기가 가만히 눈을 감고 날짜를 헤아렸다.

"백 일 후면… 삼월이겠구먼."

결의에 찬 고루신마의 말이 조용히 울려 퍼졌다.

"…강호에 더 이상 봄은 오지 않을 겁니다."

第9章

입맹

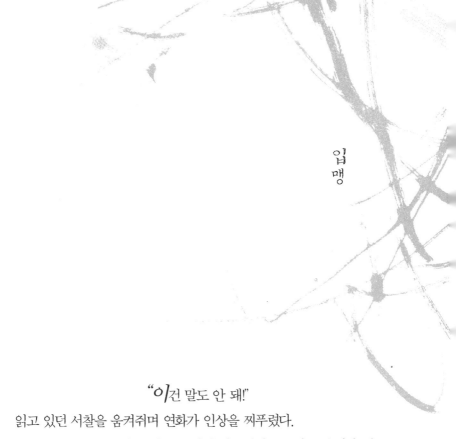

입
맹

"이건 말도 안 돼!"

읽고 있던 서찰을 움켜쥐며 연화가 인상을 찌푸렸다.

새로운 무인 모집을 하루 앞둔 그녀의 집무실에는 부단주 용백과 비룡일대주 화무룡도 함께 자리하고 있었다.

연화의 노기에 두 사람은 서로 마주 보며 미소를 지었다.

비룡일대의 해체와 새로운 조직의 창단에 대한 맹의 답변은 거절이었다.

아니, 차라리 '불가(不可)'라고 한마디 적어 보냈다면 연화가 이렇게까지 화가 나진 않았을 것이다.

숙부는 새로운 조직의 인가(認可)에 한 가지 조건을 내걸었다.

그 내용을 요약하면 이랬다.

새로운 조직을 동원해서 한 달 안으로 살막(殺幕)의 문주를 체포할 것.

이건 애초부터 시험의 범위를 넘고 있었다.

살막.

삼 년 전 섬서 일대에 자리를 잡고 무서운 속도로 영역을 넓혀가는 신흥 살수 조직이었다.

중원 각지의 일류 살수들을 사들여 단 삼 년 만에 중원십대살수조직에 든 무서운 조직이었다.

그들이 지닌 일급 살수만도 모두 다섯 명이었다.

일급 살수란 일류고수의 암살을 담당하는 살수들로서 각 군소 문파의 장문인 정도는 손쉽게 암살할 수 있는, 그야말로 살귀들이었다.

지금까지 비룡일대도 소탕하지 못한 살막을 이제 막 모은 뜨내기들로 어떻게 소탕한단 말인가?

소탕은 고사하고 오히려 전멸이나 당하지 않으면 다행한 일이었다.

아니, 그건 둘째 치더라도 신출귀몰하는 그들을 어디서 찾아낸단 말인가? 그것도 한 달 안에.

자신을 향해 노골적으로 조소를 던지고 있는 화무룡의 시선에 연화가 지그시 입술을 깨물었다.

'당신이 원하는 게 이런 거였소?'

숙부의 비웃음 소리가 귀에 울리는 것 같았다.

"포기하시죠."

딴에는 걱정스럽게 위로의 말을 던지는 용백의 목소리에는 미처 숨기지 못한 통쾌함이 담겨 있었다.

탁자 밑의 연화의 두 주먹이 불끈 쥐어졌다.

"내일의 무인 선발은 그대로 진행됩니다."

담담한 어조로 그녀가 자신의 굳은 의지를 밝혔다.

화무룡의 표정이 살짝 일그러졌지만 이내 입 꼬리가 밀려 올라갔다.

의욕만으로 강호의 일이 결정된다면 좋으련만 강호에는 엄연히 할 수 있는 일이 있고 없는 일이 있다.

이번 일은 그녀에게 한 달이 아니라 십 년의 시간을 준다 해도 할 수 없는 일이었다.

사실 살막에 대해서는 화무룡 역시 이를 갈고 있던 차였다.

자신의 비룡일대 역시 지난 삼 년간 살막의 뒤를 캐왔지만 번번이 그들의 종적을 놓치고 말았다.

그들을 움직이는 살막주는 보통 인물이 아니었다.

강호를 정확히 읽는 자.

그는 어떻게 하면 살수 조직이 강호에서 살아남을 수 있는지를 정확히 아는 자였다.

"만약 단주가 이번 일을 완수한다면……."

"완수한다면?"

"내 두말 않고 비룡일대주의 자리에서 물러나겠소."

그의 호언장담을 들으며 연화는 이번 일의 어려움을 다시 한 번 실감할 수 있었다.

연화가 당연하다는 얼굴로 고개를 끄덕였다.

다시 화무룡이 한 가지 제안을 해왔다.

"또한 그동안 단주의 뜻을 거스른 죄로 벌거벗고 연무장을 열 바퀴 돌겠소."

과연 화무룡은 그런 일은 결코 일어나지 않으리라 확신하고 있었다.

"그 말씀은 혹 내기를 하자는 뜻인가요?"

그러자 화무룡이 과장되게 손사래를 치며 껄껄거렸다.

"하하하, 그럴 리가 있겠소. 완수하지 못한다면 그뿐인 거지요. 어찌 연약한 여인의 몸으로 그런 흉한 꼴을 보일 수 있겠습니까?"

'연약한'이란 말에 힘을 꾹꾹 눌러대는 화무룡이었다.

울컥.

분명 명백한 도발이었다.

오히려 그야 내기라면 당연한 것이 아니냐며 윽박지르는 것보다 더욱 교묘하게 상대의 마음을 뒤흔드는.

연화는 그 숨겨진 흑심을 느낄 수 있었지만 어차피 완수하지 못한다면 이래저래 끝장이었다.

연화가 미소를 지으며 말했다.

"내기란 무릇 정당해야 재미가 있는 법이지요."

'걸렸다, 이년.'

"그 내기는 너무 밋밋해 보이니 이리하지요. 그냥 뛰면 재미가 없으니 개처럼 짖으며 뛰는 것은 어떨까요?"

화무룡이 깜짝 놀라 눈이 휘둥그레졌다.

"개처럼이라?"

설마 연화가 자신의 제의를 받아들임은 물론 한술 더 떠 스스로 자충수(自充手)까지 두어주자 화무룡은 기분 좋게 입맛을 다셨다.

"과연 호탕하시군요. 으하하하!"

반면 옆에 있던 용백은 어이없다는 표정으로 자신도 모르게 고개를 가로저었다.

무슨 생각을 하고 있는지 들여다보지 않아도 짐작이 갔다.

화무룡과 용백이 그렇게 집무실을 나가자 홀로 남은 연화는 참았던 한숨을 내쉬었다.

　뒤늦은 한기가 몰려들었다.

　기세 싸움에 지기 싫어 호기를 부린 것만은 아니었다.

　그녀는 한 가지 결심을 굳힌 것이다.

　지게 된다면 자결을 하리라고.

　숙부에 대한 복수?

　물론 생각해 보지 않은 것은 아니다.

　하지만 강호의 모든 기연이 손에 손을 맞잡고 자신에게 달려들지 않는 한 지금으로선 불가능한 일이다.

　홀로 백 년의 공을 들인다 해도 거대한 천룡맹의 주인인 숙부를 이길 수는 없을 것이다.

　더 이상 농락당하지 않고 죽어버린다면 그것이 그가 바라는 바일지라도 어쩌면 하루 정도는 그의 기분을 찜찜하게 만들 수 있지 않을까 하는 생각이 들었다.

　죽어서도 잊지 않겠다는 증오의 유서보다는 강호의 진정한 주인이 되기를 바란다는 진심 어린 유서가 그 찜찜함을 더하는 데 더욱 효과적이리라.

　그것이 지금 그녀가 할 수 있는 복수의 전부였다.

　하지만 연화의 그런 자포자기를 이제 겨우 열아홉이 된 그녀의 몸은 받아들이지 못하고 있었다.

　그녀의 온몸이 부들부들 떨리기 시작했다.

　'누가 제발 날 도와주세요.'

　책상에 엎드린 채 흐느끼기 시작한 연화를 지붕에 거꾸로 매달려 있는 단화경이 창문 너머로 말없이 지켜보고 있었다.

드디어 연화의 인생이 걸린 무인 모집의 날이 밝았다.

밤새 뒤척이며 잠에 들지 못한 연화는 명경(明鏡)에 비친 자신의 초췌한 모습을 감추려는 듯 정성껏 세안을 했고, 단정히 옷을 차려 입었다.

연무장을 향해 걸어가며 그녀는 큰 심호흡을 몇 차례나 반복했다.

'그래, 할 수 있어. 최선을 다하는 거야.'

이번 무인 선발에 응시한 무인은 두 가지 방식 중 한 가지를 선택할 수 있었다.

첫째는 자신의 무위를 자유롭게 뽐내는 방식이었다.

초식이나 검로(劍路)의 정교함을 보여주어도 되고 경공 실력을 발휘해도 되었다. 그저 자신이 지닌 바를 보여주면 되었다.

한마디로 맨주먹으로 바위를 부수든 단칼에 강철을 자르든 일정 수준 이상이면 합격.

두 번째 방식은 비무에 의한 방식이었다.

앞서의 방식이 마음에 들지 않는다면 천룡맹의 무인과 비무를 가지면 되었다.

연화는 그 비무 상대를 해줄 무인을 비룡일대에서 뽑지 않았다.

혹 합격자를 내지 않으려는 그들의 발악에 응모한 무인들이 크게 상할까 하는 걱정 때문이었다.

그런데 어쩐 일인지 화무룡은 흔쾌히 그것을 받아들였다.

이런 저런 꼬투리를 잡아 방해를 할 법도 했는데 화무룡은 그저 알아서 하란 말로 오히려 연화의 마음을 불안하게 만든 것이다.

몇 명이나 몰려들었을까 궁금한 마음에 연화의 발걸음이 급해졌다.

이윽고 연화가 연무장에 당도했다.

그녀의 얼굴이 일순 굳어졌다.

휘이잉.

그 넓은 연무장에는 단 한 명의 응시자도 없었던 것이다.

비무 상대가 되어줄 무인들과 몇몇 구경 나온 무인들을 제외하고는 아무도 없었다.

그때 그녀를 보고 정문위사 하나가 달려왔다.

"아직 아무도 응모하지 않았나요?"

"네."

안타까운 얼굴로 위사가 대답했다.

"휴우."

짧막한 한숨을 내쉰 연화가 담담하게 말했다.

"아직 이른 시간이니 좀 더 기다려 보면 되겠지요."

그러자 위사가 망설이며 말을 꺼냈다.

"그게… 인근에 소문이 쫙 퍼졌습니다. 이번에 모집하는 무인들은… 칼밥이다. 들어가면 모두 죽게 된다고."

그녀의 가슴이 철렁 내려앉았다.

"게다가… 만약 살아남는다 해도 비룡일대 무인들의 등살에 견디지 못할 것이라고."

휘청.

연화는 그 자리에 주저앉고 싶은 것을 억지로 참았다.

위사는 미안하고 안타까운 얼굴로 제자리로 돌아갔다.

왜 그런 소문이 났는지 연화는 알 것 같았다.

여유만만한 화무룡의 능글맞은 얼굴이 스쳐 지나갔다.

"하하하하!"

등 뒤로 들려오는 듣기 싫은 웃음소리.

돌아보지 않아도 그 징그러운 웃음소리의 주인공이 누군지 알 수 있었다.

"단주, 식사는 하셨소?"

느물거리는 화무룡의 옆에는 마치 자신의 직책이 비룡부대주쯤이라 착각하고 있는 용백이 딱 붙어 서 있었다.

아무 말 없이 연화가 한 옆에 마련된 천막으로 들어가 앉았다.

나란히 자신의 옆에 앉은 화무룡이 고개를 비스듬히 기울인 채 턱을 매만지며 말했다.

"아직 단주는 강호를 알기에 너무 어리오."

정면을 묵묵히 응시한 채 연화가 담담히 말했다.

"그래서 어린 저는 그저 어른들 앞에서 재롱이나 피우란 말씀인가요?"

"허허, 이거 말속에 뼈가 있구려."

화무룡은 해체를 결정하던 그날에 비해 많이 부드러워져 있었다. 맹에서 내려온 조건을 알고부터 그는 강자의 여유를 되찾은 것이다.

"뭐 꼭 그런 것은 아니오만, 시련이 필요하겠지요. 강호에는 무서운 흉계가 난무하지요. 그것을 이겨내려면 좀 더 경험이 필요하겠지요."

"감사하게도 지금 그 경험을 충분히 하고 있군요."

톡 쏘는 연화의 반박에 화무룡의 표정이 조금 굳어졌다.

그러나 그는 유리한 상황을 충분히 즐길 줄 아는 이였다.

"허허, 이거 뭔가 단단히 오해를 하시는 것 같소."

"난 포기하지 않아요."

연화의 맑은 두 눈은 분명 타오르고 있었다.

하지만 그녀의 그런 굳은 마음은 흐르는 시간을 멈추게도, 오지 않는 이들을 오게 하지도 못했다.

땅거미가 서서히 내려앉을 때까지 응모하러 찾아오는 무인은 단 한 명도 없었다.

그때까지 그녀는 멍하니 빈 연무장을 바라보고 있었다.

마치 넋이 나간 사람처럼 보였다.

그사이 몇 번이나 들락거리던 용백에 비해 화무룡은 마치 그녀의 몰락을 끝까지 지켜보려는 마음에서인지 함께 자리를 지키고 있었다.

많은 무인들이 수군거리며 그 모습을 지켜보았다.

비웃는 이도 있었고 아쉬움에 고개를 젓는 이도 있었다.

이윽고 화무룡이 자리에서 일어났다.

"이제 그만 치우거라."

미리 준비되었던 것들을 무인들이 치우기 시작했다.

"모두 멈춰요!"

연화가 자리에서 벌떡 일어났다.

"아직 오늘이 지나지 않았어요. 자정까지 치우지 마세요."

다시 무인들이 웅성거리기 시작했다.

"모두 들어가도 좋아요. 이후 심사는 본 단주가 직접 보겠어요."

애써 목소리에 힘을 주는 연화였지만 그녀를 바라보는 눈빛은 애처로움과 비웃음이 가득했다.

'그래, 그렇게 완전히 무너져라.'

화무룡은 악마 같은 미소를 지으며 무인들을 각사의 숙소로 돌려보낸 후 자신도 그곳을 떠났다.

물론 연화를 놀리는 마지막 한마디를 잊지 않았다.

"지금이라도 내기를 취소해 줄 수도 있소만. 으하하!"

연화는 홀로 그 자리를 지키고 있었다.

"망할 비룡대 놈들!"

"비겁한 자식들!"

"틀렸어. 이제 늦었네."

"우리 단주님 불쌍해서 어쩌누."

뒤늦게 소문을 접한 정문위사들이 발을 동동 굴렸다.

그에 비해 구경 나온 비룡일대 무인들은 시끌벅적 잡담을 하며 마치 우리에 갇힌 신기한 동물을 구경하듯 시간을 보내고 있었다.

"혼자 설쳐 댈 때 알아봤지."

"감히 비룡대를 없애려 하다니."

"그래도 좀 안됐네, 어린것이."

"독한 년이야. 알잖아, 자네들도?"

그렇게 시간은 자꾸 흘러갔다.

안타까워 발을 구르던 이들도, 그저 헛바닥이 움직이는 대로 나불대던 이들도 하나둘 흩어지기 시작했다.

이제 주변에는 인근히 어둠이 깔렸다.

갑자기 우르르 몰려들어 올지도 모른다는 한가닥 희망에 하루 종일 바라보았던 정문은 어둠 속으로 사라져 버렸다.

눈물이 콸콸 쏟아질 것 같은 설움을 이를 악물고 참아온 그녀가 결국 두 다리 사이로 고개를 파묻고 말았다.

'아버지.'

천룡맹주의 천금으로 고생 한 번 하지 않았던 그녀가 강호의 쓴맛을 제대로 맛보는 순간이었다.

꾸벅.

하루 종일 식사도 거른 채 심력을 소모한 그녀가 깜박 잠이 들었다.

얼마나 지났을까?

어디선가 도란도란 이야기를 나누는 소리가 잠결에 들려오기 시작했다.

그것은 마치 꿈결의 속삭임 같기도 했고 옆 사람이 귀에 대고 속삭이는 말 같기도 했다.

"말씀하신 분이 이분이십니까?"

"그래."

"아무도 오지 않았나 봅니다."

"……."

"추운데 왜 이런 데서 자고 있누?"

"형님, 지금 그 소리가 나오슈? 신의가 풍한증(風寒症:감기)으로 드러눕다니 그게 말이 되오? 덕분에 반나절이나 늦어졌잖수."

"늙은 거지. 전에는 침을 놓는데 손까지 떨더라. 모두 조심해라. 이제 다치면 죽는다."

"쿨럭쿨럭!"

"그나저나 엎드려 있어 얼굴이 안 보이네. 미인 같은데?"

"색골!"

"얼음장!"

"그만! 함부로 대할 분이 아니시다!"

"네."

연화가 서서히 잠에서 깨어났다.

어렴풋이 자신을 내려다보고 있는 여섯 개의 얼굴.

"누구냐!"

깜짝 놀란 연화가 몸을 일으켜 뒤로 물러섰다.

일렬로 선 채 자신을 향해 미소 짓고 있는 괴인들.

물론 잠에서 막 깬 연화 입장에서야 괴인이라 할 만했지만 그들은 바로 기풍한 일행이었다.

몰래 들어온 것인지 정문위사들이 들여보내 준 것인지 어쨌든 주위에서 천룡맹 무인들의 모습은 찾아볼 수 없었다.

"단주님이시죠?"

곽철이 히죽 웃으며 앞으로 나섰다.

"어떻게 저를?"

"초절정미여협께서 단주님으로 오셨다는 소문을 들었습니다."

경계를 늦추지 않은 채 그들을 노려보던 연화가 그 엉뚱한 말에 어이없는 표정을 지었다.

"다, 당신들은 누구죠?"

"무인 모집 소식을 듣고 왔습니다만 너무 늦은 것 같군요."

"아!"

무인 모집이란 말에 연화의 표정이 대번에 밝아졌다.

그러나 그 밝아지는 속도보다 더욱 빠르게 다시 어두워졌다.

자정이 다될 무렵에서야 방문한 여섯 명의 응시자들.

그것도 한 명은 자신보다도 어려 보이는 소녀였고, 한 명은 노인이었다. 게다가 별로 믿음이 가지 않아 보이는 가벼운 청년, 그리고…….

쭉 일행을 훑어보던 연화의 시선이 기풍한과 마주쳤다.

그 순간 그녀의 고개가 딱 멈췄다.

왠지 낯익은 눈빛.

그러나 분명 처음 보는 얼굴이었다.

지금 그녀가 기풍한에게서 복면오라버니를 떠올리는 것은 사실상 불가능했다.

항상 보던 얼굴이 복면을 쓴다면 어쩌면 조금 더 쉽게 알아볼 수 있을지도 몰랐다.

하지만 복면을 벗은 기풍한의 얼굴은 오히려 낯선 느낌만을 줄 뿐이었다. 당시의 연화는 너무나 어렸고, 더구나 그 후로 십여 년의 세월이 흘렀다.

그때 서린이 수화를 하며 연화에게 인사를 건넸다.

옆에 서 있던 팔용이 그 내용을 번역해 주었다.

"너.무. 아.름.다.워.요."

느닷없는 방문에 놀란 그녀가 어둠 속에서도 환히 빛나는 순수한 미녀가 자신의 미모를 칭찬하자 더욱 혼란스러워졌다.

"밤도 늦었고 날도 추운데 자자, 이만 들어갑시다."

마치 자신이 시험관인 양 얼렁뚱땅 곽철이 연화의 팔을 끌고 들어가려 다가서자 연화가 재빨리 한 발 뒤로 물러섰다.

"관문을 통과해야 입맹할 수 있습니다."

"뭐, 대충 넘어갑시다."

"그럴 수 없습니다."

연화의 대답은 단호했다.

그러나 곽철은 안하무인 격이었다.

"오면서 소문 다 들었소. 웅모자가 우리밖에 없다는 섯도 알고."

분명 기풍한에게 함부로 대하지 말라는 엄명을 들었음에도 곽철은 연화의 속을 박박 긁기 시작했다.

　기풍한을 비롯한 일행은 묵묵히 그저 방관만 할 뿐이었다. 곽철은 아무 이유 없이 기풍한의 말을 거역하는 이가 아니었기 때문이다.

　애써 침착함을 유지하려는 연화였다.

　"네, 그래요. 그대들이 첫 응모자예요."

　"한 명이라도 아쉬울 텐데 그냥 통과시켜 주시지. 그럼 수하들에게 체면 치레는 되지 않겠소?"

　"전!"

　연화가 모두를 돌아보며 똑똑히 말했다.

　"다른 사람의 이목 따위 두렵지 않아요. 그리고 제가 원하는 조직은 머리 숫자에 기대 큰 소리를 내는 조직이 아니에요."

　또박또박 자신의 의지를 밝히는 모습에 모두 서로를 돌아보며 조금 감탄의 빛을 드러냈다.

　특히 평소 무표정한 기풍한은 그러한 감격이 확연히 얼굴에 드러나고 있었다.

　그 어린 소녀가 벌써 이렇게 자란 것이다.

　"그럼 어떤 조직을 원하시는 거요?"

　곽철이 다시 시큰둥한 표정으로 물었다.

　"제가 원하는 조직은……."

　잠시 뜸을 들인 연화가 가볍게 한숨을 내쉬었다.

　"부끄러운 말이지만 아직 저도 잘 모르겠어요. 다만 믿음으로 서로를 지켜줄 수 있다면."

　"믿음이라……."

　곽철이 다시 대뜸 물었다.

"단주님은 수하들을 위해 대신 죽어줄 수 있소?"

참으로 당돌하고 무례한 언행이 이어지고 있었다.

굳이 대답하시 않아도 될, 수하 무인들을 불러 그냥 내쳐 버려도 될 그들이었음에도 연화는 그리하지 않았다.

뭔지 모를 독특함.

야밤에 불쑥 들이닥쳤음에도 왠지 위험하다고 느껴지지 않는, 자신을 향한 그 어떤 호의가 분명 그들에게 있었다.

"불행히도 아직 저에게는 그러한 동료가 없답니다."

수하들을 위해 대신 죽을 수 있느냐는 물음에 그녀가 동료란 말을 사용했다.

한줄기 바람이 불어와 연화의 머리카락을 날렸다.

"하지만 제게 그런 동료가 생긴다면……."

그 바람 탓일까?

그녀는 조금 쓸쓸해 보였다.

"믿지 않겠지만 기꺼이 죽어줄 수 있을 거예요."

"죽는다는 것이 두렵지 않소?"

잠시 망설이던 연화가 담담하게 대답했다.

"주위에 아무도 믿을 사람이 없는 것보다는 덜 무서울 테니까요."

지금껏 그녀를 몰아붙이던 곽철이 그제야 미소를 지었다.

곽철이 돌아서서 기풍한을 향해 정중하게 고개를 숙였다.

가타부타 아무 말도 없는 뜬금없는 행동이었지만 기풍한을 비롯한 일행은 그 뜻을 알 수 있었다.

그는 잠시 연화를 시험한 것이다.

앞으로 자신들이 목숨을 내주어야 할지도 모를 이에 대한 시험.

기풍한의 사전 허락 없이 그러한 무례를 저지른 것에 대해 곽철이 용서를 구하는 것이리라.

밝은 곽철의 표정으로 보아 일단 연화는 무사히 그 관문을 통과한 듯 보였다.

"근데 뭘 하면 되오?"

다시 잔망스럽고 장난스런 곽철로 돌아온 그가 한 옆에 놓인 몇 가지 물건들을 툭툭 건들기 시작했다.

"이건 부수고 이건 자르라고 놔둔 건가? 어이쿠, 이 큰 바위를 어떻게 부숴?"

그의 행동을 보고 있던 연화가 짤막한 한숨을 내쉬었다.

다시 곽철이 어이없는 제안을 내놓았다.

"날도 춥고 밤도 깊었는데 우리 중 제일 싸움 못하는 한 명만 대표로 봅시다."

"푸훗."

그 황당한 소리에 연화는 자신도 모르게 웃음을 터뜨렸다.

"그, 그게 누군가요?"

황당한 마음에 묻긴 물었지만 참으로 어이없는 상황이었다.

물론 아무도 앞으로 나서지 않았다.

휘이잉.

썰렁한 밤바람이 연화와 기풍한 일행 사이를 지나갔다.

그때 곽철이 비영의 옆구리를 쿡쿡 찔렀다.

"뭐 해?"

연화를 보며 난희가 떠올라 대화를 흘려듣던 비영이 문득 정신을 차렸다.

"……?"

"너, 나오라잖아."

무심코 한 발 앞으로 나선 비영의 눈빛이 순간 날카로워졌다.

그제야 상황 파악이 된 것이다.

"이 망할 놈이!"

스걱!

다음 순간 연화가 본 것은 어느 틈엔가 허리를 뒤로 젖히고 있는 곽철의 괴이한 모습이었다.

비영과 곽철 사이의 허공을 날리는 몇 가닥의 머리카락.

순식간에 휘둘러진 비영의 쾌검을 그야말로 아슬아슬하게 피한 곽철이었다.

곽철이 허리가 반쯤 뒤로 넘어간 그 상태에서 고개를 돌려 연화에게 말했다.

"으헤헤헤헤! 봤죠? 좀 느린 게 흠이지만 그래도 쓸 만하죠?"

그에 비해 연화는 여전히 멀뚱한 얼굴이었다.

"무슨 말인가요?"

"컥!"

그 속도가 너무 빨라 연화는 미처 비영의 검이 출수되었다가 회수된 것을 보지 못한 것이다.

다만 바람을 가르는 소리만을 얼핏 들었을 뿐이다.

'설마 그사이에 검을 휘두르고 다시 회수했단 말인가?'

연화로서는 도저히 믿기 어려운 상황이었다.

그때였다.

쿵!

저 멀리 곽철의 뒤쪽에 서 있던 나무 하나가 옆으로 쓰러졌다.

그 모습에 깜짝 놀란 곽철이 소리쳤다.

"무영일식(無影一式)!"

방금 전 곽철을 벤 일수는 소리없이 검기를 날려 상대를 두 조각 낸다는 비영의 가장 강력한 초식 중 하나였다.

곽철이 비영의 먹살을 움켜쥐며 소리쳤다.

"이 미친놈! 날 죽일 셈이었냐?"

"제일 싸움도 못하는 놈이 뭘 알겠어?"

"컥!"

두 사람의 실랑이를 지켜보던 연화의 심장이 빠르게 뛰기 시작했다.

'헉? 저 말은 곧?'

방금 전 비영이 휘두른 검기(劍氣)가 저곳까지 날아갔단 말이 아닌가?

"해보자 이거지?"

곽철이 동네 파락호처럼 씩씩대며 웃옷을 벗었다.

그 불량한 태도에 비해 드러난 것은 만만찮은 것이었다.

어둠 속에 섬뜩한 빛을 내며 모습을 드러내는 백풍비.

"노름쟁이, 실마 그긴 쓰려는 것은 아니겠지?"

"흐흐, 왜 아니겠어? 잘 가게, 친구! 참, 난희 낭자에게 마지막으로 남길 말은?"

"직접 전하지."

비영이 허공으로 날아오르는 순간 곽철의 몸에서 일제히 백풍비가 쏟아져 나왔다.

촤라라라랑!

그것은 빛의 향연(饗宴)이었다.

일백 개의 비수가 꼬리에 꼬리를 물고 허공을 가로지르는 모습은 그야말로 장관이었다.

백풍비와 어울려 선풍검이 춤을 추기 시작했다.

마치 스스로 생명이 깃든 움직임인 듯 사방에서 날아드는 백풍비를 무서운 속도로 비영이 튕겨냈다.

연화의 눈에 비영의 검은 아예 보이지도 않았다.

그녀의 놀람은 그것만이 아니었다.

사방으로 튕겨지는 백풍비는 놀랍게도 스스로 방향을 회전해 곽철의 몸으로 회수되고 있었던 것이다.

마치 하나의 잘 꾸며진 공연을 보는 듯한 착각이 들었다.

연화의 벌어진 입에서는 끝없는 감탄만이 새어 나왔다.

극쾌(極快)의 황홀한 검무를 마치고 다시 바닥으로 내려선 비영.

이미 모든 백풍비는 곽철의 몸으로 갈무리되어 있었다.

두 사람은 마주 보며 웃고 있었다.

서로에 대해 누구보다 잘 알고 있는 그들이었다.

지금 두 사람의 심정은 비슷했다.

곽철이 진심으로 백풍비를 날리면 과연 몇 개나 막아낼 수 있을까.

비영이 진심으로 자신을 베려 든다면 과연 몇 개나 날릴 수 있을까.

바로 그때 두 사람 사이로 거대한 무엇인가가 날아들었다.

쿵!

설마 하는 마음에 준비해 둔 거대한 바위였다.

"으하하하!"

두 사람의 비무 아닌 비무에 한껏 고무된 팔용이 마치 공깃돌마냥 그것을 한 손으로 집어 던진 것이다.

그러자 기풍한의 옆에 서 있던 서린이 공중제비를 돌며 허공에서 일 장을 날렸다.

퍽!

아주 미약한 타격음이 들렸다.

그럼에도 쩍 하는 소리와 함께 갈라지기 시작한 바위 조각들이 이내 가루가 되어 날리기 시작했다.

모든 것이 순식간에 벌어진 일이었다.

각자의 절기를 내보인 네 사람이 나란히 서서 연화를 보며 웃고 있 었다.

그것은 그녀만을 위한 그들의 선물이자 축제였다.

어쩌면 그들은 연화에게서 느껴지는 그 서글픈 외로움을 조금은 위 로해 주고 싶었는지도 몰랐다.

그 모습을 보다 화노가 밤하늘을 올려다보며 말했다.

"다들 젊구나, 젊어. 좋을 때다."

기풍한이 그런 화노를 보며 미소 지었다.

놀란 연화는 벌어진 입을 다물지 못한 채 멍하니 서 있었다.

방금 전에 봤던 모든 것들이 마치 환상처럼 느껴졌다.

곽철이 씨익 웃으며 말했다.

"뭐, 이 정도면 대충 합격인가요?"

"네? 아, 네."

대충 합격이 아니라 무릎 꿇고 빌어서라도 모셔올 무위(武威)였다.

"저 후줄근한 아저씨는 ……?"

곽철이 가리킨 사람은 기풍한이었다. 곽철의 장난에 다시 기풍한의 입가에 미소가 드리워졌다.

"보기엔 좀 싱거워 보여도 좀 과하게 세다고나 할까요? 뭐, 그냥 통괴시거 구서노 되겠습니다요. 제가 보증 서죠."

"네? 아, 네."

곽철의 쏟아지는 말에 연화는 정신이 없었다.

"그리고 저 노인네는 늙었으니까 그냥 통과."

"콜록! 콜록!"

연화는 쿵덕거리는 심장을 진정시킬 수가 없었다.

그들의 정체가 못내 의심스러웠지만 이내 그녀는 그들이 누구든 상관없다는 생각이 들었다.

어차피 그녀가 선 곳은 절벽의 끝이었으니까.

말없이 그들을 응시하던 연화가 떨리는 목소리로 말했다.

"여섯 분 모두 합격입니다."

그때 기풍한이 고개를 가로저었다.

"여섯이 아니라 일곱입니다."

"일곱이라고요?"

기풍한이 연화의 뒤쪽 건물의 지붕을 올려다보며 말했다.

"그만 훔쳐보고 이제 내려오시오."

잠시 지붕 위를 흐르는 흠칫하는 침묵.

곧이어 그곳에서 심술 가득한 목소리가 들려왔다.

물론 목소리의 주인공은 지금까지 연화를 지켜주고 있던 단화경이었다.

"일없다, 이놈아!"

그 끔찍한 무인 모집이 있던 날 자정 무렵 그렇게 연화는 질풍육조를 만났다.

그때까지도 그녀는 모르고 있었다.

어디선가 불어온 한줄기 바람이 그녀의 머리카락을 휘날리기 시작한 지금 이 순간이 진짜 강호를 향해 자신이 첫발을 내딛는 순간이란 것을.

第10章

실풍조

질
풍
조

다음날 섬서 지단에는 새로운 바람들이 불
기 시작했다.

그 첫 번째가 바로 소문의 바람이었다.

자정이 다되어 찾아온 이들이 무사히 관문을 통과했다는 소문이 퍼
지기 시작하면서 섬서 지단의 무인들이 술렁대기 시작했다.

연화와의 관계가 불편한 비룡일대의 무인들은 그저 코웃음으로 받
아넘겼지만 하루 종일 지루한 번을 서며 교대 시간만을 기다리는 일반
무인들은 그야말로 물 만난 물고기였다.

거기에 나무가 잘려 나가고 바위가 부서졌다는 사실이 덧붙여지면
서 소문은 일파만파 확대되기 시작했다.

"새하얀 검기가 나를 향해 날아드는데 어찌나 빠르던지, 몸을 두 번
이나 비틀이 피했시."

그 잘려진 나무 뒤에서 오줌을 누고 있었다고 주장하는 무인 일(一)의 증언이었다.

"자네는 과연 경황이 없었구먼. 자네가 몸을 비튼 것은 두 번이 아니라 세 번이었네."

무인 일에게 갚아야 할 채무가 제법 되는 무인 이(二)의 맞장구였다.

"틀렸네. 그것은 이기어검이었네. 내 이 두 눈으로 똑똑히 봤네."

그 시간에 분명 골패(骨牌) 짝을 맞추고 있었던 무인 삼(三)의 허풍이었다.

어쨌든 그들에 대한 화제와 관심으로 섬서 지단은 이른 새벽부터 술렁거리고 있었다.

또 다른 바람은 첫 번째의 들뜨고 신나는 것과는 조금 다른 종류였다.

그 바람의 근원지는 바로 화무룡의 집무실이었고, 그것은 분노의 바람이었다.

"도대체 일 처리를 어떻게 한 것이냐?"

그의 앞에는 고개를 푹 숙인 채 얼굴을 들지 못하는 비룡일대의 조장들이 일렬로 서 있었다.

일조장 규백(軍伯)이 용감하게 고개를 들고 말했다.

"똥오줌 못 가리는 뜨내기들이 분명합니다."

그들로서는 그야말로 억울할 만한 일이었다.

맹에 입맹하고자 섬서 지역으로 몰려드는 무인들을 사전에 잘라 버리느라 한겨울에 땀띠가 나도록 뛰어다닌 그들이었다.

갖은 소문을 내랴, 은근히 협박하랴, 술 먹여 구슬리랴, 모든 방법을 다 동원한 그들이었다.

"흐음."

화무룡은 여전히 불편한 심기를 감추지 못하고 있었다.

"어떤 자들이냐?"

"그게 아직 그들이 숙소 밖으로 나오지 않고 있어……."

퍽!

책상 위에 있던 작은 벼루가 말을 꺼낸 군백의 이마를 강타했다.

주루룩 흘러내리는 피를 닦지도 못한 채 군백이 황급히 말했다.

"곧 알아내겠습니다."

화무룡이 귀찮다는 손짓으로 그들을 내보냈다.

홀로 남은 화무룡의 인상이 험악하게 일그러졌다.

애송이 몇이 천지 분간도 못하고 기어들어 온 게 틀림없겠지만 그래도 뭔가 자신의 계획이 어긋났다는 사실에 그는 기분이 상할 대로 상한 것이다.

"어떤 겁대가리없는 새끼들이……."

소문의 주인공들을 향해 바득바득 이를 가는 화무룡이었다.

세 번째 바람은 조금은 잔잔한 고민의 바람이었다.

그것은 화무룡의 집무실이 있는 건물의 옆 본당 건물에서 불고 있었다.

연화의 집무실.

'도대체 그들의 정체는 뭘까? 그리고 이곳에 입맹한 이유는? 과연 그들을 받아들인 것이 잘한 일일까?

어젯밤을 돌이켜 보니 마치 꿈만 같은 일이었다.

'혹시 숙부가 보낸 이들이 아닐까?

문득 생각이 거기에 미치자 연화는 등골이 오싹해졌다.

그러나 이내 그럴 리는 없다는 결론을 내렸다.

숙부의 성격상 이런 번거로운 일을 벌일 리가 없기 때문이다.

'그렇다면 도대체 그들은 누굴까?'

아무리 고민해도 답이 나오지 않는 문제였다.

한편 기풍한 일행이 하루를 보낸 숙소는 별관 뒤쪽에 딸린 작은 방이었다.

평소 인적이 없던 그곳에 오늘은 웬일인지 이른 아침부터 사람들이 북적대고 있었다.

교대 시간이 남은 무인들이며 비번인 무인들이 하릴없이 그곳을 서성였는데 물론 그 이유는 소문의 주인공들을 한 번이라도 보려는 마음에서였다.

비무를 앞둔 천하제일인의 대기실 앞에 진을 친 군웅들의 설렘, 뭐 그런 마음들이었다.

그들 중에는 벼루에 머리통이 날아갈 뻔한 비룡일대의 일조장 군백도 끼어 있었다.

일반 비룡대원도 아닌 조장이, 그것도 이마에 피딱지를 더덕더덕 붙인 군백이 나타나자 그곳을 기웃거리던 일반 무인들이 슬그머니 자리를 피했다.

군백이 발소리를 죽여 그들의 방문 앞으로 다가섰다.

방문에 귀를 대보았지만 아무 소리도 들리지 않았다.

그때 군백의 얼굴에 미소가 떠올랐다.

문 아래쪽 가장자리에 작은 구멍이 나 있는 게 아닌가?

괴우를 둘러보며 그나마 한둘 남아 있던 무인들을 사나운 눈빛으로 내쫓은 군백이 슬그머니 바닥에 엎드렸다.

그리고 그 구멍으로 조심스럽게 눈을 가져다 댔다.

'어?'

시커먼 무엇인가가 하얀 바탕 위를 부지런히 움직이고 있었다.

'이게 뭐지?'

그 순간 그게 무엇인지 알아낸 군백.

"어이쿠!"

비룡대 중에서 담이 세기로 유명한 그의 입에서 비명이 터져 나왔다.

그 구멍으로 그가 본 것은 눈동자였다.

안에서도 누군가 밖을 훔쳐보고 있었던 것이다.

드르륵.

그가 채 바닥에서 일어나기도 전에 문이 열렸다.

역시 그와 같은 자세로 바닥에 엎드린 곽철이 자신을 향해 씨익 웃으며 물었다.

"뭐 하슈?"

말문이 턱 막힌 군백.

'뭘 했다고 해야 하지?'

순간 수많은 생각이 떠올랐다.

결국 그가 생각해 낸 답은 이거였다.

"…미끄러졌소."

"아프겠소."

"……."

군백이 벌떡 일어나 허겁지겁 그 자리를 떠났다.

그의 모습을 보며 피식 웃은 곽철이 다시 문을 닫으며 하품을 했다.

"아, 심심하다."

그 말에 육중한 몸으로 침대를 학대하며 뒹굴던 팔용이 부시시 눈을 떴다.

"심심하면 잠이나 더 자."

"이놈아, 넌 자는 게 그리 좋냐?"

"응, 난 자는 게 좋아."

"우리 주사위 놀이 하자."

"싫다. 또 돈 다 따가려구."

"살살 할게. 아, 난 눈 가리고 하지."

"차라리 팔씨름하자."

"계속 자라."

다시 심심해진 곽철이 이번에는 곤히 자고 있는 화노 앞에 섰다.

"늙으면 잠이 없어진다더니 다 헛말이야."

"콜록."

"그놈의 기침. 신의 맞소? 지금까지 끊어진 혈맥은 도대체 어찌 이었대?"

"콜록콜록."

화노가 상대를 안 해주자 곽철이 마지막 일격을 가했다.

"의원, 불러 드릴까요?"

"……."

다음 목표를 잡은 곽철의 행동이 조심스러웠다.

상대가 바로 비영이기 때문이었다.

그의 머리맡에 놓인 선풍검.

슬쩍 그것을 감춰볼까 손을 대려는 순간, 비영이 돌아누우며 밀쳤다.

"죽는다."

입을 삐죽 내밀고 다시 장난을 칠 대상을 찾던 곽철의 표정이 진지해졌다.

그의 시선은 기풍한과 서린에게로 향해 있었다.

기풍한은 곤히 잠들어 있었다.

강호의 모든 희로애락을 초월한 곤히 잠든 아기의 얼굴로.

그 침대 모서리에 걸터앉아 그런 그를 서린이 내려다보고 있었다.

서린이 미소를 띤 채 기풍한을 내려다보고 있었다.

곽철의 입가에 미소가 지어졌다.

기분 좋은 미소인 것 같기도 했고 왠지 조금 쓸쓸한 미소인 것 같기도 했다.

결국 그래서 곽철의 마지막 목표는 자연히 한 사람으로 정해졌다.

잔뜩 찌푸린 얼굴로 벽을 향해 돌아누운 노인, 바로 단화경이었다.

단화경은 죽어도 지붕에서 내려가지 않겠다는 자신의 굳은 의지를 '그럼 그렇게 하시오'란 기풍한의 냉정한 한마디에 당장 꺾었다.

'차가운 놈', '인정머리없는 놈'이란 욕설을 중얼거리면서도 용케 이곳까지 따라왔던 것이다.

곽철은 물론 질풍육조원들은 이곳으로 오는 과정에서 단화경에 대해 모두 들었다.

정식 조원으로 받아들일 거냐는 물음에 기풍한은 조금 더 지켜보자는 대답을 했을 뿐이다.

그 말은 곧 식구가 될 수도 있다는 의미.

조장이 받아들였다면 더 이상 의문을 가질 필요도 이유도 없었다.

"영감."

"선배님!"

"영감."

"이놈이!"

단화경이 벌떡 자리에서 일어났다.

"네놈은 내가 누군지 알고 수작질이냐?"

무시무시한 살기를 뿜어내는 단화경을 보며 곽철이 대수롭지 않게
말했다.

"우리 포로 아니오?"

"컥."

"쯔쯔, 그러게 다 늙어서 흑문 같은 건 왜 만드셨소?"

"커억! 그건 내가 만든 게······."

다시 혈압이 상승하기 시작한 단화경이 버럭 소리쳤다.

"이놈아, 죽고 싶은 게냐?"

"과거에 풍류공자셨다고 들었소."

일장을 휘두르려던 단화경의 혈압이 단숨에 정상치로 내려왔다.

"흠흠, 그러고 보니 너도 만만치 않구나. 마치 내 젊은 시절을 보는
것 같구나."

"으하하, 본 공자가 한인물 하지요. 그쪽도 소싯적에는 한인물 했을
것 같소."

"으하하! 자넨 과연 사람을 볼 줄 아는구먼."

"우리 심심한데 풍류를 아는 사람끼리 수담(手談)이나 나눕시다."

바둑이라면 강호에서 가장 바둑을 잘 둔다는 천기수사(天棋修士)와
석 점 바둑을 두는 자신이 아니던가?

"좋지."

"우리 그냥 두면 재미없으니 내기라도 합시다."

"흐흐, 네놈이 제법 자신이 있는 모양이구나. 좋다. 근데 무슨 내기를 하자는 말이냐?"

"흠, 진 쪽이 이긴 쪽의 부탁을 하나 들어주기가 어떻겠소?"

"부탁이라?"

단화경의 표정이 환하게 밝아졌다.

자신이 이기면 기풍한의 과거에 대해 물어봐야겠다고 마음을 굳힌 단화경이었다.

힐끔 이불 사이로 단화경의 모습을 보던 팔용이 안됐다는 듯 혀를 차고는 다시 코를 골기 시작했다.

그렇게 두 사람의 바둑은 시작되었다.

그리고 반 시진 후, 울상이 된 단화경이 곽철의 부탁을 들어주기 위해 자리에서 일어났다.

곽철의 부탁은 간단했다.

그저 한 사람에게 말을 걸면 되는 것이었다.

그 한 사람은 비영이었다.

단화경이 비영의 귓가에 대고 속삭였다.

"네가 질풍육조 중 가장 싸움을 못한다는 그 비영이냐?"

연화가 별관의 벽이 무너졌다는 난데없는 보고에 놀라 달려왔을 때는 이미 상황은 종료된 상태였다.

묵묵히 검을 손질하는 비영.

맞은편에 앉아 씩씩대는 단화경.

그들 사이에 앉아 헤벌쭉 웃고 있는 곽철.

그 소동 중에도 여전히 이불에 싸여 있는 팔용.

콜록거리며 약을 먹고 있는 화노.

여전히 미소 가득한 서린.

"어떻게 된 일이죠?"

유혈 사태를 막은 것은 바로 기풍한이었다.

단화경이 그 말을 던진 순간 비영이 다짜고짜 검을 뽑아 휘둘렀고 혼비백산 놀란 단화경이 바닥을 떼굴떼굴 구르면서까지 겨우 그 검을 피해 다녔다.

결국 단화경의 장력에 벽이 부서지는 소동이 있은 다음 기풍한의 만류에 비영이 검을 거두었던 것이다.

곽철이 어린애와 같은 순박한 얼굴로 단화경을 손가락질해 가리켰다.

"저 사람이 부쉈소."

"컥!"

설마 곽철이 자신을 고자질하리라곤 상상도 못한 일이었기에 단화경은 할 말조차 잃었다.

이 일의 발단이 도대체 누구 때문이던가?

연화가 한숨을 내쉬었다.

"당신들 때문에 지단이 남아나지 않겠군요. 이제 나들은 뭘 부술 생각이지요?"

참으로 괴이한 사람들이었다.

벽이 부서질 정도로 격렬한 싸움이 벌어졌음에도 누구 하나 긴장한 표정이 아니었다.

하나둘 무인들이 모여들자 연화가 숙소를 나섰다.

"모두 따라오세요."

그렇게 모두 따라나선 곳은 천룡관(天龍館)이었다.

그곳은 천룡맹 무인들이 작전을 짜는 일종의 회의실이었다.

백여 개의 의자가 놓여진 그곳의 앞줄로 기풍한 일행이 나란히 앉았다.

앞에 선 연화가 잠시 그들을 응시했다.

"이렇게 모두 모이라고 한 것은 드릴 말씀이 있기 때문이에요."

무엇인가 결심한 표정의 연화였다.

"소문은 이미 들으셨겠죠? 이번에 모집된 무인들은 칼받이로 이용당한다는."

"들었소."

기풍한이 담담하게 대답했다.

"그 말… 완전히 틀린 말은 아니에요."

"그럼 우리 모두 죽게 된다는 말씀이시오?"

기풍한을 응시하며 연화가 가볍게 한숨을 내쉬었다.

"어쩌면 그럴지도 모르지요. 혹 살아남더라도 비룡일대의 횡포가 심할 거예요."

"이런 말씀을 저희에게 하는 이유가 무엇이오?"

"선택할 기회를 드리는 거예요."

"선택?"

"지금이라도 떠날 수 있도록. 모두 알고 있어야 한다고 생각했어요. 자신이 얼마나 위험한 상황인지 그것도 모른 채 죽게 된다면 그 악의적인 소문처럼 여러분은 그저 칼받이에 불과한 테니까요."

잠시 고개를 숙인 연화가 당당하게 가슴을 폈다.

"하지만 한 가지는 약속할 수 있어요. 여러분만 죽게 하진 않을 거예요. 저도 함께 참가할 테니까요."

모두 묵묵히 연화를 응시하고 있었다.

풍진강호(風塵江湖)에 나서기에는 아직 너무나 어린 그녀다.

더구나 그런 강호에서 덧없이 죽기에는 더욱 어린 나이다.

그때 서린이 손짓으로 무엇인가 전달했다.

팔용의 해석에 연화가 미소를 지었다.

'걱.정.마.세.요. 아.무.도. 죽.지. 않.아.요.'

서린은 환하게 웃고 있었다.

"이제 우리가 해야 할 일은 무엇이오?"

곽철의 물음에 연화의 표정이 굳어졌다.

"그 전에 한 가지 묻고 싶은 게 있어요."

연화는 무엇인가 결심한 얼굴이었다.

"당신들은 도대체 누구죠?"

혹 상대가 자신을 해하려는 목적을 가진 이들이라면 솔직히 말해 줄리 없었다.

연화는 그것을 알고 있었지만 지금 그녀가 지닌 무기는 하나였다.

진심.

진심으로 상대를 대하는 것뿐이었다.

모두 아무 말도 하지 않았다.

그 대답을 해줘야 할 사람은 이 자리에 오직 한 사람뿐이니까.

그 한 사람 기풍한이 담담하게 말했다.

"그대의 아버지께 빚을 진 사람들이오."

"……!"

아버지란 말에 연화는 정신이 번쩍 들었다.

기풍한이 품 안에서 무엇인가를 꺼냈다.

그것을 본 연화가 다시 끔찍 놀랐다.

"천룡패!"

그것은 자신이 지닌 천룡패와 같은 것이었다.

원래 그것은 한 쌍으로 만들어진 것으로 아버지가 어머니께 청혼할 때 증표로 선물했던 것이다.

이후 어머니가 돌아가시고 다시 아버지가 보관하던 그것이었다.

어린 시절 자신에게 그것을 건네주며 아버지가 말했다.

'이 패를 지닌 이는 믿어도 된다. 아니, 반드시 믿어라.'

그 천룡패가 다시 그녀의 눈앞에 나타난 것이다.

떨리는 손으로 천룡패를 받아 든 그녀의 맑은 두 눈에 그렁그렁 눈물이 맺혔다.

그것에서 아버지의 숨결이 느껴졌다.

그녀가 고개를 끄덕였다.

"믿겠어요. 이제 아무것도 묻지 않겠어요. 그리고 감사해요."

그녀의 눈에서 눈물이 한 방울 떨어졌다.

너무나 외롭던 그녀에게 드디어 믿을 사람이 생긴 것이다.

"우는 모습도 아름다우십니다."

딱!

곽철의 방정에 비영이 검집째로 머리통을 갈겼다.

머리를 부여잡은 곽철은 그래도 기분이 좋아 보였다.

"자, 이제 뭘 해야 합니까, 단주님?"

이내 연화의 표정이 어두워졌다.

"맹에서 하나의 명령이 내려왔어요. 한 달 안에 살막의 문주를 체포하라는 명령이. 이 명령을 해내야만 조직의 정식 인가를 내주겠답니다. 하지만 살막은……."

그 순간 기풍한을 비롯한 여섯이 자리에서 벌떡 일어났다.

마치 약속이나 한 듯 옆에 마련된 커다란 원탁 주위로 모여들었다.

그 갑작스런 행동에 깜짝 놀란 연화와 단화경이었다.

멀뚱히 서 있는 그들을 돌아보며 팔용이 말했다.

"뭐 하십니까, 안 오시고?"

"자네들 지금 뭐 하는 겐가?"

"놈들을 잡으려면 작전을 짜야지요."

"컥! 지금 당장 말인가?"

"그럼 언제 하겠소? 해산했다가 다시 작전을 짜러 모입니까?"

연화와 단화경이 어리둥절한 얼굴로 그 원탁에 끼어들었다.

화노가 자신의 가죽 주머니를 열어 무엇인가 주섬주섬 찾기 시작했다.

주머니 속을 힐끔 훔쳐본 곽철이 기겁을 했다.

"정리 좀 하고 살지."

"훌쩍."

이윽고 화노가 가죽 주머니에서 한 장의 지도와 한 권의 두툼한 책자를 꺼냈다.

섬서 지역이 자세하게 그려진 지도였다.

꺼내 든 책은 바로 '풍운록'이었다.

화노가 풍운록을 뒤적이며 무엇인가를 찾기 시작했다.

"살막은 기 조장이 부재 중인 지난 사 년 사이 새로 만들어진 신흥 살수 조직이네. 막주의 정체는 아직 밝혀진 바 없고. 일급 살수 다섯에 이급 살수 오십, 삼급 살수 이백을 지닌 거대 단체이네. 현재 강호십대 살수집단에 포함되있네."

"헉! 그걸 어떻게?"

깜짝 놀란 연화의 물음에 화노가 껄껄 웃으며 말했다.

"이 늙은이가 가끔 흥이 나면 속이 시커먼 것들의 똥구멍 조사를 즐겨하지요."

화노의 임무는 다친 조원들의 생사만을 담당하는 것이 아니었다.

기풍한을 통해 얻어진 통이문의 정보와 맹주에게서 내려오는 기존 질풍조의 정보들을 수집, 정리하는 역을 맡고 있었다.

이번 살막에 대한 조사는 지난 사 년 동안 화노와 팔용이 약장수로 섬서 지방을 떠돌다 자연스레 수집된 자료 중 하나였다.

풍운록은 바로 그러한 범죄 기록부였다.

"그 책자는 혹 살생부(殺生簿)인가?"

단화경이 마른침을 삼키며 풍운록에 관심을 가졌다.

"영감, 우리가 무슨 살수요? 그런 무서운 걸 가지고 다니게."

그 순간 '아차' 하는 표정의 곽철이었다.

비영의 표정이 어두워졌음을 느낀 것이다.

잠시 흐르는 침묵.

모두 자존심 강한 비영의 현재 심정이 어떠하리란 것을 알 수 있었기에 아무 말도 할 수 없었다.

기풍한이 담담하게 말했다.

"돌이킬 수 없는 과거라면 모두 잊자. 우리 일이 옳든 그르든 우리는 너무나 많은 피를 묻혀왔다. 그래, 어쩌면 과거 우리 손에 죽은 이들 중에 무고한 사람도 있었겠지. 결국 그들이나 우리나 김올 든 자들의 업(業). 지금은 주어진 일에 최선을 다하고 그 대가는 지옥에서 치르자. 어차피 우리를 기다리는 곳은 지옥일 테니."

비영이 말없이 고개를 끄덕였다.

서린이 비영의 손을 잡았다.

'너무 자책하지 마세요.'

그녀의 따스한 손은 분명 그렇게 말하고 있었다.

"지난 잘못은 앞으로 나쁜 놈들 두들겨 잡으며 조금씩 갚으면 된다."

팔용이 주먹을 불끈 쥐며 힘차게 말했다.

그 말 많은 곽철은 오히려 아무 말도 하지 않았다.

비영과 마주친 곽철의 눈빛이 웃고 있었다.

그들의 모습에 연화와 단화경은 숙연해짐을 느꼈다.

'뭐지, 이 두근거림은?'

연화의 볼이 그 이상한 열기로 발갛게 붉어져 가기 시작했다.

"자, 그럼 계속하겠네."

다시 화노가 말을 이어갔다.

"문제는 막주라 자가 어찌나 의심이 많은 놈인지 쉽게 청부를 받지 않는다는 것인데, 조직 또한 철저히 점조직으로 움직이고 있고."

"꼬리를 잘라봐야 소용이 없겠군요."

그 장난기 많은 곽철인가 싶을 만큼 그는 진지해져 있었다.

"그렇네. 머리를 한 방에 잘라내야 하네."

기풍헌이 고개를 끄덕이며 말했다.

"연기를 크게 피워야겠군."

"문제는 너구리 굴이 어디에 있냐는 것인데……."

잠시 고민을 하던 기풍한이 화노에게 물었다.

"미끼를 던질 만한 게 없소?"

화노가 다시 풍운록을 뒤적였다.

연화와 단화경이 이해하기 힘든 말들이 오갔지만 모두 일사천리였다.

"함 보세. 잔챙이들은 다 빼고. 옳지. 지난가을 섬서 용호철방(龍虎鐵房)의 주인이 죽었구먼. 돌연사로 처리되었지만 그 뒤로 말들이 많은 사건이지."

"용호철방이라……."

잠시 생각에 잠겼던 기풍한이 단화경을 돌아보았다.

"이번 일에는 선배의 도움이 필요할 것 같소."

단화경의 얼굴이 환하게 밝아졌다.

그러나 이내 단화경의 표정이 도도해졌다.

이럴 땐 한 번쯤 튕겨줘야 제 맛이다.

"일없다."

"그럼 할 수 없지요."

기풍한이 단번에 돌아서자 단화경의 목소리가 찢어졌다.

"컥! 이놈아, 넌 음식을 나눠 줄 때도 한 번 주면 정 없다란 말도 모르느냐?"

모두 단화경을 보며 미소를 지었다.

울상을 지으며 단화경이 물었다.

"무슨 일을 하면 되느냐?"

"곧 알게 되실 거요."

기풍한의 알지 못할 미소에 단화경이 마른침을 삼켰다.

다시 기풍한이 그때까지 멍하게 서 있던 연화를 향해 물었다.

"반드시 살려서 데려와야 합니까?"

"네? 누구를 말입니까?"

"살막주 말입니다."

"네?"

깜짝 놀란 연화가 어리둥절한 표정을 지었다.

마치 당연히 살막주를 체포할 수 있다는 말투가 아닌가?

떨리는 목소리로 연화가 대답했다.

"그런 언급은 없었습니다."

"음."

잠시 고민하던 기풍한이 미소를 지으며 말했다.

"알겠습니다. 살수들의 자결을 막는 게 워낙 까다로워 쉽진 않겠지만 최대한 생포하도록 노력하겠습니다."

"네?"

정신없는 그녀에게 다시 기풍한이 말했다.

"자, 그럼 정식 명령을 내려주십시오."

처음에는 기풍한의 말뜻을 알아듣지 못한 연화였다.

그러나 이내 섬서 지단주로서 자신들에게 살막주의 체포를 정식으로 명령해 달라는 뜻이란 것을 알 수 있었다.

그때 곽철이 불쑥 나섰다.

"참, 조 이름이 하나쯤 있어야 하지 않겠습니까?"

모두 고개를 끄덕였다.

"생각해 두신 게 있습니까?"

잠시 망설이던 연화의 시선이 창문 밖으로 향했다.

그녀의 시선은 저 하늘 너머 어딘가에 있을 숙부를 향하고 있었다.

"조 이름은 질풍조로 하겠습니다."

모두 조금 놀란 얼굴이 되었다.

하지만 이내 그녀의 마음을 이해할 수 있었다.

질풍조는 전대맹주를 대변하는 이름.

아버지의 이름으로 숙부에게 정면 도전하는 것이리라.

연화가 떨리는 목소리로 말했다.

"질풍조에게 살막 막주의 체포를 명합니다."

착! 착! 착!

기풍한과 일행의 주먹 쥔 오른손이 일제히 왼쪽 가슴을 세 번 두드렸다.

질풍조가 목숨을 건 충성을 다짐할 때 사용하는 고유 동작이었다.

모두의 목소리가 한 목소리가 되어 울려 퍼졌다.

"질풍조, 단주님의 명을 받듭니다."

사 년 만에 처음으로 기쁨의 눈물이 연화의 새하얀 뺨을 가로지르던 그날 새롭게 탄생된 질풍조의 첫 임무가 시작되었다.

『일도양단』 2권으로 이어집니다

FANTASTIC
ORIENTAL
HEROES

청 어 람 신 무 협 판 타 지 소 설

최고의 신무협 작가 『설봉』의 최신작!

다시 한번 당신을 잠 못 들게 만들
불후의 대작!

사자후
獅 子 吼

사자후(獅子吼) / 설봉 지음

깊게 깊게 빠져드는 몰입의 세계!
온몸을 전율케 하는 찌를 듯한 강렬함을 느낀다!

그에게서는 묘한 악취가 풍겼다. 그가 창을 겨눴을 때……
화염이 이글거리는 눈동자를 보았을 때……
비로소 악취의 정체를 짐작해 냈다.
피와 땀이 켜켜이 쌓여 자연스럽게 뿜어져 나오는 살인마의 냄새.
그는 허명(虛名)을 좇아 비무를 즐기는 낭인(浪人)이 아니라 야성(野性)이 살아서 꿈틀거리는 진짜 살인마였다.
두 자기 끝이 은리 활화산처럼 꿈틀거렸다.
그의 눈길을 정면으로 맞받으며 묘공보(妙空步)를 밟기 시작했다.
우리의 첫 만남은 그렇게 시작되었다.

- 환봉개(幻棒丐)의 회고록(回顧錄) 中에서 -